파나티아 이담 3

회의

재
크
로
스
로
드

Other story of
Panatea

아이카와 군.
일이 있더라도,
하지 않아.

라고, 믿고 있어——

SIDE RIHITO
in 티마니

「──미치바를 만나면, 줄 거야.」

이슈안이 깜짝 놀란 것처럼 이쪽을 봤다.

리히토는 다시 한 번 고개를 끄덕였다.

그래서 자신은 앞으로 나아가야만 한다.

그것은 결의 표명이기도 했다.

아이카와 리히토
Aikawa Rihito

이슈안 트롤
Isyuann Troll

파나티아 이담 3

재회의 크로스로드

타케오카 하즈키 (竹岡 葉月)

일러스트 루나　**번역** 김정규　**편집** 김일철　**마케팅** 정다움

c o n t e n t s

↑↑월타미아 왕국

《하타르트 사막》

티아마니
별궁

이스메트 호수

바젤

하진 강

산맥

바다

A
B
C
D

나호바족령

완충지대

슈로족령

A 보물 계곡
B 거점 마을
C 바르바드
D 아미다라

하미타드

산맥

이세계 파나케이아
이엔마르드 수장국
주변 지도

CHARACTER

아이카와 리히토

11살 때 이세계 파나케이아로 날아와서 세계를 구한 영웅. 현실세계로 돌아가서 고등학교에 다녔지만, 다시 파나케이아로 소환된다.

이슈안 트롤

예전에 리히토와 함께 여행했던 5영웅 중 한 명, 재빠른 자 《도적》. 첫 번째 여행에서 사망했다고 여겨졌지만 부활. 리히토와 함께 여행을 계속한다.

미치바 쿄코

리히토의 동급생. 밝고 천진난만하며 책과 게임, 애니메이션을 좋아하는 고등학교 2학년. 리히토가 두 번째로 소환될 때, 그 자리에 있었다.

우르스라 아르칸

빛이 보이지 않는 지하 신전에서 살았지만, 리히토와 만나면서 자유를 찾았다. 허리의 바구니에 거미와 독사를 키우고 있다.

토토 하르네라

통역 겸 가이드 담당으로 리히토와 함께 여행하는, 성실한 성격의 이엔마르드 소녀. 월타미아 왕국 마술학원에 교환 유학중인 학생.

하셈 데라

사력선에서 함께 여행하던, 이엔마르드 수장국의 호위 검사. 날렵하고 남자다운 체형이지만, 뭔가 종잡을 수 없는 성격의 청년.

로드 로그와이어

월타미아 왕국 『원탁』 멤버 중에 한 명. 여행 중에 리히토 일행을 살해하려고 했지만 결국 실패했다.

STORY

초등학교 5학년 여름방학 때 이세계 파나케이아로 소환된 아이카와 리히토는 마신을 봉인했다. 그 뒤로 6년, 지구로 돌아왔던 리히토는 다시 파나케이아로 소환되고, 다시 한 번 세계를 구했다.

그러던 중에 동급생 쿄코가 가지고 있던 휴대용 게임기를 발견. 리히토는 사막 나라 이엔마르드 수장국에서 발견했다는 정보를 바탕으로, 예전에 동료였던 이슈안과 함께 쿄코를 찾는 여행에 나선다. 그리고 뱃길 여행 중에 누군가의 습격을 받았지만, 새롭게 우르스라, 하셈, 토토가 동료가 되면서…….

믿고 있어, 아이카와 군.

계속, 쭉, 무슨 일이 있어도,
너에 대한 건 포기하지 않아.

또 만날 수 있다고,
믿고 있어──.

1.SIDE KYOKO

SIDE
KYOKO

【1】
이
계
로

웃어도 된다고, 미치바 코코는 반쯤 자조하는 느낌으로 말할 때가 있다.

아무래도 그녀의 첫사랑은 고등학교 입학 첫 날, 분홍색 벚꽃잎이 흩날리는 교문 앞에서 시작 됐으니까.

'말도 안 돼—— 뭐야 이거!'

일단 첫날부터 늦잠에 자전거 타이어가 펑크 나는 2연타 때문에, 도착 예정 시간에서 잔뜩 지 각. 중간에 있는 자전거 가게에 자전거를 맡기고, 땀을 뻘뻘 흘리면서 학교에 도착했는데, 그게 또 이런 게 있었는지도 몰랐던 뒷문 쪽에 도착해 버 리는, 그런 운도 없는 일이 계속 벌어졌다.

'어, 어, 어어어, 어쩌지. 문이 닫혀버렸어! 못 들어간다고!'

그냥 평범하게 학교 주변을 빙 돌아서 정문으 로 들어가면 된다는, 그런 간단한 것도 생각하지 못했다. 돌발적인 상황에 약한 여자 미치바 코코, 만 15세였다.

생각해보면 어젯밤에 오랜만에 부모님이 말 다툼도 거의 안 하신 덕분에 너무너무 푹 잠든 게 문제였다. 머릿속은 완전히 새하얘졌다. 닫혀버 린 교문 창살을 쥐고, 『캐리비안의 해적』 어트랙

션에 나오는 죄수처럼 안절부절 못하고 있었다.

"지, 진짜 싫다…… 왜 이렇게 된 거야……."

"저기──무슨 일 있으세요?"

그때였다.

코코 뒤쪽에 있던 사람은 오늘부터 다니게 될 고등학교 교복을 입은, 날씬하고 키가 큰 남자아이. 교복 재킷이 새것처럼 보이니 틀림없이 같은 1학년이겠지.

완전히 눈물을 글썽이고 있는 코코를 보고, 살짝 놀란 것 같은 표정을 지었다.

"어, 어디 안 좋으세요? 괜찮아요?"

"아, 아니. 그, 그게, 나, 지, 지각해서. 이, 일학년인데, 사, 사실은, 첫날인데. 어떻게 하지."

하다못해 말이라도 똑바로 하자, 나.

그냥, 그저, 정말로 어떻게 해야 좋을지 알 수가 없었다.

왜 하필이면 오늘 같은 날 늦잠을 자버린 걸까. 자전거 뒷바퀴에 펑크가 난 걸까. 길을 잘못 들어서 모르는 문으로 와버린 걸까. 안 좋은 일만 계속 일어나는 게, 무슨 저주에라도 걸린 것 같다.

아마 입학식도 이미 시작했겠지. 아니, 그 이전에 내가 몇 반인지도 모른다. 친구를 만들 중요한 타이밍인데 완전히 늦어버렸다. 틀렸다. 그냥 이대로 뒤로 돌아서, 집에 가서 이불이나 뒤집어쓰고 자는 게 제일이다. 그것 밖에 방법이 없다.

"뭐야. 그거라면 괜찮을 것 같은데."

"뭐?"

"그렇게 걱정하지 않아도 돼. 너 혼자 눈에 띄어서 곤란해질 일은 없으니까. 아마도. 왜냐하면 봐, 나도 이렇게 지각했잖아."

듣고 보니, 어째서 이 남학생은 똑같이 지각했는데도 왜 이렇게 침착한 걸까. 딱히 불량학생처럼 보이지도 않는다.

온화한 외모는 교칙 위반과는 인연이 없는 모범생에 가깝다.

"⋯⋯나중에 스무 명 정도 더 올 거야."

"스, 스무 명? 무슨 소리야."

"이거."

그 남학생은 주머니에서 하얀 종이를 꺼내더니 쿄코에게 보여줬다.

"지연⋯⋯ 증명서⋯⋯?"

"응. 지하철 신호기 고장. 전체적으로 문제가 있다는 것 같으니까, 아마 입학식도 늦게 시작하지 않을까."

충격이었다.

내가 간선도로 한쪽에서 펑크난 자전거를 끌면서 반쯤 울먹이며 걷고 있는 사이에, 그런 일이 일어났었다니──!

"조금이나마 안심했어?"

왠지 갑자기 힘이 쭉 빠져버렸다고는 할까. 안심하면서 마음의 빗장이 풀어져버렸다. 거기에『그』의 수줍게 웃는 얼굴이 있었다.

흔한 표현으로,『심장이 쿵 해버린』상황이었던 것 같다.

그야말로 무방비한 상태로 마음에 한 방 얻어맞은 회심의 일격.

"⋯⋯으, 응. 고마워⋯⋯."

"잘 둘러대면 될 거야. 같이 뭉쳐서 들어가자."

왠지 멋있다. 좋은 사람이다. 상냥하고 여유가 있고. 당황에 이어서 두근두근해서 말이 없는 수상한 태도. 정말로 돌발적인 트러블에 약한 여자, 미치바 쿄코, 만 15세.

그러는 사이에 다른 지각한 사람들도 와서, 같이 정문 쪽으로 이동했다. 늦은 사람들을 맞이해준 선생님들은 쿄코도 다른 늦은 사람들과 똑같이 대해줬다. 입학식에도 무사히 참가할 수 있었다.

아무리 감사해도 모자랄 지경이다. 새로운 반 친구들한테 이상하게 눈에 띄는 일도 없이 평범한 고등학교 생활을 시작하게 된 건 바로 그 사람 덕분이라고, 쿄코는 그렇게 생각했다.

내가 멍청한 탓에 반도 이름도 모르는 채로 헤어지고 말았지만, 일주일 뒤에 있었던 위원회에서 같은 도서위원이라는 걸 알았을 때는 소리를 지를 뻔 했다.

"저, 저기, 아이카와 군! 나!"

1학년 B반, 아이카와 리히토 군. 쿄코는 자기소개 때 들은 이름을 머릿속에 새겨두고, 위원회가 끝난 뒤에 신발장 앞에서 숨을 헐떡이며 그 리히토 군에게 말을 걸었다.

정말 기뻤기 때문에. 제대로 고맙다는 말을 하고 싶었기 때문에.

그런데.

"그러니까…… 미치바, 였던가……? 무슨 일 있어……?"

──아쉽게도, 그는 쿄코를 전혀 기억하지 못하고 있었다. 하지만 겨우 그 정도로 물러날 수 있는 사랑이 아니었다.

그렇다, 사랑이다.

소설이나 애니메이션, 게임에만 빠져 있던 오타쿠 계열 여자였지만, 드디어 3차원에서도 멋진 남자가 나타났다.

서툴면서도 실처럼 가느다란 인연을 필사적으로 더듬어서, 친구들과 평범하게 말할 수 있게 되는데 까지도 꽤나 시간이 걸렸다(솔직히 보통 사람들하고 무슨 이야기를 해야 좋을지 전혀 모른단 말이다 By 오타쿠 여자의 외침!).

　다른 사람이 만든 세계에 몰두하는 것 말고는, 회색으로 응어리진 현실에 색을 입힐 방법이 있다는 건 생각도 못 했었다.

　거울 앞에서 몇 시간이나 눈싸움을 한 끝에 어둡고 무거워 보이는 머리카락도 짧게 잘라서, 밝고 귀여운 여자애답게. 부끄러워하지도 않고 그런 일을 할 수 있었던 건, 오로지 그에게 다가가기 위해서였다. 여자로 봐줬으면 싶었기 때문이다.

　같은 도서위원으로 지내왔던 꿈만 같은 1년.

　그 뒤로 또 반년이 지난, 고등학교 2학년 가을.

　아무런 전조도 없이, 잔혹할 정도로 간단히, 운명의 시간은 쿄코를 데려가 버렸다. 그 세계로——.

　"……도넛?"

　"그래! 서쪽이랑 동쪽이 연결되고, 북쪽이랑 남쪽이 수도 없이 이어져 있는 세계—— 그야말로 구멍이 없는 도넛 모양이, 퀘드라 월드를 정확하게 표현하는 형상인데, 적당하다고 할까, 그야말로 판타지지."

　2학년이 돼서도 쿄코는 계속해서 도서위원 일을 했다. 좋아하는 리히토와는 『예전 인연으로 도움을 부탁하는 사이』로 정착돼 있었다.

　항상 그랬던 것처럼 자신이 잡일을 부탁하고, 도서 정리실에서 단둘이 있게 된 게 너무 기뻐서 자기도 모르게 흥분하고 말았다. 정신을 차려보면 혼자서 열심히 떠들고, 그 이야기에 따라오지 못한 리히토가 조용히 굳어져 있고는 했다.

'이, 이 바보야아아아아아아!'

질렸다. 완전히 질려버렸어.

"으아, 미안해! 또 나 혼자 알아듣지도 못하는 소리를! 미안해, 나 짜증나지."

"아, 아니, 그런 건 아니고."

"아냐, 나도 알아."

입가를 닦아보니 도넛 가루가 묻어 있는 게, 내가 생각해도 너무 여자답지 못해서 신음소리가 나왔다.

그에 비해 리히토는 쿄코가 마음 두기 아까울 정도의 사람이다.

말을 하면 할수록 주눅이 드는 동시에 안타까운 기분이 든다. 더, 좀 더 가까워지고 싶다고 생각하게 된다.

'역시 말해야 하나?'

벚나무 밑에서 울고 있던 그때부터, 계속 키워온 마음.

좋아── 정했다. 미치바 쿄코 만 17세는, 지금부터 작전 브라보로 이행한다.

눈앞에 있는 아이카와 리히토 군에게── 고백한다!

──막상 하자고 마음먹었더니 체온도 심장 박동수도 급상승해서, 얼굴에 드러나지 않게 하는 것만 해도 너무나 힘들었다.

"아이카와 군. 내가 문 잠그고 갈 테니까, 먼저 신발 신는 데 가 있을래?"

"알았어."

"오늘은 정말 고마워."

쿄코의 제안을 받아들인 리히토가 도서실에서 나갔다. 터질 것만 같은 기대와 두려움 때문에, 정신이 어떻게 돼버릴 것만 같다.

학교에서 역 까지 가는, 도보 10분 동안이 승부의 시간이다.

생각해내자. 조금이라도 말할 시간을 늘리기 위해서, 멀리 돌아가는 걸 감수하면서까지 자전거 통학에서 전철 통학으로 바꿨던 그때의 결단을.

잊었다는 말은 하지 않겠지. 2학년이 되면서 같은 반이 됐을 때는, 이불을 뒤집어쓰고 눈이 퉁퉁 부을 때까지 울었잖아.

상냥한 점이 너무나 좋다. 그가 혼자 있을 때면 조금 쓸쓸한 표정으로 하늘을 올려다보는 옆얼굴도 좋다.

묘하게 멋있는 그 눈은 대체 뭘 보고 있는 걸까. 무슨 생각을 하고 있을까.

열심히 생각하면서, 매일매일 일희일비. 오늘 이 기회를 놓쳐버리면 그런 날들이 전부 무의미한 일이 된다고 생각해, 쿄코.

'파이팅!'

도서실 문단속을 마치고, 열쇠를 반납하러 교무실로 갔다.

리히토가 있을 현관으로, 터질 것 같은 심장을 달래면서 걸어갔다.

"――어라?"

그런데 그때, 쿄코는 생각지도 못한 일 때문에 눈이 휘둥그레졌다.

바로 그 아아키와 리히토가 건물 사이에 있는 연결 통로를 벗어나, 학교 건물 뒤쪽으로 가고 있었다.

분명히 신발장 앞에서 기다려달라고 부탁했는데. 저쪽에 있는 건 창고와 수영장 정도. 뭐, 리히토가 수영장을 엿볼 리는 없겠지만——그렇게 생각한 순간이었다.

　"——으아, 어떻게 된 거야 아이카와 군, 그거!"

　그 수영장 담장에서, 매치 해일 같은 기세로 물이 넘쳐 나왔다.

　리히토가 재빨리 고개를 돌렸다. 그의 교복도 흠뻑 젖어 있었다.

　"고장? 누가 장난 친 거야?"

　"오지 마, 미치바!"

　깜짝 놀랐다.

　너무나 상냥한 그 소년의 입에서 나왔다는 걸 믿을 수 없는 고함소리였다.

　"빨리 교무실로! 사람을 불러와!"

　"으, 응!"

　엉겁결에 대답하고 말았다.

　"아, 알았어! 조금만 기다려!"

　날카로운 목소리와 눈빛이, 더 이상 다가오는 걸 허락하지 않아서.

　——대 앵, 대 앵, 대 앵, 대 앵——.

　'뭐, 뭐야 이거. 종소리? 차임? 어디서 나는 소리야?'

　이상하다고 생각했지만, 리히토는 계속 이쪽을 노려보고 있다. 결국 쿄코는 망설이면서도 그가 시키는 대로 하는 쪽을 선택했다. 정체불명의 소리가 계속 울리는 속에서, 자기 가방을 끌어안고 뛰어갔다.

이상하다. 뭔가가 이상하다. 아무튼 이상하다.

'솔직히 아까 그거…… 학교 종소리가 아니잖아. 교회나 절 같은, 그런 곳에서 나는 소리였는데……'

그런 소리, 이 근처에서는 한 번도 들어본 적이 없다.

그리고 그때 리히토의 얼굴── 평소와 전혀 달랐다. 건드리면 베일 것 같은, 날카로운 칼 같은 기백이 넘쳐나고 있었다.

두려움에 떠밀려 시키는대로 해버렸지만, 정말 이래도 되는 걸까.

가슴이 진정되질 않았다.

아마도 이런 때, 조용히 물러나면 안 될 것 같은 기분이 든다. 왠지 말로 설명할 수는 없지만, 지금까지 읽었던 책에서는 거의 그랬다. 여기서 떨어져버리면 두 번 다시 못 만나게 될 것만 같은 기분이 자꾸만 들어서──.

'싫어!'

쿄코는 바로 뒤돌아섰다. 리히토가 있을 수영장 쪽으로, 서둘러 뛰어갔다.

"아이카와 군!!"

하지만 거기서 본 것은 조금 전의 물이 격렬하게 꿈틀거리고, 리히토가 그 속으로 삼켜지는 모습이었다.

쿄코는 비명을 질렀다.

"아이카와 군! 아이카와 군!"

도와주려고 물가로 뛰어갔지만, 그 눈앞에서 물이 『일어섰다』.

매끄럽고 투명한, 얼음 조각보다 맑은, 유동성 있는 액체로 된 여자였다.

"──────아, 아."

물 여자는 자기 뒤에 있는 풍경을 투과시키면서, 쿄코를 내려다 봤다.

뭐야? 저기, 이거 꿈이야? 현실이야?

──당신도 그렇군요.

속삭이는 여자 목소리, 그리고──.

"꺄아아아아!"

팡! 물 풍선을 바늘로 찌른 것처럼, 여자의 몸이 터졌다. 몸을 구성 하고 있던 물이 단숨에 무너지면서 밀려왔고, 쿄코도 머리부터 물을 뒤집어썼다.

'도와줘……!'

필사적으로 발버둥 쳤지만 물은 물러나지 않았다. 게다가 기세가 더욱 거세져서, 쿄코를 넘어지게 만들었다. 천지가 뒤바뀌고, 강한 힘 으로 끌어들인다. 어딘가 먼 곳으로, 깊이, 깊이 가라앉아간다.

'싫어, 누가.'

살짝 딴 시야 한쪽에 리히토의 머리카락 같은게 보였다. 쿄코는 폭 력적인 힘에 저항하면서 그를 향해 손을 뻗었다. 하지만, 아주 조금── ── 부족하다.

더 커다란 힘이, 쿄코의 몸을 멀리 떼어났다.

'……아이카와, 군……!'

눈을 뜨고 있지도 못할 정도의 기세로, 쿄코는 물살 속으로 빨려 들어갔다.

***

아아—— 목소리다.

목소리가 들려온다.

'……누구지? 아빠? 엄마?'

자고 있는 쿄코의 머리 위에서 소곤소곤, 어른들이 이야기하는 소리가 오갔다.

보나마나 부부싸움일 거라고 생각했다. 자기가 자고 있을 거라고 생각해서, 낮 동안에는 안 들리게 말다툼을 벌이는 것이 그 사람들의 일상이니까.

정말이지, 매일매일 잘도 한다니까. 집에 늦게 온다, 청소를 제대로 안 했다, 월급이 너무 적다, 낭비가 너무 많다—— 악의에 악의로 받아치는 것 같은 말들의 응수. 자신이 할 수 있는 일은 귀를 틀어막고 잠이나 자든지, 이불 속에서 게임이나 책속 세상에 빠져드는 것뿐이다.

"……이봐, 어쩌지? 깨울까?"

"갑자기 공격하지는 않겠지."

"그건 아니겠지. 평범한 여자애로 보이니까. 옷도 꽤 고급 같은데."

"……그나저나 이상한 차림새네. 어디서 날아온 건가."

뭐야, 너무하잖아. 뭐가 이상하다는 건데. 누가 공격한다는 거야.

아빠도 엄마도, 좀 조용히 자게 해줘. 내일도 일찍 나가야 하잖아?

정말이지—— 싸우려면 딴 데 가서.

"아~ 뭐야, 시끄럽다고!"

이불을 치워버리려던 손은, 완전히 헛손질을 하고 흙먼지만 날렸다.

'……어?'

그리고 눈앞에 있는 사람들은 아빠도 어머니도 아닌, 머리에 터번 같은 천을 두른 수염이 난 남자들이었다.

아무리 봐도 중동계 외국인처럼 생겼다. 단숨에 얼굴에서 핏기가 가셨다.

"……아, 아아아, 아이 캔, 캔트 스피크, 잉글리시……."

아냐, 잠깐만. 애당초 이 사람들한테 영어가 통하는 걸까? 이런 때는 어느 나라 말로 해야 하지? 아랍어? 힌두어? 그것조차 모르겠다.

"저기, 그러니까."

"지금 그건 무슨 주문이야? 너 혹시 주술사야?"

그 너무나 다른 나라 사람처럼 생긴 남자의 입에서 흘러나온 말을 쉽게 이해할 수 있어서, 쿄코의 머리를 더욱 혼란스럽게 만들었다.

'어떻게 된 거야?'

무엇보다 주위 풍경이 이상했다.

주위는 갈색 흙이 훤히 드러난, 상당한 급경사면 사이에 있는 곳이다. 바닥도 포장되지 않은 산길이라고 해도 될 정도라서, 메마른 바람 때문에 흙먼지가 피어올랐다.

눈앞에 있는 사람들이 이 부근에 근거지를 둔 산적이라고 해도, 풍경을 보면 납득할 수 있을 것 같다. 화학섬유 천이나 고무를 전혀 사용하지 않은, 옛날 것 같은 옷을 봐도 그렇고.

조금 전까지 자신이 도쿄의 고등학교에 있었다는 전제를 제외한다면.

모르겠다. 대체 무슨 일이 일어난 거지?

"주술사—— 라면 제대로 된 무기가 없는 것도 이해가 되는데."

"누가 보낸 거야? 슈로족이려나?"

"아니, 그건 아닐 거야. 그 놈들한테 그런 연줄이 있을 리가 없으니까."

"평소처럼 『보물』 중에 하나겠지. 생긴 건 어린애지만 신기한 물건을 가지고 있었으니까.

그렇게 말한 남자 중에 한 명이 쿄코의 책가방을 전리품처럼 들어 올리는 모습을 보고는 비명이 터져 나왔다.

"잠깐, 그거 내 거야!"

그 순간, 남자들이 일제히 칼을 뽑아서 입을 다물 수밖에 없었다.

날이 크게 휜 칼날은, 아마 시미터라고 하는 건데——.

"··········사, 살려."

"닥쳐!"

"아야!"

뺨에 뜨거운 아픔이 느껴졌다.

쿄코는 자기 눈을 의심했다. 재빨리 뺨에 댔던 손을 떼보니, 빨간 피가 묻어 나왔다.

'뭐야, 이거.

'말도 안 돼.'

'칼로 벤 거야?'

'나를? 이 사람들이?'

아픔보다 믿을 수 없는 생각 때문에 고개를 들었다. 쿄코를 벤 남자는 눈부시게 빛나는 시미터를 들이대면서, 가늘고 긴 혀로 자기 입술을 핥고── 웃었다.

"이제 알았지? 네가 어떤 저주를 걸려고 하건, 주문을 외우기 전에 이 칼로 토막을 내주겠다. 얌전히 두 손 들어."

"무, 무슨…… 왜……."

"빨리 해!"

정말 영문을 모르겠다. 여긴 어디지? 이 사람들은 누구지? TV 촬영인가? 아프다. 뺨이 아프고 뜨거워서 미칠 지경인데. 이런 것도 카메라로 찍는 거야? 아무도 안 말리고?

"도, 돈 같은 걸 없어요! 전부 그 가방 안에 있다고요!"

"빨리!"

쿄코는 울고 싶은 심정으로 두 손을 들었다. 칼날은 여전히 쿄코의 목으로 향하고 있다.

한 사람이 칼로 위협하는 동안, 나머지 남자들이 쿄코에게 다가왔다. 허리와 다리를 아무렇지도 않게 더듬었을 때는 비명이 나오려고 했다.

"두목! 찾았습니다! 이것도 마법 도구겠죠!"

교복 주머니에 넣어뒀던 스마트폰이다.

안 돼. 돌려줘. 말하고 싶지만 뺨이 너무 아픈 탓에, 무엇보다 공포에 몸이 떨리는 탓에, 말이 마음대로 나오지 않는다.

"헤헤. 역시 있잖아. 숨겨두기는."

이쪽을 위협하는 남자는 여전히 천박하게 웃고 있다.

"그래, 응, 좋네 좋아. 그렇게 비참한 표정을 짓는다는 건, 꽤 값어치가 있는 물건이라는 뜻이겠지. 크아, 진짜 끝내주네 이거. 또 뭔가 있지. 이것저것 숨기고 있을 거야. 여기라든지?"

칼끝이 넥타이를 쳐올리고 블라우스 단추 사이로, 몇 센티미터 정도 파고 들어왔다. 베이지는 않았다. 아픔은 없다. 하지만 칼날의 존재는 분명히 느껴진다. 그대로 조금만 위로 올렸더니 단추를 고정한 실이 간단히 끊어졌다.

풀어진 가슴팍이 드러났지만, 몸을 움직일 수도 없다. 두려움 때문에 몸도 마음도 굳어져버렸다.

눈물만이, 쿄코의 뜻과 상관없이, 뜨겁고 아픈 볼을 적셨다.

칼이 살갗 위를 지나, 아래쪽 단추도 떼어버리려고 한다.

'싫어. 무서워―― 나―― 죽어――'

이런 영문도 모르는 일 때문에. 누구인지도 모르는 사람들 손에. 그런 건, 싫어――!

"아이카와 군!"

――삐리리리리리리리, 삐릿!

쿄코의 비명과 겹쳐지는 것처럼, 날카로운 피리 소리가 울렸다.

산적들의 눈빛이 살짝 달라졌다.

"야, 큰일났다. 카야지의 칙사병이다."

"뭐야 이거. 이런 데『붉은 사자』가 왔다는 거야? 이봐, 두목!"

"내가 어떻게 알아!"

"──야, 저기 봐!"

한 사람이 손가락으로 가리키면서 소리쳤다.

왼쪽에 있는 경사면에서 뿔이 구부러진 큰 산양이 모래먼지를 날리면서 뛰어 내려오고 있다. 안장에 타고 있는 사람은 모래색 망토와 두건으로 온 몸을 가린 복면 같은 차림새. 손에 들고 있는 활에 살을 메기고, 재빨리 쐈다. 쿄코의 눈앞에서, 남자의 팔에 화살이 박혔다.

남자들의 비명과 고함소리가 터져 나왔다.

피비린내가 나고, 무섭고, 하지만 현실이다. 어디에도 선택지 커맨드나 컨트롤러 버튼을 누르라는 표시는 없다. 현실이다. 현실에서 사람들이 서로 죽이고 있다.

"타!"

쿄코는 깜짝 놀랐다. 복면 쓴 인물의 목소리는 지금까지의 산적들과 똑같이 쉽게 이해할 수 있었고── 게다가,『여자』인 것 같다.

'나, 나한테 한 말이야?'

복면 쓴 여자가 고개를 끄덕였다. 이젠 이것저것 생각할 틈도 없다. 혼자서 여기 남겨지는 것보다 백배는 낫다. 쿄코는 정신없이, 상대가 내민 손에 매달렸다.

"간다!"

위로 끌어올려지는 도중에, 큰 산양이 더 빠르게 달리기 시작했다. 산적들을 걷어차고, 도망치는 토끼처럼 그 자리에서 이탈했다.

"떠, 떨어져! 떨어진다고!"

"미안하지만 알아서 어떻게든 해! 이 이상은 무리니까!"

쿄코는 정말로 울면서 안장에 매달렸고, 몇 번이나 발끝이 땅에 닿을 뻔 했지만 필사적으로 떨어지지 않으려고 버텼다.

아픈 볼을, 강한 바람이 쓰다듬고 지나간다. 쿄코와 여성을 태운 큰 산양은 그 뒤로 한참동안 거친 경사면을 달려갔고, 마침내 풀이 자라 있는 평지에 도착한 뒤에야 속도를 늦췄다.

그제야 주위를 둘러볼 여유가 생긴 쿄코는, 깜짝 놀랐다.

'뭐야, 여기.'

마른 풀 색의 초원에 삼나무 비슷한 나무들이 드문드문 자라 있다. 약간의 기복이 있기는 해도, 땅은 끝도 없이 펼쳐져 있는 것처럼 보였다.

——넓다.

건물은 고사하고 전신주도 하나 없다. 저 멀리에 눈을 머리에 쓴 산맥이 보인다.

일본이—— 아니다.

"……괜찮아?"

여자가 머리에 쓴 두건을 벗었다. 나타난 것은 생각보다 젊은 금발 소녀였다. 외국인들 나이는 짐작하기 힘들지만, 쿄코보다 많지는 않은 것 같다.

하얀 피부에는 살짝 주근깨가 보이고, 밝은 갈색 눈동자는 쾌활하게 빛나고 있다. 말없이 고개를 끄덕였더니 그녀가 웃었다.

"그래. 다행이네."

그렇게 웃었더니 덧니가 드러나면서 요염한 매력이 두드러졌다.

"…………저기, 나."

"괜찮아, 괜찮아. 신경 안 쓰니까. 흉내 내는 건 내 특기 중에 하나야 카야지 쪽 군인들 피리소리 흉내라든지."

그렇게 말하고, 소녀는 왼손 집게손가락을 구부려서 입에 댔다.

──삐리리리리리리리, 삐릿!

또 그 새소리 같은 소리가 울려 퍼졌다.

"어때? 꽤 그럴듯하지."

자랑스런 표정이지만 쿄코는 뭐가 어떻게 대단한 건지 하나도 모르 겠다.

그렇다, 모르는 일들이 너무 많다. 여기는 어디지? 그 사람들은 뭐지?

"……나, 난, 뭐가 뭔지 하나도 모르겠어. 정신을 차려보니 거기 있 었어. 무슨 일이 일어난 거야."

"아~ 응, 알아, 안다고. 그 놈들은 말이야, 나호바족 건달들이야. 아 까 그 계곡은, 아는 사람은 아는 『보물 계곡』이야. 산 너머에 있는 하타 르트 사막에서 이런저런 보물들이 날아와서 떨어지기 때문에, 그걸 노 리는 거야. 너도 사막에 있었지?"

아니야.

"솔직히 말하자면, 어느 부족이건 계곡은 출입 금지 지역이고, 대항 하는 슈로족한테 들키기라도 하면 큰일이 나거든. 정말이지, 그 놈들은 잘도 저질렀다니까. 이런 노상강도 같은 짓이나 하고 말이야. 진짜 칙사병한테 잡혀버리면 좋겠네."

"그게 아니라!"

쿄코는 소녀에게 매달리면서 고개를 저었다.

"슈로네 나호바네 하는 게 뭐가 뭔지도 모르겠고, 난 정말로 아무것도 몰라! 제발 부탁이니까 장난 좀 그만 해! 집에 보내줘! 도쿄에 있는 우리 집에!"

울며불며 매달리고 있는 이 순간에도, 어디선가 카메라로 찍으면서 웃고 있는 사람들이 있으려나. 만약 그렇다면, 그 사람은 정말 최악이다.

"제발…… 부탁이야……."

"……저기. 미안하지만, 난, 네가 무슨 말을 하는 건지 잘 모르겠거든."

눈물을 글썽이는 쿄코에게, 소녀가 말했다. 황당할 정도로, 어이가 없다는 것처럼.

"사막 어딘가에 『도쿄』라는 마을이 있는 거야? 거기가 너희 집이고? 여기는 하미타드의 이즈론 협곡이고. 슈로족이랑 나호바족의 땅이 겹쳐지는 완충지대인데, 난 어느 부족에도 소속되지 않아서 있어도 되거든. 넌?"

유창한 일본어로, 모르는 땅의 이름을 말하는 소녀의 배경에, 붉게 물든 태양이 내려왔다.

지구상 어디에 가도 다를 게 없다고 믿었던 아름다운 주홍색 태양. 하지만 쿄코는 눈이 휘둥그레졌다. 그 태양이, 두 개가 나란히 떠서 빛나고 있기 때문에.

"네가 말하는 『도쿄』는 어느 부족이 다스리는 어떤 마을이야?"

여기가 외국은 고사하고── 지구조차도 아닐 가능성을, 생각해야 한다──.

"내 이름은 수르야. 바젤한테 배운 가련한 댄서, 『적봉좌』의 수르야 메어라고 하면, 이 근처에서는 꽤 유명── 어, 잠깐만 너!"

갑자기 엄청나게 어지러워졌고, 쿄코의 시야가 어두워졌다. 소녀의 비명이 멀리서 들려왔다.

***

파나케이아에서 1, 2위를 다투는 대국이 윌타미아 왕국이라면, 그 남쪽에 있는 이엔마르드 수장국은 많은 부족들이 모여서 구성된 나라라고 할 수 있다.

국토의 대부분을 지배하고 국정을 관장하는 세 부족의 수장인 하지, 세넬, 카야지 세 가문을 『삼도(三刀)』라고 부르며, 여기서 선출된 수장이 최고 책임자로서 다른 국가들과의 절충을 맡는다.

한편, 이엔마르드는 그렇게 부족들이 모여서 구성된 나라인 탓에, 국내에도 절충해야 할 상대들을 잔뜩 지니고 있었다.

예를 들어서 하타르트 사막보다 남쪽── 산맥을 하나 넘어간 독에 하미타드라고 불리는 고지대가 있다.

그곳은 사막이나 바다 쪽 지역과 비교하면 해발고도도 높고, 분지처럼 완만한 평원이 펼쳐져 있다. 이 땅에 사는 부족은 둘. 하나는 분지 동쪽을 다스리는 슈로족. 또 하나는 서쪽을 다스리는 나호바족이다.

두 부족은 토지의 경계나 치수를 두고 험악하게 싸워왔고, 한편으로는 중앙 정부의 개입도 받아들이지 않았다. 결코 아첨하지도 않고 물러나지도 않고 양보하지도 않는 주민들의 기질은, 예전에 중앙 정부와도 싸웠던『따르지 않는 백성』의 핏줄을 그대로 이어받았다고 전해진다.

오늘도 양쪽은 토지 경계에서 서로 으르렁대고, 견제하고, 때로는 칼을 주고받고 있다.

그리고── 그런 난리조차도 그냥 지나가는 평원 북부의 한촌에, 토안 브루게가 이끄는『적봉좌』의 본거지가 존재한다.

"……배가, 고프네요. 단장님."

틈새로 차가운 외풍이 들어오는 창고 구석에서, 단장과 구성원들이 카드 게임에 빠져 있다.

그들 주위에는 공연에 사용하는 대도구와 소도구들이 잔뜩 쌓여 있지만, 대부분이 먼지를 뒤집어쓰고 있다. 벌써 몇 달이나 일이 없어서 가만히 처박혀 있었기 때문이다.

단장 토안은 올해로 쉰이 된 장년의 사내로, 체구가 작고 상당히 말랐다. 한참동안 수염이 난 입을 우물우물 움직인 뒤에, 짜증난다는 것처럼 손에 든 카드를 내던졌다.

"칙칙한 소리 하지 말라고. 간판 배우가 말이야."

"칙칙해질 만도 하죠. 그냥 주린 배를 붙잡고 기다리는 수밖에 없으니까. 양 돌보기랑 밭일을 돕는 것도 한도가 있지 않습니까."

이 말을 한 사람이 절세의 미장부다보니, 그 비장감이 훨씬 더 커졌다.

"밭일은 적당히 해라, 슬레이만. 그 짓을 너무 하면 연기력이 떨어진다."

"그럼 슬슬 다른 일을 해야죠. 슬레이만 윤살한테 어울리는 큰일을."

"걱정 안 해도, 앞으로 한동안 어느 마을이건 축제 철이다. 쌈박질하던 놈들도 고향으로 돌아오는. 결혼식 여흥까지 더하면 바빠질 거야."

"계절 한정도 정도가 있지 말이죠."

"잘 들어라, 『부부를 축하하는 노래』와 『암소 춤』은 잘 연습해둬라. 그게 있고 없고에 따라서 노인네들 반응이 전혀 다르니까."

"……수도 바젤까지는 바라지 않아도, 좀 더 뭐랄까, 어떻게 안 될까요."

"과분한 욕심을 내봤자 소용없는 일이야. 그게 하미타드에서의 방식이다."

슬레이만은 하늘을 보면서 한숨을 쉬었다.

"뭐, 그건 그렇다 치고 말이죠 단장님. 수르야 녀석은 아직도 안 왔나요."

수르야 메어는 『적봉좌』의 간판 아가씨다.

일단 무대에 올라가면 노래도 춤도 멋지게 피로하지만, 시즌 오프 때 특기인 활로 사냥감을 잡아오는 쪽이 더 중요한 일이다.

그녀가 새나 짐승을 잡아오면 그 살은 극단원들의 주린 배를 채워주고, 털가죽은 그럭저럭 괜찮은 가격에 팔린다. 때로는 떠돌이 극단원이라는 점을 이용해서 슈로와 나호바의 토지 경계까지 들어가서는, 산 너머 사막에서 날아오는 『보물』을 주워오는 일도 많았다. 이것도 일이 없는 시기에는 귀중한 수입원이다.

"──산새라도 잡아오면 좋겠는데 말이죠."

"여우일지도 몰라."

상상만 해도 뱃속에서 소리가 났다.

"어디. 내기 해 볼까, 슬레이만. 우리 귀여운 간판 아가씨가 어떤 보물을 주워올지──"

해가 저물어가는 흙길을 터벅터벅, 터벅터벅, 쿄코와 수르야는 큰 산양을 타고 걸어갔다.

두꺼운 발굽이 자갈에 부딪치는 진동이 꽤 크게 울려서, 허리와 등이 아플 지경이다.

"……그러니까, 뭐라고? 키요는 이엔마르드가 아니라 『일본』이라는 나라에 있었고, 『도쿄』에 있는 학교에 다니고 있었는데, 정신을 차려보니 거기에 있었다는 얘기야?"

"…………그런…… 것 같아……. 뭔가 갑자기 물이 여자 모양이 됐고, 날 끌어들인 느낌……."

"아. 주술사 짓이네, 그건."

수르야는 아무렇지도 않게 대답했다. 쿄코한테는 절망이다.

"주, 주술…… 저주? 설마 마법이 있는 거야?"

"당연히 있지. 난 못 쓰지만."

너무 황당한 일에 쿄코는 입이 떡 벌어지고 말았다.

"그러니까 말이야. 보통은 이상한 탑이나 지하에 틀어박혀서, 제자들을 모아서는 이상한 약 같은 걸 만든다는 것 같아. 주술사의 힘이 필요할 때는 돈을 내고 마법을 사는 거야. 저 녀석을 저주하고 싶으니까 이런저런 걸 해줘~ 라고. 아, 그렇지만 말이야, 월타미아 같은 데서는 나라에서 만든 훌륭한 학교까지 있다는 것 같아. 그런 건 주술사가 아니라 마술사라고 부른 대고. 역시 도회지는 다르다니까~."

"⋯⋯⋯⋯그렇, 구나⋯⋯."

"좋겠다, 월타미아. 나도 언젠가 가보고 싶어. 새하얀 성과 화려한 왕도! 왕자님 마음에 들기라도 하면 정말 최고지!"

그 뒤로 수르야와 이런저런 질문과 대답을 주고받았지만, 들으면 들을수록 혼란스럽고 골치가 아파오는 느낌이다.

이쪽 세계의 이름. 모르는 나라의 이름. 얼굴은 전부 다른 나라 사람인데 유창한 일본어로 말하는 것도 부자연스럽다. 한편으로 쿄코가 땅바닥에 쓴 한자, 카타카나, 히라가나, 알파벳까지 전부 모르겠다는 말을 들었다.

『미안하지만, 난 학교 같은 덴 안 다녔거든』이라고, 수르야는 그렇게 말했지만, 그런 수르야도 쓸 수 있는 단어는 적어서 보여줬다. 숫자조차 처음 보는 것이었다.

'어떻게 된 거야?'

아무리 생각해도 답이 나오지 않는다. 아니── 정확히 말하자면 정말로 믿었다가는 바보라고 생각할 것 같은, 상식의 틀을 벗어난 비상식적이고 엉뚱하다는 생각만 들 뿐이다──.

볼의 상처보다 욱신욱신, 골치가 아파서 미칠 지경이었다.

"뭐~ 너무 어려운 걸 물어봐도, 난 잘 모르니까. 이런 건 나이 먹은 사람들이 잘 알 거야. 우리 단장님한테 물어봐줄게."

"단장님?"

"그래. 조금만 더 가면 마을에 도착하거든. 우리가 말이야, 지금은 거기서 살고 있어."

지금은 눈앞에 있는 밝은 여자아이를 믿고 큰 산양에 타고 있지만, 불안한 마음은 끊이지 않았다. 정말로 맡겨둬도 되는 걸까. 뭔가 속이려고 드는 건 아닐까.

'하지만, 달리 방법도 없잖아.'

길은 초원에서 다시 산자락의 숲속으로 이어졌다. 돌아가는 길은 모른다. 영문을 알 수 없는 하늘. 기분 나쁜 새 소리—— 무섭다.

"우구루오우——!"

갑자기, 길가 덤불에서 커다란 원숭이 같은 짐승이 튀어나왔다.

쿄코는 비명을 질렀다.

그 원숭이는 머리가 거꾸로 달려 있다. 게다가 물구나무를 선 채 앞발로 비틀비틀 걸으면서, 뒷발로는 복잡한 박자로 손뼉을 쳤다. 게다가 쿄코 일행 주위를 빙글빙글 돌기 시작했다.

"싫어, 싫어, 싫다고, 오지 마! 저리 가! 오지 말라고!"

쿄코는 수르야의 등에 매달렸다. 이젠 싫다. 무서운 건 싫다.

"오지 말라니……"

"……이봐, 수르야. 이 녀석 너무 무서워하는 거 아냐?"

"어라?"

"그쪽이 바보 같은 짓을 하니까 그렇지."

"꺅."

눈앞에서 수르야가 쏜 화살이 큰 원숭이의 얼굴에 명중했다. 원숭이는 버둥대면서 땅바닥에 쓰러졌다.

"……수, 수르야?"

"쉿."

"야~ 이게 무슨 짓이야!"

바로 벌떡 일어난 큰 원숭이는 여전히 거꾸로 들려 있는 얼굴의 이마에 화살까지 박힌 채로 항의하는 소리를 질렀다.

'──사람이었구나.'

아무래도 원숭이 가면을 거꾸로 쓰고 있었던 사람인 것 같다. 사람 헷갈리게 하고 말이야.

가면을 벗었더니 가면보다 더 빨간 소년의 얼굴이 나타났다.

아니, 아마도 수르야와 비슷하겠지. 예쁘장한 수르야와 비교하면 이쪽은 머리카락도 버석버석한데다 제대로 다듬지도 않은 상태인 전체적으로 와일드하다고 할까, 정말로 야생동물 같은 소년이다.

"키요는 무서운 일을 겪고 상처 받았단 말이야. 그런 배려라고는 찾아볼 수도 없는 재주에 어울려줄 여유는 없다고."

"무서운 일?"

"아무튼 단장님한테 볼일이 있으니까 저리 비켜. 그럼, 바이바이, 안녕~"

"너 말이야, 기껏 걱정해줬는데 그러는 게 어디 있어!"

수르야는 허리 뒤춤에서 죽은 토끼를 꺼내서 던졌다.

"저녁밥이 걱정되면 그걸로 알아서 하고~. 뒷일은 난 몰라."

"바, 밥…… 이 아니라 말이야. 난, 널 기다린 거라고."

수르야는 무뚝뚝한 얼굴로 안장에서 내렸다. 그래도 소년은 계속해서 떠들어댔다.

"나호바 놈들한텐 안 들켰지?! 칙사병 순찰대한테도!"

"자, 너도 가자, 키요."

"으, 응……."

수르야가 시키는 대로, 쿄코도 안장에서 내렸다.

"저건 말이야, 가리프 사얀. 몸놀림은 가볍지만 머리는 원숭이. 그렇게 알아두면 돼."

그런 수르야의 안내를 받아서 간 곳에는 돌과 하얀 벽으로 만들어진 2층 집이, 언덕 비탈을 따라서 여러 채가 줄어 있는 모습이 보였다.

'——역시, 일본이 아니야…….'

모래먼지가 날리는 길에 갈색 닭이 걸어 다니고, 아이들이 땅바닥에 고양이로 보이는 그림을 그리면서 놀고 있다.

콧물을 줄줄 흘리는 아이는 수르야 뒤에 있는 쿄코를 보고는 깜짝 놀란 것처럼 자기 집 안으로 뛰어 들어갔다.

수르야가 망설이지도 않고 들어간 곳, 그런 마을 한쪽에 있는 집이었다. 커다란 창고와 마당도 있는 집이고, 건물 자체는 훌륭하지만 제대로 관리했다고는 말하기 힘들었다. 주위에 있는 집들보다 훨씬—— 허름하다.

폐가 직전인 본채 앞에서, 쿄코보다 조금 나이가 많아 보이는 여성이 비질을 하고 있었다.

긴 검은 머리카락을 등까지 늘어트리고, 비질을 하면서 멍하니 이쪽을 바라보는 눈빛은 풀어져 보인다고 할까, 졸린 것 같다. 얼굴 자체는 예쁜데, 유령처럼 패기가 없다.

"파밀. 단장님이랑 슬레이만은?"

시루야가 파밀이라고 부른 여자는 말없이 창고 안쪽을 가리켰다.

"고마워. 그리고 말이야, 얘 좀 부탁해도 될까?"

파밀은 역시 말없이 큰 산양의 고삐를 받았다. 그리고 그대로 비질을 계속했다. 정말로 유령 같다.

"단장님~ 슬레이만!"

문제의 창고는 문이 아예 벗겨져 있고, 안에서는 남자 두 명이 나무 상자에 앉아서 카드 게임을 하고 있었다.

입구에 등을 돌리고 있던 남자가 뒤를 돌아봤다. 쿄코는 깜짝 놀라서 몸이 굳어져버렸다.

얼굴이 너무 개성적이라고 할까, 일단 미남이라고 할 수 있다. 나이는, 한창 때인 20대 후반 정도. 웨이브가 들어간 검은 머리카락에 긴 속눈썹과 그리스 조각상처럼 단정한 얼굴. 게다가 두툼한 가슴 근육. 좋아하는 사람은 정말 좋아할 것 같다── 그럴 여유는 전혀 없지만.

"성과는 어땠어, 수르야."

잘 생긴 남자가 유난히 낮은 목소리로 물었다. 수르야는 어깨를 으쓱거렸다.

"틀렸어. 기대에는 답하지 못했거든. 그럴 상황이 아니었어. 겨우 토끼 한 마리."

"단장님, 제가 이겼습니다."

씩 웃고, 잘 생긴 남자가 대전 상대 쪽을 봤다.

그 단장님이라고 불린 쪽은 쿄코의 아버지 정도 또래인 남자다. 살찐 아버지와 다르게 체구도 작고 말랐지만, 나무상자 위에 앉아 있는 자세는 당당하고, 긴 눈썹 밑에 숨은 눈빛은 맹금류처럼 날카롭다.

"글쎄. 승부는 아직 안 끝났다 슬레이만."

분명히, 수르야 뒤쪽에 있는 쿄코를 보고 있는데, 쿄코는 뱀 앞이 개구리 같은 기분이다. 어떻게 해야 좋을지 모르겠다.

"수르야, 네 뒤에 있는, 그 귀여운 아가씨는 뭐냐?"

"아, 맞다, 먼저 그거부터! 저기요 단장님. 얘는 키요. 본명은 쿄코 미치바. 보물 계곡에서 나호바네 날건달들한테 노상강도짓 당하는 걸 구해줬어요."

"허~ 그거 참 큰일이군. 그러면 안 되지. 안 되지 안 돼."

수르야가 눈살에 주름을 지으며 고개를 돌렸다.

"자. 이 대책 없는 아저씨가 우리 단장님.『적봉좌』의 토안 브루게."

"……적봉, 좌? 토안, 브루게?"

"""그렇~다!"""

수르야 말고도 다른 목소리들이 동시에 말했다.

"불러만 주신다면 하미타드 서쪽이건 동쪽이건 어디까지고!"

갑자기 잘 생긴 남자가 일어나서 두 팔을 벌렸다.

"바젤에서 배운 화려한 재주!"

단장 토안이 나이에 걸맞지 않게 멋진 스핀을 보여줬다.

"절대로 손해 보는 일은 없습니다!"

조금 전에 만났던 곡예 소년 가리프가 공중제비를 돌고, 무표정한 파밀이 옆에서 비파 같은 악기를 연주하기 시작했다.

마지막으로 수르야가 지금까지 입고 있던 망토를, 화살집과 같이 벗어던졌다.

그 밑에서 몸에 딱 맞는 짧은 상의와, 배꼽이 보이는 와이드 팬츠가 나타났다.

예쁘게 잘록한 허리를 틀면서 포즈를 잡으니까, 어두운 창고 안에 스포트라이트가 나타난 것 같은 착각이 들었다.

"사랑을 뿌리고 돈을 받고, 곤란할 때는『어떻게든 될 거야』가 말버릇. 극단『적봉좌』를 잘 부탁드려요!"

──그런 얘기인 것 같다.

쿄코는 그 자리에서 굳어져버리는 수밖에 없었다.

이쪽이 멍하니 있는 사이에 그 두 개의 태양은 점점 지평선 너머로 가라앉았고, 주위에 어둠이 찾아왔다.

쿄코는『적봉좌』멤버들과 함께, 본채 2층에서 저녁을 먹게 됐다.

"……안 드세요?"

옆에서 파밀이 물었다. 조용한 목소리다.

그녀가 나무 그릇에 담아 준 것은 건더기가 약간 들어간 국 같았다. TV도 라디오도 없고, 벽에 걸린 램프 불빛만이 묽은 국물 표면을 비추고 있다. 아직 간신히 김이 피어오르는 상황이지만, 입에 대고 싶지는 않았다. 식욕이 전혀 없고, 이걸 먹어도 되는지—— 솔직히 판단할 수가 없었다.

지금쯤은 잔소리가 심한 어머니가 쿄코의 저녁밥을 차려놓고 기다리고 있겠지. 빈정대는 소리를 많이 하지만, 밥은 꼭 챙기니까.

테이블 상석에 앉아 있는 토안 브루게는, 식후 술을 직접 따라서 마시고 있다. 그리고 쿄코 대신 사정을 설명하는 수르야의 목소리에 귀를 기울이고 있다.

"어떻게 생각해요, 단장님? 키요가 거짓말하는 것 같지는 않거든요."

수르야의 질문에, 얼굴이 살짝 발그레해진 토안이 신음소리를 냈다.

"……그렇군. 이건…… 그거다. 소문으로 들은 『세상 넘기』인지도 모르겠네."

"세상 넘기? 사막에서 보물이 날아오는 거랑 다른 건가요?"

"그래, 다르지. 전혀 달라. 이 아가씨는 말이야, 산 정도가 아니라 세계를 통째로 뛰어넘은 거야. 수르야, 너도 들은 적 있지 않느냐. 이 세계는 파나티아 님이 만들었지만, 또 다른 신이 만든 세계가 무수히 이어져 있다고 말이야."

"흐에에에에."

"유명한 건 그거지. 그 아르고스를 쓰러트린 《무명》 용사도, 따지고 보면 다른 세계 사람이라고 하더군."

수르야는 눈을 반짝이면서 손뼉을 쳤다.

"대단하다. 역시 단장님이네. 세상 넘기래, 키요."

"하하하. 이 정도는 상식 중에 상식이지."

"그래서, 키요는 어떻게 하면 되는데요?"

토안은 기분 좋은 얼굴인 채로, 정지 화면처럼 굳어졌다.

"키요가 빨리 집에 돌아가고 싶다거든요. 그 세상 넘기라는 걸로 날아왔으면, 어떻게 해야 돌아가는데요? 누구한테 부탁하면 되죠?"

"……아~."

"어떻게 하면 되지? 설마 못 돌아가는 거야? 평생 이대로?"

"이봐 슬레이만, 밑에 가서 아까 하던 승부 계속 하자."

쿄코의 두 눈에서 뚝뚝, 커다란 눈물방울이 떨어졌다.

"으아, 이거 봐. 얘 운다."

"가리프!"

가리프가 눈치 없이 중얼거리자, 수르야가 재빨리 밥그릇을 집어던졌다. 하지만 쿄코는 더 이상 참을 수가 없었다.

"키요, 미안, 미안해, 울지 말고!"

"나, 나는! 그냥 아이카와 군한테, 좋아한다고 말할 생각이었는데. 학교 끝나고 집에 가면서. 그냥 그것뿐이라고. 계속, 지금까지, 일 년 반이나 좋아했어. 이제 조금만 더 하면 됐는데. 그런데…… 왜 이렇게 된 거야? 가고 싶어. 집에 가고 싶어……."

사람들은 소리 내서 우는 쿄코에서 해줄 말을 찾지 못했고, 쿄코의 목소리는 더욱 떨려만 갔다.

'정말 너무해.'

그때 자기 감을 믿지 말고 바로 교무실로 갔으면 좋았을까. 그랬으면 리히토만 혼자 그 여자한테 삼켜져서 사라져버렸을 것이다──.

"──아."

쿄코는 어떤 사실을 떠올리고 깜짝 놀랐다.

그래. 왜 여태 잊고 있었을까. 넘쳐나던 눈물이 도로 들어갔다.

"……아이카와 군. 아이카와 군이야! 그때 아이카와 군도, 같이 이쪽에 왔을지도 몰라."

"아이카와 군?"

"그래. 저기 말이야, 내가 물속에 빨려들기 전에, 아이카와 군이 먼저 삼켜졌거든. 아이카와 리히토. 무사시노 종합 고등학교 2학년 B반에 출석번호 1번인 남자! 어쩌지, 어쩌면 아직 근처에 쓰러져 있을지도──"

도저히 가만히 있을 수가 없어서, 쿄코는 의자에서 일어났다. 한시바삐 그곳으로 돌아가서 리히토를 구해줘야만 한다.

하지만 정작 중요한 수르야가 미묘한 표정을 지었다.

"수르야?"

"……미안, 잠깐만 기다려봐 키요. 아이카와…… 리히토…… 리히토…… 아이카와……."

"왜 그래?"

"왠지 말이야, 어디서 들어본 것 같거든. 음, 으음~, 조금만 더 하면 뭔가……."

갑자기 눈살을 찌푸리고 신음소리를 내기 시작했다.

"……드, 들어본 것 같더니. 지구 사람인데?"

"이상하다는 건 나도 알아! 그래도, 그래도 들어봤거든! 거의 다 생각났어!"

"그야 당연히 들어본 적이 있겠지. 바로 조금 전에 말했잖아.

토안이 한심하다는 것처럼, 게슴츠레한 눈으로 말했다.

"이름 없는 자, 《용사》 리히토 아이카와."

"리히토—— 아, 맞아! 그거!"

"정말이지. 이거야말로 상식 아니냐. 소위 말하는 6년 전까지, 우리가 사는 파나케이아 전체가 마신 아르고스와 그 놈이 만들어낸 마수들의 천하였어. 세상은 깊고 깊은 어둠에 휩싸이고, 사람들은 마수를 두려워해서 도시나 마을 안에서 웅크리고 있는 수밖에 없었지. 그렇게 좋아하던 춤도 노래도 잊어버리고, 죽은 사람처럼 아침이 오고 밤이 오기를 기다리기만 하는 날들. 다른 세계에서 온 아가씨는 상상도 못 하겠지?"

질문을 받은 쿄코는 말없이 고개를 저을 수밖에 없었다.

"그런데! 그것을 타파한 영웅이 나타났지. 이웃 나라 월타미아에서 출진한 오영웅. 그 이름도 하이달 웜, 라나 에른, 리히토 아이카와, 이슈안 트롤 그리고 하기리. 자, 이 노래를 들어주십시오!"

뭐, 뭐야, 또 그게 시작되는 거야?

갑자기 테이블을 방 한쪽으로 치운다 싶더니, 남아 있던 의자들을 발로 차서 쓰러트리고는 극단원들의 쇼 타임이 시작됐다.

——연약한 백성들의 바람을 등에 지고, 영웅들이 일어선다.

——《현명한 자》는 지혜를 짜내고, 《베어 내는 자》는 미래를 개척하고, 《이름 없는 자》는 용기를 손에 쥐고!

처음 시작한 사람은 너무 개성적으로 생긴 미남인 슬레이만. 상상했던 대로 좋은 목소리다. 이어서 토안이 노래를 이어받았다.

——《재빠른 자》의 눈은 천리 밖을 내다보고,《수호하는 자》는 그 손으로 많은 이들을 치유한다네.
——마신의 마수가 뻗어 와도 영웅은 쓰러지지 않는다. 굴하지 않는다.
——수많은 곤란을 뛰어넘어 도달한 곳은 벌레 굴. 세상에서 제일 큰 구멍. 마신의 소굴, 무환성.

조금 갈라진 목소리의, 구성진 맛이 있는 노랫소리다. 수르야가 남자 두 사람 사이에서 나비처럼 춤을 췄다. 가리프는 의자 위에서 물구나무서기를 시작한다(저렇게 좁은데!).

——《이름 없는 자》는 성검을 휘두르지. 어린 마음에 용사의 혼. 많은 사람들의 마음을 싣고, 그리고 악은 무너진다네.
——아아 위대하신 오영웅.
——평화가 우리 손에 돌아왔다네. 평화가 우리 손에 돌아왔다네——.

띠링!
마무리로 열심히 반주하던 파밀의 현이, 유난히 큰 소리를 울렸다.

수르야가 여운 속에서 정중하게 인사를 하고, 남자 세 명은 있지도 않은 수많은 관객들을 향해서 손을 흔들어댔다. 모든 이가 『해냈다』는 느낌이 대단했다. 천장에서는 난리법석을 치는 진동 때문에 벗겨지고 떨어진 회반죽이 눈처럼 떨어지고 있는데.

　혼자 의자에 앉아서 무대를 지켜본 쿄코는──.

　"아핫."

　웃는 수밖에 없었다. 무서운 데도 웃는 수밖에 없었다.

　'이 사람들, 이상해!'

　정말 뼛속까지 연기자들인 것 같다.

　"……다, 다들 대단하네."

　반쯤 울먹이면서 박수를 쳤다. 토안이 거창하게 대답했다.

　"보셨다시피 리히토 아이카와는 말이야, 당시에 아주 어린 아이였지만, 그래도 성검으로 아르고스를 해치운 진정한 용사야. 수르야 처럼 바보 같은 계집애를 빼면 모르는 사람이 없지."

　"뭐야, 너무해요 단장님! 나도 이름만 생각이 안 났을 뿐이지, 오영 웅 정도는 알고 있거든요. 영웅담 춤도 출 수 있잖아요!"

　"그런 변명을 해도 되겠어?"

　"우씨~."

　"춤만 추는 게 아니라 가사 내용까지 전부 머릿속에 집어넣고 다시 와라, 이 멍청아."

　바보 취급당한 수르야가 화를 냈지만, 토안은 그냥 흘려들었다.

　"자. 어떤가 이계에서 온 아가씨. 이제 확실히 알았겠지. 아가씨는 우리 세계에 대해서는 아무것도 모르면서 용사 리히토에 대해서는 알고 있어. 우리도 아가씨 세계에 대해서는 아무것도 모르지만, 아가씨가 좋아하는 사람은 알고 있지. 그렇다면 용사 리히토와 『아이카와 군』이 같은 사람이라는 뜻이야.”

“같은······.”

“아마 아가씨는 용사 리히토랑 같이 이 파나케이아 땅으로 날아왔다는 뜻이겠지——”

『조금 안심했어?』

문득 머리 뒤쪽에서 리히토 목소리가 들려온 것 같았다. 벚꽃이 피었던 그 날—— 처음 그와 만났던 4월의 학교 뒷문에서, 쿄코의 사랑은 천천히 시작됐던 것 같다.

상냥하고, 그러면서도 때때로 쓸쓸하게 보이는 그 눈에는 대체 뭐가 보이고 있었던 걸까. 뭘 생각하고 있었던 걸까. 그런 생각을 하면서, 매일매일 일희일비하면서.

그런데 설마—— 이런 신기한 세상을 봤을 줄이야, 상상도 못 했다.

아이카와 리히토 군. 설마 네가 세상을 구한 용사였다니.

“국, 다시 데울게요.”

모르는 경치, 모르는 냄새. 저 멀리서는 짐승 울음소리.

램프 불빛이 흔들리는 속에서, 파밀이 다시 데워다준 이계의 국은 입이 데일 정도로 뜨거웠고, 마음이 놓을 정도로 맛있었고, 그래서 역시나 조금—— 울었다.

SIDE
KYOKO

【2】

여
행
극
단

──저기저기저기. 나니아에 간 아이들은 마지막에 어떻게 됐더라? 오즈의 마법사에 나오는 도로시는?

'……아침?'

쿄코는 이불을 뒤집어쓴 채로 몸을 뒤척였다.

자명종 시계도 없는 어둠 속에서 시간을 파악하는 건 힘들다. 이런 때는 무조건 일어나버리기로 했다. 늦잠을 자서 큰일이 나는 것보다는 그쪽이 훨씬 나으니까.

"그래, 일어나자, 일어나……어. 으아악!"

갑자기 세상이 회전하고, 쿄코는 바닥에 떨어졌다.

머리 위에서 무정하게 흔들리는 해먹을 보고, 눈물을 글썽이며 허리를 문질렀다.

"……아야~ 벌써 몇 번째냐고. 학습 좀 하자."

갑자기 이세계 생활이 시작된 지도 벌써 20일이 지나가려 하고 있다.

지금 쓰고 있는 침구는 이동하기 편리해서 캠핑에서도 많이 사용하는 해먹이다. 아직까지도 깜박하고 굴러 떨어져서 허리를 부딪친다.

가장 중요한 자는 느낌은, 깃털 이불 수준은 기대하는 자체가 헛된 일이지만, 그래도 이쪽에서는 좋은 편이라는 건 알았다.

추위를 타기 전에 발밑에 놔뒀던 고리짝에서 옷을 꺼내서 입었다.

옷을 갈아입는다고 해도 고민할 만큼 가짓수가 많은 것도 아니다. 수르야한테서 입는 방법을 배운 현지의 웃옷과 간단한 랩 스커트 같은 옷이다. 장식 띠에 놓인 자수가 조금 귀여운 것이, 이건 도쿄에 있는 가게에 가져가도 팔릴 것 같다는 생각이 들었다.

'어떻게 팔지가 문제지만⋯⋯.'

시시각각 사라져가는 시간과 멀리 떨어져버린 가족과 친구들 생각이 떠올라도, 바로 눈물이 나오지는 않게 됐다. 그것이 쿄코의 20일이라는 시간이었다. 고리짝 안에 개켜놓은 무사시노 종합 고등학교 교복을 본 순간에만, 아직 가슴이 조금 아파왔다. 똑바로 보지 않으려고 뚜껑을 덮어버렸다.

간단한 몸단장을 마치고는 눈앞에 있는 천을 들치고 밖으로 나갔다.

밖에는 쿄코가 자고 있던 곳과 똑같은 모양의 짐마차가 두 대 더 정차해 있었다. 모닥불을 피운 흔적도 어젯밤 그대로 남아 있었다.

아무것도 모르는 채 이쪽 세계에 와버린 쿄코는, 자신을 거둬준 수르야 일행에게 계속 신세를 지고 있다. 그 『적봉좌』 단원들은 지난주부터 기나긴 오프 시즌을 마치고, 본격적인 순례 공연을 시작했다. 앞으로 이쪽 역법으로 따졌을 때 한 달이 넘는 기간 동안, 하미타드에 드문드문 존재하는 도시와 마을들을 돌아다닌다고 했다.

쿄코도 혼자 그 마을에 남아 있는 건 싫었기 때문에 그들을 따라 여행을 떠났다.

시야 한가득 펼쳐진 것은 끝도 없이 이어진 허여멀건하고 건조한 초원과, 완만하게 굽이치며 흐르는 강이다. 이세계 파나케이아의 명물인 두 개의 태양은, 뜨는 시간이 차이가 나는 탓에 아직 하나만 떠 있다.

그리고 강 건너편을 보면 성벽처럼 두꺼운 벽돌 벽이 도시를 둘러싸는 모양으로 길게 이어져 있다.

이곳은 하미타드 중동부에 위치한 바르바다라는 도시다. 주민들은 거의 100% 슈로족이라고 들었다.

도시 입구에는 복잡하게 얽혀 있는 덩굴 모양의 문장이 걸려 있다.

저 덩굴은 풍문수라고 하며, 슈로족의 상징이다. 족장으로부터 가지를 나눠받은 곳이라는 의미라는 것 같다.

이 규모에 걸맞지 않는 거대한 외벽이, 외족으로부터 안에 있는 주민들을 지켜왔다고 한다. 때로는 당시의 위정자에게 거스르고, 어떤 때는 숙적 나호바족의 침공을 막고, 또 어떤 대는 마신이 풀어놓은 마수로부터 자신들의 몸을 지켜왔다. 어디까지나 독립적이고 독자적인 행보를 보이는 『따르지 않는 백성』 그 자체인 벽.

'……전부 단장님이라든지 다른 사람들한테 들은 이야기지만.'

어쨌거나 아직 미묘하게 어두운 빛 아래, 수많은 일화를 짊어진 견고한 벽은 마치 현실이 아닌 것처럼 보였다.

어젯밤에는 도시 중심부에 들어가지 않고 벽 바깥에서 야영을 했다. 단원 모두가 묵을 만한 숙소가 없거나 예산이 빠듯할 때는 이렇게 지내는 경우도 종종 있었다.

그런데, 설마 내가 제일 먼저 일어난 건가——?

"여, 일어났어, 키요."

역시 위에는 위가 있는 것 같다. 슬레이만 윤살이 늠름한 팔로 말 털을 골라주고 있었다.

말의 체온과 슬레이만의 체온 때문에, 공기 중에 김이 피어오르는 것처럼 보인다. 아침 댓바람부터 뭐라 말로 표현할 수 없는 이 분위기.

"안녕히 주무셨어요, 슬레이만 씨."

"꽤 일찍 일어나게 됐네. 이쪽 생활에도 많이 적응했다고 봐야겠지."

"저기……."

"그래 뭐, 너무 적응해도 문제지만 말이야! 푸하하하!"

──큰 소리로 웃으면서 말해줬다.

조심성이라는 게 있는 건지 없는 건지, 쿄코의 목숨은 애매하고 미묘한 환경에서 이어져가고 있다.

"처음에는 정말 심했다니까. 잠자리에서 일어나질 않고, 옷 입는 방법도 모르고, 혼자서는 변소도 못 가고──"

"그만 하세요! 처음이니까 어쩔 수 없는 일이잖아요!"

"그래, 이젠 많이 적응 했지. 많이 적응했으니까, 이젠 일을 좀 부탁해도 될까. 물 떠오기 말이야."

"알았어요. 그런데 어디로 가면 되나요? 저기 있는 강에서요?"

"아니, 직접 뜨는 건 곤란해. 물이 오염됐을 수가 있거든. 들어가자마자 바로 보이는 교회로 가면 돼. 공동 우물이 있다는 것 같아."

"교회…… 말인가요. 알았어요."

"혹시 모르니까 말이야. 만에 하나라도, 아직 사기가 남아 있으면 큰일이거든.”

듣자하니 6년 전까지는 마수인가 하는 괴물 때문에 마실 물조차도 정화하지 않으면 마시지 못하는 게 당연한 일이었다는 것 같다. 들으면 들을수록 끔찍한 환경인데, 그런 상황을 타파한 것이 그 아이카와 리히토라는 얘기까지 들으면, 놀라는 정도를 넘어서 질려버리는 수밖에 없다.

'용사라니, 용사. 그런 얘기 안 했잖아, 아이카와 군.'

지금 당장 쿄코의 목표는, 이 순례공연을 따라다니면서 이 근처 어딘가에 있을 『용사 리히토』에 관한 정보를 모으는 것이다.

슬레이만한테서 나무통을 받아들고, 도시 입구를 향해 뛰어갔다.

바르바드 시가지는 회반죽을 바른 하얀 벽과 적갈색 지붕으로 통일된 집들이 줄지어 있고, 생각보다는 살기 좋아 보이는 곳이었다. 부족의 심볼 트리인 풍문수는 2층 건물 저 너머에서, 하늘을 향해 수많은 손 같은 가지를 뻗고 있다.

오늘부터 지역 축제가 시작되다보니 처마에는 선명한 색의 장식들이 걸려 있어서, 훨씬 화려한 분위기가 느껴졌다. 『적봉좌』도 돈을 벌 때겠지.

슬레이만이 말한 교회는 바로 보였다.

'그럼 우물은……'

쿄코는 주위를 빙 둘러봤다.

다음 네거리에 우물로 보이는 물터가 있었다. 녹이 슬기 시작한 도르래가 달린 우물이다.

덮개는 없고, 있으면 좋겠다고 생각했던 펌프도 없다. Let's 인력.

"……어쩔 수 없지. 해볼까."

쿄코는 각오하고, 팔을 걷어붙이고는 밧줄을 당기고 도르래를 돌렸다.

도쿄에 있던 시절에는 수도꼭지만 돌리면 찬물은 물론이고 더운 물까지 나왔다. 이동은 마차가 아니라 자동차나 전철이었다. 왠지 그게 머나먼 옛날 일처럼 여겨지기까지 한다――.

――딸랑!

쿄코는 밧줄을 붙잡은 채로 멍하니 고개를 돌렸다.

'저 소리는…… 수르야?'

살짝 기분 좋은 방울 소리가, 길 저편 광장에서 울리고 있다.

쿄코는 퍼 올린 물을 통에 옮겨 담고는 광장 쪽으로 가봤다.

아침 안개가 낀 도시의 광장에 사람들이 모여 있었다. 남자들은 하나같이 머리에 천을 감았고, 여자들은 얇은 베일을 썼다. 이엔마르드에서는 일반적인 복장이라고 했다. 아침 일이나 축제를 준비하던 중에 손을 멈추고, 눈앞에 있는 그것을 쳐다보고 있는 것 같다.

사람들 중심에는 유일하게 금발을 드러낸 무희, 『적봉좌』의 간판 아가씨 수르야다.

얇은 숄 양쪽 끝을 잡고, 손목과 발목에 작은 방울을 달아놔서, 춤을 출 때마다 짤랑짤랑 소리가 울린다.

춤추는 의상 자체는 여행할 때 입는 옷이지만, 몸놀림이나 체형은 보통 사람이 아니다. 무엇보다 정말 즐겁게 춤추고 있다.

"바라는 것은 사랑스런 얼굴. 별의 소식을 계속 기다리네."

춤추면서, 수도에서 인기라는 연가를 흥얼거렸다. 이쪽은 약간 콧소리가 들어가서 좀 엉뚱한 느낌이지만, 그것도 수르야의 개성처럼 여겨졌다. 사랑에 빠진 소녀의 노래에 아주 잘 어울린다.

한 곡을 다 부르며 춤을 추고는, 수르야가 붙임성 있게 빙긋 웃었다. 관중들은 아낌없이 박수를 쳤다.

"멋진 춤이었어. 아주 잘 추는데."

"고마워요. 괜찮았다면 무대도 보러 오세요!"

"그야, 당연히, 그럴 생각이지만……."

"혹시 극단 사람인가? 무희야?"

"맞아요~ 잘 생긴 오빠! 강가 천막에서 공연 할 거예요. 바젤에서 배운 춤과 노래에 연기, 실컷 보여드릴 테니까 꼭 와요!"

나이가 일흔은 넘어 보이는 노인에게도, 수르야는 립 서비스를 잊지 않았다.

"물론 모두가 좋아하는 기본 공연도 있으니까. 맞다. 오빠, 나랑 같이 『암소 춤』이라도 춰볼래요?"

"아, 알았다. 언제 하는데!"

"나도 가야지! 마누라도 같이 가도 되나."

"당연하죠~ 남녀노소 모두 환영이에요. 기다리고 있을 게요! 『적봉좌』를 잘 부탁드려요!"

두 손을 흔들면서, 그야말로 영업용 미소의 폭풍. 이런 빈틈없는 행

동 때문에 정말로 관심이 가게 된다.“

사람들의 파도가 물러난 뒤에, 쿄코는 작은 소리로 말을 걸었다.

“수르야, 수고했어.”

“아, 뭐야. 키요도 와 있었구나.”

“응. 언제 말을 걸어야 할지 고민했거든. 정말 인기가 좋더라.”

금발 무희는 이마의 땀을 닦으면서 눈이 휘둥그레졌다.

“인기? 말도 안 돼~. 이런 건 댈 것도 아니야. 할아버지나 할머니들은 아침에 일찍 일어나니까, 이 틈에 손님들을 꽉 잡아둬야 하거든. 축제날은 돈 버는 때다 보니까, 라이벌들도 많아. 나중에 또 홍보하러 와야…… 잠깐, 키요! 봤으면 좀 도와주란 말이야.”

“그, 그치만. 도와달라고 해도, 뭘 해야 좋을지 모르는데.”

“정신 똑바로 차리라고. 너랑 나랑 둘이서 『미모의 무희 자매가 기다리고 있어요~』라고 말하면, 손님이 더 많이 올지도 모르는데.”

“미모의 자매라니, 그건, 좀…….”

“좀, 뭐?”

도끼눈을 뜨고 물었다.

“여, 여러모로 사기 같은 기분이 들잖아.”

“아~ 그러면 안 돼! 약한 마음은 만병의 근원이자 가난의 근원! 키요는 용사 리히토를 찾고 싶은 거잖아? 눈에 띌 때는 띄어야지. 옷도 왔을 때 입고 온 걸로 입어서, 확실하게 주목을 받는 거야. 약한 소리만 하면, 언제까지고 『지구』라는 데로 못 돌아간단 말이야.”

“으, 응…….”

그 말을 들으니 마음이 크게 약해졌다.

"저기, 키요. 만약에 용사 리히토 님을 만나면 말이야, 내 얘기도 꼭 해줘야 돼. 키요를 도와준 건 수르야 메어라고."

"그야 뭐, 그럴 생각이긴 한데……."

"우후후후. 생각해보면, 난 미래의 윌타미아 왕비와 아는 사이가 된 거나 마찬가지네."

"바보야, 그게 무슨 소리야."

"그게 그렇잖아? 아르고스를 봉인한 오영웅은 윌타미아 임금님한 테 엄청나게 칭찬을 받고, 금은보화도 잔뜩 받았다고 들었거든. 그리고 제일가는 가신으로 올려줘서, 꿈에서나 나올 것처럼 잘 사는 사람도 있다고 하더라고."

수르야는 기분 좋게 말하고 있다.

"어쨌거나 세상을! 구했으니까 말이야. 후계자로 지정해도 이상한 일은 아니잖아."

쿄코는 너무 황당한 이야기에 입이 떡 벌어져버렸다.

"……노, 농담은 적당히 해. 아무리 그래도 그건."

"그, 러, 니, 까, 보통 사람이니 고등학생이니, 그런 건 그쪽 세계에서 일이잖아. 이쪽에서 아무리 벌어도 쓰질 못하면 아무 소용없는 일이잖아. 쿄코네 세상에서의 『보통』은 세상의 눈을 속이기 위한 가짜 모습이라는 거야."

"가짜 모습……."

"그리고 이쪽으로 돌아왔으면, 더 이상 사양할 필요 없잖아. 키요, 만약에 용사님이랑 같이 윌타미아에 가게 되면 나도 데려가줘. 왕비님 전속 무희가 돼줄 테니까."

"바보 같은 소리 하지 마! 솔직히 의미를 모르겠거든. 난 아직 고백도 못 했단 말이야, 아이카와 군한테."

"그거야말로 바보야~. 그건 죄악감을 노리고 파고 들면 그만이라고. 『아아, 리히토 님, 나를 이런 일에 끌어들인 책임을 져주시어요!』『오오, 불쌍한 작은 새여. 내 새끼손가락에 앉으렴. 평생 돌봐주겠어』『리히토 님♡』『키요 공주☆』같은 느낌으로, 한 방에 하루 세끼 잠자리 포함—— 아야, 아파, 키요, 아프다고!"

"그만 좀 하란 말이야! 난 그런 짓 안 해! 이 엉터리 연기자야!"

투닥투닥 수르야의 등을 때리고, 수르야는 비명을 지르면서 도망치고, 결국 웃음을 터트린 수르야를 따라서 씁쓸하게 웃을 수밖에 없었다.

"아이카와 군은 그렇게 이상한 말투로 말 안 해."

"미안해. 농담이라고."

"……뭐라고 할까, 힘이 쪽 빠지는 기분이네……."

"뭐 어때, 힘을 뺄 땐 빼야지. 울기만 하면 지친다고~."

응. 아마 그렇겠지.

까딱 잘못하면 어떻게 될지 모른다고 너무너무 불안한 마음으로 보내는 나날. 그래도 어떻게든 일어설 수 있었던 건, 수르야처럼 밑도 끝도 없이 『적당』한 감성에 큰 도움을 받았기 때문이다.

그리고 낮부터 시작된 공연은, 천막 제일 앞줄을 어르신들이 가득 채워서 왠지 경로당 위문 공연 같은 분위기가 됐다.

단장 토안이 말재주를 발휘해서 사회를 맡았다. 관객들은 제각기 콩 과자나 맥주를 손에 들고 느긋하게 성원을 보냈다.

"──자, 여러분, 즐거운 시간 보내고 계십니까! 노래에 춤에 연기에 재주까지!『적봉좌』가 보내드리는 매혹의 한 때.『얼간이 가리프의 거꾸로 단검 던지기』에 이어서, 다시 저희 적봉좌의 간판 아가씨, 수르야 메어!"

공연용으로 아름답게 차려입은 수르야가, 음악소리와 함께 무대 중앙에 등장했다.

할아버지들이 신나게 박수를 쳤다.

"이어서 슬레이만 윤살!"

"꺄아아아아아아! 윤살 니이이이이임!"

가슴팍을 풀어헤친 금색으로 번쩍이는 의상이 무서울 정도로 잘 어울린다. 이쪽은 주로 할머니 분들이 환호성을 질렀다.

"이 콤비가 전해드릴 것은, 이엔마르드 궁전에 전해지는 전통적인──"

"이봐, 그딴 건 됐고!"

갑자기, 환호성이 야유로 바뀌었다.

"도회지의 되도 않는 춤 같은 걸 춰봤자, 우리 같은 놈들한테는 하나도 재미없다고! 뭔지도 모르는 유행가도 필요 없고!"

"그래, 맞아! 좀 더 찡한 걸로 해봐. 찡한 걸로."

무대 뒤에서 공연을 지켜보던 쿄코는 어쩌지도 못하고 가슴만 조마조마하고 있었다.

하지만, 역시나 산전수전 다 겪은 단장님이었다. 그렇게 만만하지 않아서, 바로 활짝 웃으면서 고개를 끄덕였다.

"물론이지요 손님 여러분. 그럼 여러분도 다같이──"

섬세하고 복잡한 리듬을 울리던 파밀의 반주가 애절한 느낌이 가득 찬 민요로 바뀌었다. 토안의 얼굴에도 애절한 기색이 드리웠다. 주먹을 꽉 쥔다.

"──반해서, 같이 살게 됐지. 고락을 같이 하는 것이야말로 부부의 정. 여보, 오늘도 고생이 많지. 남자와 여자가 고삐를 놀리는 것이야말로 남부의 묘미. 들어주십시오, 『부부 안장』──"

노래를 맡은 수르야와 슬레이만도, 촉촉하고 감정이 풍부한 연기와 함께 노래를 부르는 쪽으로 방향을 틀었다.

어르신들은 엄청 기뻐했고, 무대는 그대로 끝까지 하미타드 민요 쇼로 이어갔다.

"──아~ 피곤해!"

천막 가림막이 올라가고, 마지막 무대 인사를 마친 수르야가 돌아왔다.

쿄코가 내민 과즙이 들어 있는 병을 받아들고는 풀 위에 털썩 앉아 버려서, 예쁜 의상이 더러워지는 건 아닌지 조마조마했다.

"수고했어 수르야."

"고마워~. 으아~ 이제야 살 것 같네~."

"반응이 정말 좋더라. 뒤쪽에 있어도, 박수소리랑 환호성이 다 들리더라고."

"──그러게. 중간부터 말이야."

수르야가 무뚝뚝한 얼굴로 대답했다.

어떻게 대답해야 좋을지 고민하고 있는데, 토안이 가까이 와서 말했다.

"오, 어땠냐 멍청아. 이제 알았지. 여기서 바젤식 분위기 잡는 연기 같은 걸 해봤자 안 먹힌단 말이야. 이제 그만 포기하라고."

뚱한 표정의 수르야는, 양반다리를 하고 앉은 채로 엉덩이 방향을 돌렸다.

"스, 수르야?"

"내비 둬 아가씨. 이 녀석은 말이야, 바젤에서 했던 공연을 잊지 못하는 거야. 이쪽은 이쪽대로 먹히는 게 다른데, 포기할 줄을 모르는 녀석이라니까."

"⋯⋯⋯⋯난, 암소 춤에서 엉덩이나 흔들려고 이 일 하는 게 아니라고."

"그것도 재주야. 훌륭한 재주지. 제일 잘 먹혔잖아. 명예라고 생각해."

"싫, 어, 요!"

"뭘 엉덩이 가지고. 그런다고 닳는 건도 아닌데."

가리프가 지나가면서 중얼거린 소리에, 수르야가 맹렬한 기세로 고개를 돌렸다.

"넌 좋겠다, 어딜 가도 그냥 웃기기만 하면 되니까!"

광대 역할의 기발한 의상을 입은 가리프는, 히스테리에 말려들기 싫다는 것처럼 잽싸게 도망쳤다. 수르야는 토안을 물고 늘어졌다.

"저기요 단장님. 제 평생의 부탁이에요. 한 번만 더 시험해볼게요. 딱 한 번만."

"안 되는 건 안 돼! 이 얘기는 여기서 끝이야!"

"단장님~!"

"빨리 옷 갈아입어. 다 갈아입으면 시장님 댁에서 연회다. 그렇게 통통 부은 얼굴로 인사하면 확 엉덩이 걷어차 버린다."

토안은 그렇게 말하고, 대기실로 사용하는 포장마차 안으로 들어갔다.

남겨진 수르야는 너무 화가 나서 새빨개진 얼굴로 눈꼬리를 치켜올리고는,

"이놈이고 저놈이고 엉덩이, 엉덩이, 엉덩이. 엉덩이 소리 좀 그만하라고——!"

흙이 묻은 자기 엉덩이를 세게 두드려댔다.

——어째선지 반성하고 말았다.

그 속편해보이던 수르야한테도 고민거리라는 게 있었다.

'뭐, 그렇겠지. 없는 게 이상한 일이야.'

단장님이 말한 대로, 쿄코 일행은 바르바드의 시장님 댁에서 시장이 주최하는 연회에 참가했다.

연회장으로 이용하는 저택의 홀에는 크고 작은 음식 접시에다가 양통구이까지 차려졌고, 음악과 술 덕분인지 상당히 떠들썩했지만, 쿄코는 구석에 가만히 앉아서 생각에 잠겨 있었다.

한마디로 수르야는 도회지 풍—— 이엔마르드의 수도 바젤의 무용이나 연기를 하고 싶어 하지만, 이곳 하미타드에서는 현지 민요나 무난한 연회용 공연 쪽을 선호한다. 방향성 차이 때문에 고민하는 아티스트라고 생각하면 납득할 수도 있다.

코코가 좋아하는 밴드도 그런 문제 때문에 『무기한 휴식』을 가진다고 해버렸고(해산이라고는 말하고 싶지 않은 팬의 심리).

하고 싶지도 않은 공연을 억지로 하는 건 정말 괴롭고 힘들겠지.

"야 키요, 그 튀긴 고기, 안 먹을 거면 내가 먹는다."

"그러면 안 되잖아!"

"흐익."

코코가 갑자기 소리를 지르자, 가리프가 깜짝 놀라서 뒤로 물러났다.

"아, 미안해 가리프. 먹고 싶으면 먹어도 되거든?"

"그런 소리를 듣고, 먹고 싶은 생각이 들겠냐고…… 대체 뭐야."

"음~ 뭐라고 할까, 내가 수르야에 대해서 아무것도 모르는구나~ 라는 생각이 들어서."

"뭐? 수르야에 대해서?"

"그래. 춤에 대한 거라든지. 난 말이야, 수르야가 그렇게 고민하는 줄 정말 몰랐어. 항상 힘차고 즐거워 보였으니까. 그런데 나는 내 일 하나로 벅차서, 도움만 받았고── 그런 건 좋지 않겠지."

그랬더니 가리프는 깔깔 웃음을 터트렸다.

"뭔 소리를 하는 거야 키요. 너 겨우 그런 걸로 고민하고 있었냐!"

"그런 거라니. 난 엄청 생각했는데."

"됐어, 소용없어. 의미 없다고. 수르야 자식이 이게 하고 싶네 저게 하고 싶네 고집 부리는 건 항상 있는 일이야. 알고 있으면서도 떠들고 싶어지는 병 같은 거야."

"벼, 병이라고."

"그래. 정말로 할 수 있을 거라고는 생각도 안 해. 단장님한테 걷어차일 때까지 맨날 똑같은 소리를 한다니까. 감기 걸리는 거랑 똑같은 거야."

여전히 복잡한 표정을 짓고 있는 코코를 보며,

"봐, 벌써 다 나았잖아."

가리프는 고기 기름이 묻은 손으로 자기 뒤쪽을 가리켰다.

수르야는 상석인 시장님 앞에서, 소 귀 모양 장식을 달고서 『엉덩이 살랑살랑』 암소 춤을 추고 있었다.

반주는 평소와 마찬가지로 파밀이고, 소몰이 역인 슬레이만과 같이, 두 사람 모두 신이 나서 환하게 웃고 있다. 아무리 봐도 그렇게 싫어하던 사람이라는 걸 믿을 수 없는 분위기다──.

"내가 하는 말이니까 틀림없다고. 신경 써봤자 다 헛고생이라고, 헛고생."

"⋯⋯⋯⋯⋯그런 건가⋯⋯."

여기저기서 박수와 환호성이 터져 나오는 속에서 다시 고개를 숙여서 자기 손을 보려고 했던, 그때였다.

"용사 리히토? 오영웅 용사 리히토 말인가요?"

코코가 고개를 번쩍 들었다. 온 몸이 커다란 귀처럼 돼버렸다.

시장님 옆에서 접대에 전념하고 있던 토안이 은근슬쩍 말을 꺼낸 것이다.

"예. 다른 분도 아닌 바르바드의 시장님이시라면 뭔가 아시고 계실까 싶어서 말이죠. 혹시 그런 이야기는 못 들으셨습니까. 저희 단원 하나가 애타게 찾고 있거든요. 그렇지, 키요."

"아, 예. 그래요!"

코코는 당황해서 벌떡 일어났다.

혹시 몰라서 학교 교복을 입고 오기를 잘 했다. 사람들의 시선이 이쪽으로 모여들었지만, 주눅 들고 있을 때가 아니다.

"저, 저기, 아이카와 군── 이 아니라, 용사 리히토가 이 근처에 나타났다는 이야기는 혹시 모르시나요. 실제로 보신 게 아니라, 최근에 봤다는 소문만이라도 좋으니까요. 부탁드려요!"

"이 녀석이 말이죠, 용사 리히토 님과 개인적으로 인연이 있다는 것 같습니다. 가능하다면 만나게 해주고 싶어서 말이죠."

수염이 멋진 바르바드의 시장님은, 술이 깬 것처럼 곤혹스런 표정을 지으면서 측근들 쪽을 봤다. "어떤가?" "글쎄요──" 그렇게 서로 고개만 갸웃거렸다.

으으, 역시 여기서도 아무 소식이 없는 건가.

"자네. 용사 리히토 님이 와 계시다는 건 분명한 일이지?"

"아, 아마도…… 그렇다고, 생각하는데요."

확실한 증거가 있는 건 아니다. 하지만 지금은 유일한 실마리다.

"그런가…… 미안하지만 아쉽게도 내가 알고 있는 범위에서는 그런 이야기를 들은 적이 없군. 힘이 되지 못해서 미안하네."

"아, 아닙니다. 무슨 말씀을요! 정말 감사합니다, 예."

"그 마신 아르고스가 있던 시기에도, 오영웅이 국경을 넘어서 이엔마르드에 온 적은 없었을 텐데. 어째서 이제 와서 하미타드 같은 곳까지?"

　그때, 시장 옆에 있던 측근 중에 한 사람이 시장에게 귀엣말을 했다. 시장의 안색이 달라졌다.

　"──설마, 수장이 꾸민 짓인가? 남부 평정에 칙사병만 가지고는 부족해서, 용사의 힘까지──"

　"아뇨, 아뇨! 시장님, 그렇게 거창한 일은 아닙니다. 너무 신경 쓰지 마십시오."

　긴급회의라도 벌일 것 같은 분위기의 시장을, 토안이 당황해서 달랬다.

　"그냥 술자리 안주거리 같은 이야기라고 생각하시면 됩니다."

　"……그렇다면 다행인데. 경우에 따라서는 족장께 보고해야 할 수도 있다네."

　"저도 잘 압니다. 경솔한 발언을 해서 정말 죄송할 따름입니다."

　시장은 안도의 한숨을 쉬고는 잔을 입으로 가져갔다.

　"자네들도 이동하는 일이 많을 테니 본 적이 있겠지. 평원에서 펄럭이는 칙사병의 깃발을."

　"예, 물론이죠. 『삼도』 카야지의 붉은 깃발. 최근 들어 많이 늘어났습니다."

　"정말 짜증나는군. 슈로와 나호바의 화합이 목표라고는 하지만, 수장이 하미타드에 간섭해봤자 일이 더 커질 뿐이거늘. 우리의 땅은 우리가 정한다. 그런 조건으로 어떻게 화평을 맺으라는 것이냐."

　그렇게 내뱉는 모습은, 한 눈에 봐도 독립 의식이 강한 남부 사나이다운 것이었다.

"지휘관은 카야지네 놀기 좋아하는 아들이라서, 크게 신경 쓸 필요도 없다고 들었습니다만."

"그래서 문제다. 현장은 그 아들놈의 실적을 만들기 위해서 필사적이다 보니, 어쨌거나 물러날 줄을 모른다. 카야지의 체면을 살리는 것만 생각하고 있기 때문에, 우리가 왜 고개를 젓는 지도 이해하지 못하겠지. 참으로 어리석은 일이야."

"니다 님은 대체 무슨 생각이실까요."

"족장님도──"

시장이 더더욱 복잡한 표정을 지었다.

그들이 말하는『니다 님』이란, 정확히 말하자면 니다 셰르니일 것이다. 슈로족을 이끌고 다스리는 셰르니 가문의 두령. 신기하게도 여성이라고 한다.

원래 가문을 이어받아야 할 동생이 나이가 어리기 때문에 특별히 슈로족의 족장 자리에 앉게 된 사람이라고, 전에 토안이 말해준 적이 있었다.

보통은 하미타드 동부 중심지 아미다라에 있는 성 안쪽 깊숙한 곳에서, 유서 깊은 족장의 딸로서 금이야 옥이야 키웠어야 하는데, 어려운 문제 한복판에 던져진 불쌍한 사람이라는 소문이 많았다. 참고로 속된 소문에 의하면── 상당한『미녀』라는 것 같다.

하지만 실제로 너무 젊은 족장을 지키는 신하들은, 앞날이 보이지 않아서 신경이 상당히 날카롭다는 것 같다.

"어쨌거나 지금 할 얘기는 아니군. 술맛이 떨어진다."

"어이쿠, 그러면 안 되죠. 키요, 수르야라도 좋다. 시장님께 한 잔 올려라.”

“아니, 이제 됐네.”

시장이 잔을 탁자 위에 내려놨다.

“적봉좌는 여기를 떠나면 어디로 갈 생각인가.”

“──그게, 아직 딱히 정해진 곳은 없습니다.”

“마음 내키는 대로 여행, 인가. 참으로 부럽군. 그대들 같은 이들이 태양 아래에 머리카락을 드러낼 수 있는 것은, 부족이라는 족쇄를 버리고 예능의 길에 매진하기로 파나티아께 맹세했기 때문이라고 들었다네. 실제로 그대들은 어디든 갈 수 있겠지. 슈로도 나호바도 아무 상관이 없으니. 정말이지, 참으로 부러울 따름이군.”

시장의 말에 토안은 잠깐 허를 찔렸다는 표정을 지었지만, 바로 마음을 다잡고 고개를 숙였다.

“예, 감사할 따름입니다.”

“축제에 흥을 더해줘서 고맙다네. 모두들 기뻐했어.”

칭찬하는 말을 해줬는데도 토안의 얼굴이 쉽사리 풀어지지 않는 것이 너무나 이상했다.

쿄코 일행은 시장의 저택을 나온 뒤에, 다 함께 밤길을 걸어서 천막이 있는 도시 밖으로 나갔다. 근처의 가게나 노점들은 이미 문을 닫고, 내일 다시 문을 열 때를 기다리는 상태였다. 지나가는 사람들도 눈에 확실하게 줄어들었다.

“──실수하셨네요, 단장님.”

슬레이만의 말에 토안이 살짝 혀를 찼다.

"시끄러. 이런 날도 있는 거야."

"처음에는 좋았는데 말이죠."

코코는 무슨 일이 일어난 건지 전혀 알 수가 없었다.

어떻게 된 일인지 수르야에게 물었더니, 작은 소리로 대답해줬다.

"연장 실패라는 얘기야."

"연장?"

"그래. 이 축제가 끝나면 바로 여기를 떠나야해. 결혼식이라든지, 그런 새로운 일도 없으니까."

"아……."

그다지 기쁘지 않은 전개라는 뜻 같다.

"그렇다면 어딘가 새로운 곳을 소개해주면 좋은데 말이야. 왠지 그런 분위기도 아니게 돼버렸고."

"아쉽게 됐네. 수르야도 그렇게 열심히 했는데……."

"그러게 말이야~ 중간까지는 분위기 좋았는데."

슬레이만과 똑같은 이야기를 한다.

"어…… 잠깐만. 그거 말이야, 한마디로 나 때문인가? 아이카와 군 ── 아니, 용사 리히토가 어쩌네 하는 이야기가 나온 탓에 분위기가 깨진 건 아닐까."

"아냐, 괜찮아, 신경 쓰지 마~. 어떤 게 먹힐지는 그때그때 운이니까. 이번에는 우연히 운이 안 좋았을 뿐이야. 그게 전부야."

"그래도."

간단히 넘겨버려도 되는 걸까? 큰일일 텐데. 다음에 일할 곳을 찾지 못한다는 건.

수르야는 수르야대로 이야기는 사이에 먼저 가버린 선두 집단 쪽을 향해 종종걸음으로 달려갔다.

"저기요 단장님! 기왕이면 다음엔 나호바쪽 영지까지 가볼래요? 저는요, 모르는 데 가보고 싶거든요."

"이 멍청아. 얼마나 멀리 돌아다닐 생각이야."

"뭐 어때요 단장님. 이럴 때는 새로운 지역을 개척해야죠."

"니들 말도 안 되는 소리를 일일이 들어주다간, 목숨이 몇 개가 있어도 모자라겠다."

──그 날. 아무것도 모르는 자신을 거둬주고, 지켜주고, 도와주고. 여행에도 데리고 와주고. 하지만 그 대신에 보답할 것이 아무것도── 없다.

'……나, 엄청나게 도움이 안 되는 거 아닐까?'

큰일이다. 뭔가 엄청나게, 씁쓸한 것을 삼킨 것 같은 기분이 들었다.

* * *

한 곳에서 일이 끝나면, 다음에는 새로운 공연 장소를 향해 이동을 시작한다. 그것이 극단『적봉좌』의 규칙이다.

바르바드를 출발해 남쪽을 향해 이동한지 며칠. 단원 파밀이 마치 신탁을 고하는 무녀처럼 엄숙하게 속삭였다.

"자, 키요. 오늘이야말로 열심히 해볼까."

그녀의 오른손에는 항상 사용하는 악기가 아니라, 사냥해서 잡은 토끼가 들어 있는 마대자루가 들려 있었다. 왼손에는 북채가 아니라

고개를 써는 데 쓰는 식칼 칼날이 빛나고 있고.

코코는 계속 비지땀을 흘리며 신음소리만 내고 있다.

"아으으……."

"하세요."

"으으으으으으……."

"가죽을 벗기세요. 고기를 자르세요."

"으으으으으으으으으으……."

"간단합니다. 일단 시작하기만 하면 그 다음은 간단합니다."

──알고는 있는데! 현대의 여자 고등학생한테는 난이도가 너무 높단 말이야!

"……오, 오늘은 그러니까, 평소에 입는 옷을 빨아버려서. 교복을 입고 있는데, 피가 묻으면 안 되니까, 다음에 하면!"

"그러기 위해서 앞치마라는 것이 있는 것입니다."

"토…… 토끼…… 초등학교 『동물 사육 당번』때 많이 봤었지……."

"키요, 굳이 무리하지 않아도 되거든?"

"아닙니다, 키요는 한다고 했습니다. 믿어주는 것도 중요합니다."

수르야가 '정말 괜찮아?'라고, 의아해하면서 지나갔다.

──그렇다. 일단 할 마음은 있다. 마음만은.

하다못해 수르야가 잡아온 사냥감을 자기 손으로 해체할 수 있게 됐으면 좋겠다고 생각은 하고 있지만, 현실은 역시 만만치 않다. 대입 시험보다도 어렵다.

"…………하, 하다못해 죽여주면."

"괜찮습니다, 이미 죽었습니다."

바로 대답. 더 이상 도망칠 곳이 없다.

머릿속에서 토끼 깡총이가 빙글빙글 뛰어다니고 있지만, 쿄코는 큰 마음 먹고 식칼과 토끼가 들어 있는 자루를 받았다.

자루는, 묵직했다.

'새, 생명의 무게 같은 걸 생각하면 안 돼.'

무심. 무심. 마음을 비우는 거야 쿄코.

일단 자루 입구를 열어보려고 했는데, 갑자기 내용물이 꿈틀거렸다.

"꺄아아악!"

깜짝 놀라서 자루를 집어던졌다. 그 안에서 새하얀 『비둘기』가 뛰쳐나왔다.

꾸루루, 꾸꾸, 비둘기는 파란 하늘로 날아올랐고, 자루 안에는 흙이 묻은 감자가 들어 있었다.

파밀이 아무렇지도 않은 목소리로 중얼거렸다.

"신기하군요. 토끼가 새가 됐습니다."

"……뭐예요 파밀 씨! 파밀 씨가 그런 거죠!"

저건 마술에서 사용하는 비둘기다.

"껍질 벗기기, 부탁해요. 죽어 있으니까."

"……알았어요, 진짜. 파밀 씨 너무 못됐어."

의외로 장난을 좋아하는 파밀은, 돌아온 비둘기를 손에 앉히고는 마차 쪽으로 걸어갔다. 실제로—— 살짝 안심한 건 사실이다.

쿄코는 감자가 들어 있는 자루를 집어 들고 눈에 들어온 언덕으로 올라갔다. 그 꼭대기에 앉아서는 다시 감자 자루를 벌렸다.

저녁밥 먹기 전에 쉬고 있는 단원들과 마차를 한 눈에 내려다볼 수 있는 곳이다.

파밀이 말한 대로 감자 껍질을 벗기며, 자기도 모르게 한숨을 쉬었다.

'난 대체 뭘 하고 있는 걸까.'

할 수 있는 일을 조금이라도 더 늘리고 싶기는 하지만, 정말 힘들다.

그 뒤로 『적봉좌』는 근처 마을 두 군데에 들렀다.

첫 번째 마을은 이미 축제가 끝났고, 두 번째 마을은 때맞춰 열린 결혼식의 여흥에 참가하기는 했지만, 할 일이 있었던 건 광대 가리프와 반주 담당 파밀 뿐. 멤버 전원이 극단다운 일을 했다고 말하기는 힘들다.

그래도 그들은 당황하지도 굴하지도 않고, 다음 기회를 노리며 여행을 이어가고 있다.

지금도 포장마차 지붕 위에서 가리프가 저글링 연습을 하고 있다. 공을 차례로 던지며 마차 위를 왔다갔다. 정말 재주도 좋다.

슬레이만과 토안은 모닥불 앞에 앉아서 이야기를 나누고 있다. 다음에 어디로 갈지 상담하고 있는 걸까.

수르야는 조금 떨어진 곳에서, 한 손에 베일을 들고 춤을 추고 있다.

저건 바르바드에서 주민들을 상대로 보여줬던 바젤의 춤이다.

"……역시 포기 안 했네, 수르야."

아니면 저것도 금세 낫는 『감기』의 일부려나.

수르야의 우아하고 유연한 몸놀림과 약간 어린 기색이 남아 있는 노래하는 목소리를 생각해보면, 분명히 『암소 춤』과는 어울리지 않는 것 같다. 그보다 훨씬 나이에 걸맞은, 가련한 소녀 역할 쪽이 더 잘 어울릴 것 같다. 차라리 큰마음 먹고 비극 같은 걸 해보면——.

"잠깐, 이런 생각 할 때가 아니지. 집중하자 집중."

망상은 금지. 하다못해 감자 껍질만이라도 제대로 까자.

자세를 바로잡고 식칼을 잡은—— 그 순간. 휘잉! 갑자기 뒤쪽에서 바람이 휘몰아치고, 이어서 눈부신 빛이 번쩍였다.

'눈부셔!'

마치 카메라 플래시가 터진 것 같다. 뒤를 돌아봤다가 그 빛을 제대로 봐버렸고, 비틀거리면서 그 자리에 웅크리고 앉았다. 눈앞은 새카매져서 아무것도 보이지 않았고, 사람 목소리만이 들려왔다.

"——잘 오셨습니다 황자님. 이것으로 전이가 완료됐습니다. 기다리고 있었습니다."

"네놈들에게 기다리라고 한 적 없다. 아르멧소가 가라고 해서 왔을 뿐이다. 바로 돌아갈 것이다."

"전황을 보고 드려도 되겠습니까—— 황자님? 황자님, 어디로?"

전이가 완료? 무슨 소리야?

대체 뭐가 어떻게 된 건지——.

"어이, 여자."

"!"

갑자기 누가 머리를 움켜쥐어서 죽도록 놀랐다.

쿄코는 비명을 지르고, 반사적으로 식칼을 들어 올렸다. 깡! 뭔가 날카로운 금속에 부딪쳤다.

점점, 어둠에 물들었던 눈이 적응됐다. 쿄코의 시야 한가득, 무장한 병사가 보였다. 정말로 바로 코앞에 있었다.

'헉——'

병사는 말없이 이쪽을 쳐다보고 있었다.

새것처럼 반짝반짝 빛나는 사슬 갑옷과 철투구. 투구 끝에는 화려한 빨간색 깃털 장식. 허리에는 황금색 사벨을 차고 있다.

쿄코의 식칼은 그 새 갑옷의 판금 부분에 부딪친 채로 멈춰 있었다.

뭐라고 할까, 이 상황은 그저.

'죽을 거야.'

죽음. 죽음이다.

역광 때문에 얼굴 대부분이 보이지 않는 속에서, 그 병사가 말했다.

"재미있는 옷을 입고 있구나, 여자. 넘길 생각은 없는가."

칼을 들이댄 걸 따지는 게 아니라, 왜 그 말을 하는지를 알 수가 없었다. 옷이 갖고 싶다고?

"…………저, 저기, 이거, 소중한 옷이에요. 없으면 정말 곤란하다고 할까요."

"바이얀의 말을 못 듣겠다는 것이냐."

"——황자님! 이 자는 유랑극단의 여자입니다. 함부로 가까이 하시면 안 됩니다!"

뒤에서 들려온 충고하는 말에, 병사가 고개를 돌렸다.

"……그걸 어떻게 알지."

"머리를 드러내고 돌아다니는 계집은 외국인이나 유랑극단 뿐입니다."

"그렇다면 외국인일지도 모른다."

"그런 걸 따지고 있을 시간이 없사옵니다."

병사는 '젠장'이라고 말하며 혀를 찼다.

"여자. 이름은."

"쿄, 쿄코. 미치바, 쿄코."

"이름까지 이상하군."

"바이얀 님!"

"나도 안다! 잠시 조용히 해라!"

소리를 지르며 몸을 돌렸다.

몸을 돌린 쪽에는 성질 급한 병사와 같은 차림새의 병사들이 똑같은 말을 타고 있었다. 갑옷을 입은 전사 외에도 검은 로브를 입은 마법사 같은 남자들도 있다. 하나같이 머리에 천을 감았고 칼 대신에 지팡이를 들고 있는 걸 보면, 소문으로 들었던 주술사나 마술사일지도 모른다.

문제의 병사는 대열 중간에 세워놓은 빈 말에 올라탔고, 다른 전사들과 같이 이동하기 시작했다.

줄줄줄, 줄줄줄, 살벌한 기마대의 행렬은 언덕 반대편으로 빨려 들어갔고, 마침내 쿄코의 시야에서도 사라져버렸다.

'······옷이라니, 자기가 입으려고? 혹시.'

거의 개그 같은 기분도 들지만. 여고생의 블라우스와 스커트. 그리고 앞치마.

'그나저나.'

이제 와서, 언제 칼을 맞아도 이상하지 않을 상황이었다는 무서운 기분이 치밀어 올라왔다. 오싹하고, 온 몸에 소름이 돋았다.

코코는 짐도 제대로 챙기지 않고 눈앞에 있는 비탈을 달려 내려가서는, 곧장 수르야가 있는 쪽으로 갔다.

"수, 수르야수르야수르야수르야수르야수르야——!"

"왜, 키요?"

"수르야——!"

반쯤 울먹이면서 수르야를 끌어았았다.

"뭐, 뭐야 대체! 진정하고!"

"저, 저기. 이래저래그게이래서저래서 정말 무서웠어."

조금 전에 있었던 일을 끝까지 다 들은 수르야는 짧게 대답했다.

"아, 그거 카야지 쪽 군인들 아냐?"

"카야지의 군인? ……아, 전에 말했던 칙사병 말이야?"

"그래. 이엔마르드 수장의 칙명을 받은 칙명의 군단, 이라던가."

"흐엑."

무서운 사람들과 마주치고 말았다.

"괜찮아. 그냥 아무나 막 공격하는 건 아니니까. 그냥 평범하게 굴면 우리 같은 건 그냥 길가에 굴러다니는 돌멩이처럼 여기거든. 넌 돌보다 조금 더 눈에 띄었을 뿐이야."

"저, 정말?"

"대열에 깃발이 있었잖아. 깃발에 그려진 빨간 사자는『삼도』중에 하나인 카야지 가문의 문장이야. 지금의 수장은 카야지 가문에서 선출됐으니까. 그리고, 이번 원정은 카야지의 제1황자인가 제2황자가 지휘하고 있다고 들었는데…… 혹시 봤어?"

코코는 고개를 저었다. 솔직히 말해서 누가 누구인지 보고 있을 여유가 없었으니까.

"대체 뭐가 뭔지…… 아무튼 그냥 깜짝 놀라서……."

"음~ 아쉽다. 나도 한 번 보고 싶었는데. 꽤 유명하다는 것 같거든. 방탕한 짓만 하는 도련님이고, 아버지 애첩한테도 손을 댔다나 뭐라나. 이복 동생 쪽이 더 멀쩡하고 후계자로 어울린다고 들었어."

"최악이네……."

"그런가? 그래도 말이야~ 조금 나쁜 남자 쪽이 같이 어울리면 더 재미있잖아. 티마니에 있는 별궁에는 황자가 취미로 모아놓은 수집품들이 잔뜩 진열돼 있다던데. 보고 싶지 않아?"

"으에~ 그런 거 싫어. 남자 친구라면 상냥하고 성실한 사람 쪽이 훨씬 좋아."

"그래, 알았어, 용사 리히토 말이지."

적당히 넘겨버리고 말았다. 그러다 진짜로 나쁜 남자한테 걸려서 호된 꼴이나 당하라고 생각했다.

"그러는 수르야는 어떤데. 가리프는? 그냥 내버려둬도 되겠어?"

"흥, 뭐야 그게. 무슨 소린지도 모르겠고 말도 안 되거든."

"그런가~. 좋아하는 것 같은데, 수르야를."

"아냐, 절대로. 저건 사람이 아니라 원숭이야. 사람처럼 생긴 원숭이 같은 바보야."

"너무 심하다."

"말도 안 된다는 뜻이거든!"

알았어. 그렇다고 해 둘게.

쿄코는 일부러 다른 이야기를 하기로 했다.

"그런데 말이야, 왠지 좀 곤란하네. 삼도라느니 칙사병이라느니. 바르바드 시장님도 말했지만, 이쪽 사람한테는 엄청 귀찮은 일인 것 같아."

"그러게 말이야~ 솔직히 그냥 내버려뒀으면 싶은데 말이야~. 나호바랑 슈로가 사이가 나쁜 건, 옛날부터 그랬던 일인데."

그 말에는 유난히 절절한 감정이 담겨 있는 것 같았다.

"슈로족이랑 나호바족은 왜 그렇게 사이가 험악한 거야?"

"글쎄, 모르겠네. 뭔가 옛날부터 이런저런 일들이 있었다나봐. 이쪽 계곡에는 조상님 묘가 있으니까 우리 땅이라느니, 무슨 소리야 니들이 멋대로 빼앗은 거잖아, 하면서. 이젠 완전히 뒤죽박죽이 돼서 어떻게 할 방법이 없나봐."

"흐응…… 어디나 똑같구나."

"헤에, 의외네. 네가 살던 곳은 엄청나게 평화로운 곳 아니었어?"

"아, 뭐, 응. 일단은 평화롭기는 한데…… 그런 일 때문에 전쟁을 벌이고 있는 나라나 지역들도 잔뜩 있다고 배웠거든."

"아, 그냥 배운 거구나."

"부, 불만 있어?"

"아니, 그냥. 안심했을 뿐이야."

수르야는 그저 빙글빙글 웃기만 했다. 쿄코는 볼을 빵빵하게 부풀리는 수밖에 없었다.

'——그야 뭐, 아는 척 한 건 미안하기는 한데.'

처음 만났을 때부터 여러모로 도움만 받은 수르야 앞에서는 도저히 고개를 들 수가 없지만.

"일단은 토끼 조리 정도는 할 수 있게 됐으면 좋겠네."

"예, 알겠습니다, 열심히 하겠습니다."

"힘 내 키요. 우리 고향 마을에서는, 다섯 살 애도 할 수 있어."

그 말을 듣고서 어라, 하는 생각이 들었다.

다른 이엔마르드 사람들과 다르게 머리카락을 가리는 베일도 쓰지 않고, 부족의 증거도 지니지 않은 수르야 일행. 그것은 여신 파나티아에게 예능의 길을 걸어가겠다는 맹세했기 때문이라는 말을 들었다.

수르야는 일어나서, 코코가 비틸길에 떨어트린 감자를 줍기 시작했다.

"저기, 수르야. 수르야는 슈로족도 나호바족도 아니라고 했지. 하미타드랑 상관없는 데서 태어난 거야?"

"그래~. 일단 태어났을 때는 사간족이라고 해야겠지. 삼도의 세넬 가문이 다스리는 커다란 땅에 있는, 쪼~그만 어촌에서 태어났어."

이 나라는 삼도가 다스리는 세 부족이 인구의 70%를 차지한다는 것 같다. 토지 면적에서도 비슷하다는 것 같고.

"그리고 열 살이 되기 전에 바젤에 갔어. 우리 집이 너무 가난해서, 바젤에 있는 극단에 수양딸로 들어간 거지. 그때 베일도 벗고, 부족도 이름도 전부 버렸어."

"······미, 미안해."

"아, 그치만 말이야, 꽤 돈도 잘 벌고, 전용 극장 같은 곳도 있는 극단이었으니까, 그렇게 비참하지는 않았던 것 같다. 이것저것 많이 배우기도 했고. 마을에 있었던 것보다는 훨씬 즐거웠던 것 같아. 꿈은 점점 커져만 간다는, 그런 거야."

수르야는 비탈을 따라 올라가면서, 주운 감자를 베일에 담았다. 쿄코에게는 충격적인 내용이지만, 수르야의 말투는 담담했다.

"그치만 말이야~ 중간에 간판 여배우가 단장이랑 손을 잡고 사랑의 도피를 해서 실종됐거든. 웃기지 말라고 진짜. 엉망진창이 돼서 극단은 뿔뿔이. 지금 단장님이 『적봉좌』를 만들면서 나도 거둬주셨어. 가리프랑 슬레이만도 그때부터 같이."

"그럼 왜 하미타드에 온 거야."

그렇게 바젤을 좋아하고, 지금도 포기하지 못할 정도로 집착하고 있으면서.

아주 잠깐, 수르야의 손이 멈췄던 것 같았다.

"……이래저래."

"이래저래?"

수르야가 고개를 돌리고 살짝 웃었다.

"뭐랄까, 까놓고 말해서 인기가 없었거든, 우리."

쿄코는 뭐라고 할 말이 없었다.

"썩어도 수도거든, 바젤은. 코앞에 수장이 사는 궁전이 있고, 언제 불러줄지 이제나 저제나 하면서 노리고 있는 일류 극단들에 예능인들이 산더미처럼 있었거든. 그런 사람들이 열심히 싸우는 곳이다 보니 우리 같은 극단은 살아남을 수가 없었지. 그게 결과야. 그렇다고 굶어 죽을 수는 없잖아? 우리한테 이 일을 그만두는 건 죽는 것과 마찬가지야. 돌이킬 수는 없으니까. 정말 어쩔 도리가 없게 돼버렸을 때, 단장님이 하미타드에 가자고 하셨어. 아직 할 수 있는 일이 있다, 한적하고 사람들이 안 가는 곳으로, 우리가 가는 거라고. 거기서라면 우리 어설픈 재주라도 좋아해줄 거라고……."

　그것은 지상에서 마수들이 없어지고, 그렇지만 사람들의 이동은 아직 필요 최소한으로만 하던 시절.

　화려한 수도 바젤의 간판을 짊어지고 오락을 운반하는 유랑극단이라는 것이 존재하지도 않던 시절.

　특히 이곳 하미타드 같은 『따르지 않는 백성』이 사는 곳에는───.

　"수요는 있을 것 같은데 말이야~. 여러모로 힘드네."

　"수르야."

　"지금도 좋아해, 바젤. 궁전의 번쩍번쩍 빛나는 지붕이라든지, 삼도가 몰래 구경하로 온다는 소문이라든지, 항상 떠들썩하고 활기가 넘치고, 매일 새로운 것들이 나타나서 두근두근했거든. 하지만 그쪽은 우리를 필요로 하지 않고, 지금 필요한 건 다른 공연이야. 나도 알아, 사실은."

　농담처럼 말하면서 웃고 있지만, 마음속 깊은 곳에서는 울고 있는 것 같다는 기분이 들었다.

　왠지 안아주고 싶어졌고, 콧속이 찡해왔다.

　"알아. 나도 이해해 수르야……."

　"고마워. 어쨌거나 더 이상 하미타드를 시끄럽게 만들지 말아줬으면 좋겠어. 전쟁이랑 축제는 어우러질 수 없다는 게, 우리 단장님 입버릇이거든~."

　하지만 쿄코 일행은 의도치 않은 일로 그것을 뼈저리게 느끼게 된다.

"——주, 중지?"

새로 도착한 마을에서 쿄코 일행을 기다리던 것은, 그런 무정한 말이었다.

시중 노인이 미안하다는 듯이 볼을 긁었다.

"상인 편에 편지를 보냈는데, 길이 엇갈리셨나보군요."

"이봐요, 이봐."

전혀 생각도 못 했던 말이었는지, 토안이 입에 거품을 물고서 따지고 들었다.

"그게 무슨 말입니까 나리. 축제는 매년 이 무렵에 한다고 했잖습니까. 조상 대대로 이어져 내려온 중요한 행사라고."

"아, 그 말이 맞아요 브루게 씨. 작년에 댁들이 했던 연극은 정말 좋았었지. 가능하다면 올해도 해줬으면 싶었어."

"그럼 대체 왜."

노인은 한숨을 쉬면서 뒤쪽을 가리켰다. 풍문수 문장 깃발이 걸려 있는 마을 광장은 엄청나게 한산했다. 마치 인구 절반이 사라져버린 것처럼.

"젊은 사내들은 하나같이 아미다라의 성이나 광산을 감시하러 가버렸어. 강 위쪽에서 칙사병과 감시대가 부딪쳤다는 얘기를 못 들었나? 그 놈들은 중립 행세를 하지만 사실은 나호바의 앞잡이라고, 족장 니다 님과 장로들이 그렇게 결론을 내렸거든. 어디건 요소마다 사람을 늘리고 있어. 축제를 할 상황이 아니야."

"이런—— 부딪쳤다고 해도, 마을에서 한참 떨어진 곳인데——"

"여기저기 전부 동원령이 내려졌어. 어떻게 될지 모르는 상황이거든. 이해해 주게, 『적봉좌』 양반들."

"할아버지~!"

노인의 목소리에, 소년의 밝은 목소리가 겹쳐졌다.

"갑옷, 이렇게 입으면 되는 거지? 도끼는 창고에 있나?"

"아, 점검해줄 테니까 잠깐만 기다려! 할아버지는 지금 바쁘다고!"

"바쁜 건 나야. 빨리 안 가면 마차가 출발해버린다고. 카야지네 빨
간 깃발을 해치워야지."

"적들은 도망치지 않으니까 기다려라!"

손자로 보이는 소년이 초조해하는 기색으로 문 앞에 서 있다. 나이
에 걸맞지 않게 투박한 사슬 갑옷과 투구를 몸에 걸친 게, 출진 준비를
하고 있는 것 같다.

"그렇게 됐다네."

"아, 그래요. 그렇군요──"

이 상황을 보고나니, 토안도 받아들일 수밖에 없었다.

"알겠습니다. 분위기가 진정되면 그때 다시 잘 부탁드리겠습니다."

"당분간은 힘들 것 같아. 우리 주변 다른 마을들도 비슷한 상황이거
든. 축제를 벌일 상황이 아니다보니 말이야."

웃는 얼굴로 악수를 나누려던 손이 그대로 멈춰버렸다.

"──설마 여기서 까지 사람들을 군대로 끌고 갈 줄이야……."

마차로 돌아가서 다 같이 대책을 마련하기로 했다. 토안이 지도를
펼치고 신음소리를 냈다.

그를 둘러싸고 있는 단원들도 하나같이 미간에 주름을 짓고 있다.

지금 있는 곳은 바르바드에서 남서쪽으로 한참 내려온 곳의 강가에 있는 마을이다. 지도상으로는 슈로와 나호바의 국경인 완충지대와 족장이 있는 주도 아미다라, 주요 요새들로부터 멀리 떨어진 곳이라서, 나호바족과의 소규모 충돌도 적은 곳이라고 했다. 그래서 안심하고 찾아왔다는 것 같다.

　　"어쨌거나 『따르지 않는 백성』의 후손이구먼. 적과 싸울 때는 일치단결한다는 건가⋯⋯ 큰일인데."

　　잡혀 있던 공연 예정이 전부 백지로 돌아간 것 같다고 눈치 챘지만, 쿄코로서는 어떻게 해야 좋을지를 알 수가 없었다.

　　"어쩔까요, 단장님."

　　"⋯⋯올해는 그만 포기하는 게 좋을지도 모르겠어."

　　어, 하고. 쿄코가 소리를 낼 뻔했다.

　　거기에 대답하는 토안의 표정이 너무나 씁쓸했기 때문이다.

　　"이런 분위기일 때는 물고 늘어져봤자 소용이 없으니까."

　　"큰마음 먹고 큰 도시에 가는 방법도 있는데 말이죠."

　　"말도 안 되는 소리 하지 마 슬레이만. 또 빚을 질 생각이야?"

　　거기에 가리프가 끼어들자, 슬레이만이 움찔하고 놀라더니 입을 다물었다.

　　"마을로 돌아간다는 건가요?"

　　"그래, 수르야. 가리프 자식 말이 맞다. 조금 이르긴 하지만 돌아가서 버티는 쪽이 제일 손해가 적을 거야."

　　"하지만, 거의 한 게 없는데⋯⋯."

　　"먹고 사는 방법은 걱정하지 마라. 네 활 솜씨에다 『보물』을 주워오면, 다들 굶어죽지는 않을 테니까.”

수르야는 입술을 깨물고 고개를 숙였다.

“……응. 그래. 그 방법 밖에 없겠네요—— 저도 알아요…….”

“너 혼자 고생을 좀 해야겠지만, 정세가 바뀔 때까지만 참자.”

수르야가 말없이 고개를 끄덕였다.

“그래, 그럼 그렇게 하자. 자, 바로 돌아가자. 말을 몰아라.”

“——알겠습니다. 뭐, 또 열심히 밭일에 양치기나 해야 하는 건가요. 그것도 나쁘지 않지만.”

마차 세 대를 움직이기 위해, 단원 모두가 자기 자리로 갔다.

‘어, 뭐야, 그래도 되는 거야?’

‘정말 그래도 돼?’

그런 와중에 수르야가 자기 짐마차로 돌아가지 않고 다른 곳으로 빠졌다.

“수르야? 어디 가는 거야?”

“……점심거리를 좀 잡아올게. 뭔가가 있는 게 좋잖아. 배고플 테니까.”

퉁명스레 그렇게만 말하고, 길에서 벗어난 평원을 향해서 걸어 갔다.

“활은?”

물어봐도 대답이 없어서, 쿄코는 고민한 끝에 수르야를 따라가기로 했다.

그렇게 빈손으로 사냥을 할 리가 없겠지.

“——수르야!”

그리고 수르야는 쿄코가 예상한대로 언덕을 하나 넘어간 곳에 웅크리고 앉아 있었다.

그 앞쪽으로 이동한 쿄코는 '역시나'라고 말해주고 싶어졌다.

"……수르야……. 힘 내……."

수르야는 소리 죽여 울고 있었다.

"…………흑. 그, 그치만. 이런 건, 극단이라고 할 수도 없잖아. 무대에 서지 못하면 연기자로 살아가는 의미가 없다고. 가치도 뭣도 없단 말이야."

"그렇게까지 말할 필요는 없을 것 같은데."

"있어! 키요는 몰라서 그래. 아무것도, 하나도 몰라. 난 연기자로 살아가기로 했어. 부모형제와 헤어져서, 베일도 벗고, 파나티아 여신님께 맹세까지 한 각오야. 어딜 가도, 어디로 떨어져도, 봐주는 사람이 있으면 된다고 생각했어. 암소 춤을 춰도 좋아. 뭐든지 할 거야. 하지만, 그런데, 그것마저 못 하게 되면 나는……."

떨리는 어깨가 그녀의 절망과 통곡을 전해줬다.

정말로 좋아하는구나. 연기를, 춤을.

"난 뭘 위해서 여기까지……."

"──수르야. 괜찮아, 울지 마. 괜찮아. 끝나지 않으니까."

"어설픈 위로 따위는, 필요 없어."

"빈말도 아니고 위로도 아니야.『적봉좌』는 여기서 끝나지 않고 계속 해나갈 거야. 쭉, 계속. 하미타드에서 끝나지 않아. 이 세상에서 제일가는 극단이 될 수 있어."

수르야가 깜짝 놀란 것처럼 고개를 돌렸다.

"……키요?"

"내가, 그렇게 만들어줄게."

다른 사람도 아닌 미치바 쿄코가, 그렇게, 말했기 때문이겠지.

"이놈 수르야! 너 어딜 싸돌아다니다 온 거야. 키요까지 데리고."

수르야와 같이 마차 있는 곳으로 돌아갔더니, 가리프가 걱정하는 얼굴로 기다리고 있었다.

"그건 뭐, 내 탓이 아니거든."

"수르야――"

상대하는 수르야의 말투가 평소처럼 쌀쌀맞았다. 하지만 실컷 울어서 부은 눈은 감추지도 않았고, 그것을 본 가리프가 한숨을 쉬었다.

"뭐, 네가 낙담하는 것도 이해는 하지만 말이야――"

"단장님은 어디?"

"오―― 이제야 왔나, 너희 둘."

그때, 토안 브루게가 마차 포장을 들쳐 올리고 얼굴을 내밀었다.

수르야는 쓸쓸하게 웃어보였다.

"덕분에. 아주 웃기는 얘기를 들었어요."

"웃겨?"

"그래요~. 기왕이면 우리 단원들 다 있는 앞에서 자세한 얘기를 듣고 싶어서요. 세상에 키요가 말이죠, 우리를 세상에서 제일가는 극단으로 만들어주겠대요."

그렇게 말하고 쿄코 쪽을 쳐다보자, 쿄코는 깜짝 놀라서 굳어져버렸다.

토안이 이쪽을 봤다. 그 얼굴은 얼핏 보면 온화하지만, 눈빛은 웃지 않는 것처럼 보였다. 그래서 코코는 허리를 곧게 펴고 마음을 다잡았다.

"진심으로 하는 말인가, 아가씨."

"아, 예. 맞아요. 진심이에요."

"하하하!"

　웃어도 좋다. 난 진지하니까.

　지금까지, 계속, 나는 일개 여고생일 뿐이라고 생각했다. 아무것도 모른 채 이쪽 세상으로 날아왔고, 자기 힘으로 돈을 벌 수도 없고 죽은 사냥감을 해체할 수도 없다. 지금 당장 쫓겨나면 죽어버릴 수밖에 없는 무역하고 연약한 존재라고만 생각했다. 최소한 이 상냥한 사람들에게 방해가 되지 않도록, 남들만큼 뭔가를 할 수 있게 되고 싶다. 그저 그것만을 목표로 생각했다. 그게 당연하고 생각했었다.

　하지만, 사실은 그게 아니었다.

　이쪽 세계 사람들과 같은 일을 하는 것 이상으로, 자신이 아니면 할 수 없는 것을 생각해야 한다.

　목숨을 구해준 이 사람들에게, 뭔가 갚아줄 것이 있을 것이다.

"나도 꼭 알고 싶은데. 대체 어떻게 할 건데 아가씨. 이런 말 하긴 그렇지만 재주는 삼류, 설비는 오류, 바람이 불면 날아갈 것 같은 말단 극단이 뭘 할 수 있다는 거지?"

"무기를 만드는 거예요. 『적봉좌』만이 할 수 있는, 특별한 걸 말이죠. 그걸 팔러 수도 바젤로 쳐들어가는 거예요."

"쉰 소리 하지 말라고. 그런 게 있을 리가 있나."

"있어요. 제 말만 들어주시면 돼요. 먼저 가리프, 그 머리카락 잘라."

"뭐, 나?!"

가리프의 눈이 휘둥그레졌다.

"그래. 광대도 재주부리기도 안 해도 되니까. 수르야 상대역을 해줬으면 싶어."

"그게 무슨 소리야. 그런 건 슬레이만이 하는 역할인데!"

"맞아 키요, 이 자식이 뭘 할 수 있다는 건데."

"잔말 말고 들어!"

쿄코도 지지 않고 호소했다.

"로미오를 하려면, 슬레이만 같은 어른은 박력이 너무 과해. 가리프 정도가 딱 좋아."

"로미오?"

"그래. 원작에서는 10대 중반의 커플이니까."

가리프도 머리카락을 깔끔하게 다듬고 제대로 된 옷을 입으면, 수르야 옆에 세워두면 딱 좋은 소년 역할을 할 수 있다── 쿄코는 그렇게 생각했다.

"이봐, 뭐가 이렇게 시끄러운 거야."

떠들썩한 소리를 들은 슬레이만과 파밀도 쿄코와 사람들이 있는 쪽으로 다가왔다.

쿄코는 다시 말했다.

"새로 태어나는 『적봉좌』에서는 춤도 노래도 재주부리기도 안 하고, 극에 비중을 둘 거예요. 연극 말이죠."

"연극? 그건 지금도 하고 있는데──"

"막간에 잠깐 하는 게 아니라, 전체적으로 연극 무대를 하는 거예요. 각본은 제가 쓸게요. 저한테는 아무 재주도 없지만, 재미있는 이야기만은 알고 있으니까요. 잔뜩, 이불 속에서 책을 읽었거든요."

그렇다. 극단 사계(일본의 유명한 극단)도 타카라즈카(모든 배역을 여성들이 연기하는 일본의 유명한 극단)도 좋아서 보러 갔었고, 브로드웨이 공연 DVD도 잔뜩 봤다.

그러니까 이 사람들을 위해서 힘을 빌려줘요. 윌리엄 셰익스피어. 체호프와 도스토예프스키.

이쪽 세계에도 사람은 있고, 고민하고 괴로워하면서도 살아가고 있다.

당신들이 쓴 이야기에 공감할 수 있는 사람들도 잔뜩 있을 거야──
──.

완충지대에서 나호바 영토로 들어선 슈로족 병사와 붉은 깃발의 카야지 칙사단 사이에서 전투가 발생했다는 이야기는 바람을 타고 몇 번인가 흘러 들어왔다.

그 뒤에도 하미타드 중부위 긴장상태는 계속돼서, 쿄코 일행은 원래 있던 한촌으로 돌아왔다.

거기서 제일 먼저 한 것이 가리프의 머리카락 다듬기였다.

"……야, 너희들, 이상한 짓 하면 그냥 안 둔다."

"안 한다니까. 괜찮아."

"아무튼 움직이지 마세요."

파밀이 든 가위가 가리프의 머리카락을 조금씩 다듬어나갔다.

본채 매당에 의자를 놓고, 가리프의 불그스름한 검은 머리카락이 떨어져서 산더미처럼 쌓여 갔다.

"우와~ 이렇게 보니까 엄청나게 많네."

"목덜미가 썰렁해. 왠지 엄청나게 눈이 부시고……."

"다 됐어요."

마지막으로 파밀이 가리프의 목에 감아뒀던 천을 치웠다.

"좋았어. 그럼, 난 이만."

"이만은 무슨! 가리프, 어디 가려는 건데!"

"이거 봐, 키요."

쿄코는 황급히 그 뒷걸미를 붙잡았다.

"다른 사람들한테도 보여줘야지. 자, 수르야~, 수르야~ 수르야~!"

"야, 하지 마, 일 크게 벌리지 말라고!"

법석을 떨고 있었더니, "뭐야~ 시끄럽게. 대체 뭔데 그래"라고 말하면서, 2층 창문에서 수르야가 얼굴을 내밀었다.

"수르야!"

"난 의상 만드느라 바빠 죽겠——"

"이거 봐, 꽤 잘 생겼지? 앞머리를 자르니까, 이렇게 멀쩡한 얼굴이 숨어 있었어~."

수르야가 들고 있던 천이 떨어져서, 마당에 있는 쿄코 쪽으로 날아왔다.

가리프의 달라진 모습을 보고 계속 눈만 깜박이는 수르야가 너무나 우스웠다

그리고 의상과 소품들을 만드는 것과 병행해서, 연기 연습도 열심히 하고 있었다. 1분 1초가 아까운 상황이다.

"——아, 아니야, 아니라고! 전혀 아니야! 다시, 다시!"

오늘도 연습실 대신 사용하는 거실에 쿄코의 목소리가 크게 울

렸다.

　방 중심에는 연극의 주인공인 수르야과 가리프가 땀으로 범벅이 돼서 마주보고 있었다.

　쿄코는 그 사이에 끼어들어서, 특히 수르야 쪽을 보면서 말했다.

　"어제도 말 했잖아? 여기는 로미오…… 가 아니라, 로메오와 줄리에타가 사랑에 빠지는 장면이야. 중요한 장면이라고. 엄~청나게 중요한 장면. 적당히 넘기지 말라고!"

　"자, 잘 하고 있잖아."

　"아니. 하나도 아니야! 전혀, 전혀 잘 하고 있지 않아! 구체적으로는 폴링 러브 밈이 느껴지질 않아! 온 몸으로 발정을 내! 분홍색으로 물들어!"

　"뭐? 말도 안 되는 소리 하지 마! 가리프를 상대로 어떻게 발정이 나라는 거야!"

　"가리프는 하고 있잖아!"

　대놓고 손가락으로 가리킥자 가리프가 굳어졌다.

　쿄코는 개의치 않고 수르야를 향해서 쏘아붙였다.

　"수르야랑 달라서, 가리프는 아~ 주 자연스럽게, 위화감 없이, 수르야를 향해서 분홍색 아우라를 내뿜고 있잖아. 사랑에 빠진 소년이라는 느낌이 와! 그게 수르야하고 가리프의 차이야!"

　"으가아아아아! 창피한 소리 하지 말라고! 이 바보 키요!"

　뭔가를 견디지 못하겠다는 것처럼, 가리프가 거실에서 뛰쳐나가 계단을 뛰어 내려갔다.

　쿄코는 입이 떡 벌어졌다.

"……왜 저런대."

그냥 연기니까 창피해 할 필요도 없는데.

"──나, 잠깐 혼자 연습 좀 하고 올게."

"뭐?"

이번에는 수르야까지 진지한 얼굴로 중얼거리더니, 연습 중에는 묶고 있던 머리카락을 풀고는 거실에서 나가버렸다.

"자, 잠깐만, 그럼 어떻게 해. 둘 다 빠지면 연습이."

안 된다고 호소하려고 했더니,

"이봐 키요. 그렇게 계속 몰아붙이면 뭐가 뭔지 모르게 되잖아. 잠깐 쉬기도 해야지."

슬레이만이 끼어들었다.

하긴, 주인공 두 사람이 이렇게 돼버렸으면 그 방법밖에 없을지도 모른다.

"……그러네요. 그럼 잠깐 쉴까요."

"그래, 이제야 좀 쉬겠네."

슬레이만이 만족스런 표정으로 바닥에 앉았다. 한마디로 본인이 제일 쉬고 싶었던 건지도 모른다.

"물 좀 가져올 게요."

"하는 김에 뭔가 먹을 것도 좀 부탁해, 파밀!"

1층으로 내려가려는 파밀에게, 슬레이만이 말을 걸었다.

"그나저나 참 신기하네. 설마 키요가 우리한테 연습을 시키는 날이 올 줄이야. 게다가 단장님보다 더 엄하고."

"……죄송해요. 이래저래 부탁만 해도."

"하하하. 우릴 휘둘러댄다는 걸 알고는 있나보네. 키요 너도."

"정말 죄송해요! 하지만, 틀림없이 멋진 게 나올 거라고 생각해요."

"그야 뭐, 확실히 좋긴 한데."

깔끔하게 인정했더니 쿄코는 넋이 나가는 수밖에 없었다.

슬레이만이 쾌활하게 웃었다.

"단장님이나 수르야네는 아직 반신반의하고 있지만, 난 원래 꽤나 낙천적이어서 말이야. 직감으로 이건 성공한다고 생각했거든. 『따르지 않는 연가』는 걸작이라고."

"슬레이만 씨……"

"좋은 각본을 만들어줬어."

고마운 이야기라고 생각하면서── 그럴 만도 하다고 생각했다. 아무래도 지구에서는 4백 년의 역사가 있는, 왕도 중의 왕도니까.

쿄코가 연극의 소재로 선택한 것은 셰익스피어의 명작 『로미오와 줄리엣』이다.

중세 이탈리아가 무대인 이야기를 어떻게 이쪽 세계에 맞게 어레인지하면 좋을지 고민했는데, 생각한 끝에 슈로족과 나호바족의 대립으로 바꿔봤다. 뮤지컬 『웨스트사이드 스토리』 같은 데서도 뉴욕 갱들의 항쟁으로 바꿨으니까. 용서해주세요, 셰익스피어 님, 이라고 기도하면서 필사적으로 각본을 썼다.

대립하는 부족의 고귀한 소녀와 전사 소녀. 용서받지 못하는 사랑에 빠져버린 두 사람이 선택한 비극적인 결말. 이쪽 세계의 글은 쓸 줄 몰라서 일단 극단원들 앞에서 내용을 이야기했더니, 놀라울 정도의 반응이었다. 음, 역시 왕도는 어디서나 먹힌다는 것을 뼈저리게 느꼈다.

윌리엄 만세. 셰익스피어 진짜 대단해.

"일단 제일 먼저, 소재가 좋아. 지금 이걸 세상에 내놓으면 누구든 족장 니다와 나호바의 젊은 두령의 이야기라고 생각하겠지. 하지만, 구체적인 이름은 굳이 말하지 않는다. 작중에서는 철저히 시대와 인물을 숨겨나간다. 그래서 더 알고 싶어지는 법이고—— 하하하, 우리한테 부족했던 건, 이런 속된데다 내용까지 있는 연기였다는 뜻이야."

"그래요, 맞아요, 바로 그거예요!"

"수르야한테 비극의 아가씨 역할을 맡긴다는 데도 깜짝 놀랐지만."

그렇게 말해주니 쿄코도 마음이 든든했다.

"수르야는 몸놀림이 예쁘니까요. 품위 있는 역이 잘 어울릴 것 같았어요."

"그렇군. 내가 조금만 더 젊었다면 가리프 따위한테 상대 역할을 맡기지도 않았을 텐데. 괜찮다면 지금이라도 교대해도 되거든?"

"아뇨, 그건 좀."

"나도 알아. 자, 슬슬 주인공 분들을 불러오는 게 좋겠는데. 파밀이 간식을 가지고 왔을 때 있는 쪽이 좋겠네."

"예, 그렇겠죠."

"사실은 둘 다 식탐 덩어리니까."

"아하하."

아마 둘 다 '자기들끼리만 먹고, 치사해!'라고 난리를 칠 테니까.

찾아오겠다는 말을 남기고, 쿄코는 연습장인 거실에서 나왔다. 계단을 내려가서 1층의 흙바닥 방을 지나서 마당으로 나갔다

"수르야, 가리프, 어디 갔어——"

창고와 집 앞에 있는 길을 둘러봐도 아무도 없었기에 집 뒤쪽으로 가려던 쿄코는, 황급히 자기 입을 막았다.

찾고 있던 수르야는 장작더미 뒤에 있었다. 벽에 등을 기대고, 귓가에 손을 짚은 가리프와 지근거리에서 마주보고 있었다.

"……진짜 그래도 되는 거지?"

"괜찮으니까, 빨리 하란 말이야. 내 마음 바뀌기 전에."

"나, 널 좋아해."

"그러니까 쓸데없는 소리는 그만 하라고."

수르야가 가리프의 멱살을 잡고, 자기가 먼저 잡아먹을 기세로 입을 맞췄다.

'갸아————'

충격이었다. 그대로 정열적으로 입술을 맞대는 두 사람한테서 눈과 몸을 떼고, 쿄코는 필사적으로 숨을 들이쉬고, 내쉬었다.

'수, 수, 수르야도 참!'

정말이지—— 엄청난 개인 연습이잖아. 완벽했다. 순식간에 분홍색 아우라가 완성돼버렸잖아.

한 번 더 슬쩍 봤지만, 그저 축하한다는 말만 나오려고 했다.

너무나 부러운 사랑의 기운을 느끼고, 문득 자신이 너무나 쓸쓸하다는 생각이 들었다.

'아이카와 군, 잘 있으려나.'

나도 만난다면 틀림없이—— 에이, 아니야. 일단은 두 사람에게 언제 말을 걸어야 좋을지가 가장 중요한 문제였다.

농밀한 연습을 이어가는 속에서, 다른 문제가 발생했다.

이 혼신의 신작을, 어디에서 공개해야 좋을지.

"그야 당연히, 바로 바젤에서 제일 좋은 극장에서!"

"""기각."""

"어째서?!"

극단 전원이 부결해버렸다.

"스, 슬레이만 씨까지. 어째서."

"그게 말이야, 키요. 아무리 나라도 그렇게까지 모험을 하고 싶지는 않다고 할까…… 일단 극장을 잡을 연줄이 없잖아."

"근성도 없어~!"

"아무리 그렇게 말해도 말이야. 그쪽은 여러모로 위험하거든."

"그, 그럼, 두 번째나 세 번째라도 괜찮은데요."

"——바젤은, 안 돼."

단장 토안이 쌀쌀맞게 말했다.

"잘 들어. 이건 『적봉좌』의 운명이 걸린 일이야. 꿈같은 소리를 늘어놓을 때가 아니라고. 아직 한 번도 실제로 공연한 적이 없는 내용이야. 도박은 내가 용서 못해."

"세, 세상에……."

기껏 진지하게, 정면 승부에 나설 무기가 생겼다고 생각했는데.

"……그렇다면, 단장님은 어디가 좋다고 생각하시나요."

"아미다라는 어떤가. 아무래도 슈로족의 도움이니까. 『철 바구니』라는 별명이 있는, 이 근처에서는 제일 큰 도시야. 성도 연극 공연장도 있다는 것 같아."

"어제, 이 마을에서도 남자들이 차출될 거라고 했었죠. 연극 같은 걸 보러 올 여유는 없을 거라고 생각하는데."

"난 티마니가 좋을 것 같은데요."

가리프가 끼어들었다.

역할에 맞춰서 깔끔하게 꾸민 덕분인지 비밀 특훈 덕분인지, 최근 들어서 말을 제대로 하게 된 것 같은 기분이 드는 소년이다.

토안이 신음소리를 냈다.

"티마니…… 뭐, 나쁘지는 않은데, 그래도 조금 무리하는 게 아닐까. 여기서 거리도 꽤 멀고."

"하미타드에서 나간다면 어디건 별 차이는 없잖아요."

"저기, 거기는 분명히, 사막 건너편에 있는 도시였죠."

결국 수도에서 공연하는 모험을 피하는 건가 하고 실망했지만,

"걱정하지 마 키요. 바젤이 이엔마르드의 수도라면, 티마니는 상업 도시거든. 위쪽에 있는 윌타미아에서 아래쪽에 있는 항구도시의 해산물까지, 그란 바자(큰 시장)에서는 뭐든지 팔거든. 물론 연극을 공연할 수 있는 극장들도 잔뜩 있고."

"헤에……."

"바젤에서 나올 때도 티마니에 갈까 생각했었지. 뭐, 우리한테는 무리라고 바로 잘라버렸지만."

수르야가 중얼거렸다. 씁쓸한 기억을 되새기는 것처럼.

"하지만── 지금은 다르잖아."

"그래, 수르야. 우리한테는 따르지 않는 연가가 있어."

"푸하, 푸하하하하하!"

"웃지 마세요 단장님! 난 진심이라고요! 지금의 우리라면 뭐든지 할 수 있을 것 같다고요!"

"그래, 알았다 가리프. 그 마음가짐은 좋다! 너도 수르야를 손에 넣고서 많이 컸구나!"

"뭐어."

가리프는 얼굴이 새빨개져서 입이 떡 벌어졌고, 수르야는 "난 누구 것도 아니거든요!"라며 항의했다. 토안은 계속 웃고 있다.

"좋다. 그렇다면 다음 공연 장소는 티마니로 결정이다. 『적봉좌』가 오랜만에 선보이는 신작을 공개하는 거다. 여신님의 태양 아래에서, 손님들한테 똑똑히 보여주자. 알았지?"

토안이 똑바로 내민 주먹에 가리프가, 수르야가, 슬레이만이, 파밀이 손바닥을 얹었다.

"키요?"

마지막은 쿄코였다.

"괘, 괜찮아? 나도?"

"당연하지. 네가 하자고 했잖아. 네가 안 끼면 어쩌겠냐."

다들 고개를 끄덕이는 속에서, 쿄코도 자기 오른손을 얹었다. 쭈뼛 거리면서. 너무나, 너무나 기뻐서.

"──자, 해보자!"

"그래!"

허름한 집 2층에서, 여섯 개의 손이 힘차게 위로 올라갔다.

내일부터 쿄코 일행은 다시 짐을 챙겨서 긴 여행을 떠난다.

***

    상업도시 티마니는 하타르트 사막이 끝나는 국토 중부에서 발전한 도시가.

    저 멀리 사막의 바다를 건너온 수입품도, 하진 강을 타고 북상한 해산물도 전부 이 도시에서 거래되고, 바젤을 비롯한 이엔마르드 전국으로 퍼져나간다.

    지리적으로는 삼도 하지 가문이 이끄는 나간족과 인연이 있는 지역이지만, 실제로 거리를 활보하는 부족들이 머리에 두른 천은 특정할 수 없을 정도로 다양했다. 교외에 있는 호수에는 부족을 불문하고 부호들의 별장이 줄지어 세워져 있다.

    상설 그란 바자는 활기가 넘치고, 시장을 둘러싸는 모양으로 상점과 음식점들이 줄지어 있어서, 사막의 잡탕 전골은 나날이 커져가려 하고 있다.

    그리고『적봉좌』의 천막은 사력선 선착장과도 가까운, 약간 한적한 술집 거리 뒤쪽에 세워졌다.

    큰길을 활보하는 취객들은 길가에서 뿌려진 전단의 홍보 문구를 보고는 제일 먼저 웃음을 터트렸다.

    너무나 장대하고 거창했기 때문이다.

    "이봐, 뭐야 이거~. 이거 좀 보라고."

    "응? 뭔데 그래?"

    "일단 보라고.『절대로 결말을 다른 사람에게 말하지 마십시오』,『유일무이, 충격적인 이야기』에다『하미타드에서 전설이 시작된다』…… 뭐

하자는 거야."

"전설이라니, 제 입으로 할 소리인가."

"모르겠어. 그냥 심심풀이삼아 보러 가볼까. 그 하미타드 같은 촌구석에서 왔다고 하니까, 환영은 해줘야지."

"너도 참 밝힌다⋯⋯."

"밝히긴 뭘 밝힌다는 거야――!"

이런 식으로, 전단지를 본 취객 중에 몇 명은 흥미 위주로『적봉좌』의 천막을 찾아갔다.

물론 큰 기대는 하지 않고, 말 그대로『심심풀이』『이야깃거리』라는 부분이 크다고 본다. 그 이상은 아무런 홍보 문구도 없었기 때문이다.

그리고 실제로 눈에 들어온 천막이 생각보다 훨씬 작고 허름한 탓에,『이건 이야깃거리도 안 되겠다』라고 생각하며 이미 지불한 구경 값이 아깝다고 후회하기 시작했을 때, 문제의 무대가 조용히 시작됐다.

『――이것은 오래 전, 당대의 권세자가 돌을 맞고 쫓겨나고, 따르지 않는 사람들이 모이는 땅에서 일어난 비극이다――』

변사를 맡은 노인이, 조용한 음성으로 개막을 알렸다.

살짝 취한 손님들은 갑자기 시작된 칙칙한 이야기 때문에 한 방 먹은 기분이었다.

보통 대중 연극에서는 노래나 악기로 분위기를 한껏 돋우고, 예쁜 무희 등이 눈을 즐겁게 하고, 그 뒤에 유쾌한 연극을 하는 것이 기본적인 패턴이다.

하지만, 아무래도 이 연극은 다른 것 같다.

"……따르시 않는 백성…… 역시 하미타드가 무대인 이야기인가?"

"아무래도 그런 것 같은데……."

관객들은 당혹했지만, 점점 술기운도 깨기 시작했다. 이야기의 말투도 이상했지만, 뭔가 이야기와 설정까지 이상했다. 나오는 등장인물들이 가공의 지명이나 인명으로 바뀌기는 했지만, 아무리 봐도 하미타드의 2대 부족, 슈로족과 나호바족을 모델로 삼았다고 생각할 수밖에 없었다. 게다가 슈로족의 아씨와 나호바족의 젊은 전사가 사랑에 빠지는! 그런 충격적인 전개였다.

"이봐…… 이 줄리에타 아씨 말이야……."

"그래, 아무리 생각해도 그 사람이지…… 족장을 맡고 있다는 절세의 미녀……."

"그리고 저 로메오는……."

"그치……?"

이 극단, 정말로 하미타드에서 온 걸까. 용기가 있는 것도 정도가 있지.

다들 정신을 차려보니, 작은 무대에서 펼쳐지는 이야기에 완전히 빠져 있었다.

주인공과 여주인공을 둘러싼 환경이 어떤 상황인지 추측할 수 있는 만큼 더더욱 눈을 뗄 수가 없었다. 뭔가 봐서는 안 되는 것이라도 보는 심정으로, 손에 땀을 쥐고서 연극을 계속 보게 됐다.

『아아, 로메오 님, 로메오 님, 어이해 당신은 로메오 님인가요.』

아씨가 전사를 향해 탄식하면, 관객들은 자기도 모르게 몸을 앞으로 내밀고 설득하고 싶어진다.

"무리라고, 아씨…… 맺어질 리가 없다니까……."

"그냥 헤어져. 뭐라고 안 할 테니까. 응? 사람이 젊을 때는 이런저런 일이 있는 법이지만, 이럴 땐 아저씨들 말을 들으라고. 틀림없이 울게 될 거야."

비명과 설교까지 어지럽게 날아다녔지만, 그래도 이야기는 계속 이어졌다.

교회 신관의 도움을 받아서 사랑의 도피를 꾸미는 로메오와 줄리에타. 가사상태에 빠지는 약을 먹고 쓰러지는 전사 로메오. 그리고 연락이 잘못돼서 나타난 줄리에타 아씨.

『아아, 죽었어. 죽었어, 로메오!』

줄리에타 역을 맡은 아가씨가 외치자, 관객들의 절규가 울렸다.

"속으면 안 돼! 진정하라고, 아씨!"

"누가 쟤한테 좀 가르쳐줘! 누가 좀!"

열광의 소용돌이 속에서, 줄리에타 아씨는 비탄에 잠겨서 자해했다.

"으아아아아!"

"너무해! 너무 끔찍하잖아!"

그리고 비극은 여기서 그치지 않았다. 가사상태에서 눈을 뜬 로메

오가, 행복해지기로 약속한 연인이 두 번 다시 돌아올 수 없는 사람이 되어버린 것을 목격해버리는 것이다.

"아아아아아아아!"

"여신님의 자비는 어디로 간 것인가! 신이시여!"

좁은 천막 안에, 더 이상 눈물을 흘리지 않는 이는 없었다. 오열을 참는 사람들의 신음소리는 천막 밖을 지나는 사람들에게도 들릴 정도였다.

젊은 연인들의 죽음이라는 형태로 막이 내리고, 관객들은 눈물 젖은 손으로 박수를 쳤다.

"최악이다! 개똥같은 놈들! 그리고—— 최고다!"

"잘도, 이, 이렇게, 슬픈 이야기를."

"한 번 더 보자!"

그리고 천막 밖에 있던 사람들은, 안에서 나온 사람들이 하나같이 울어서 눈이 퉁퉁 부은 것을 보고 깜짝 놀랐다.

"이, 이봐. 무슨 일이 있었던 거야."

구경 값이 아깝다고 밖에서 기다리던 친구가 묻자, 손님 중에 한 사람은 말없이 뒤쪽을 가리켰다.

"잔말 말고 직접 보고 와. 모르는 놈한테는 말할 수 없으니까. 일단 본 다음에 얘기하자."

친구는 침을 꿀꺽 삼켰다.

"……그, 그렇게 대단한 연극이었냐……?"

"그래, 내가 보장한다. 이런 연극은 난생 처음 봤어."

저렇게 허름한 천막 안에서 대체 뭘 봤다는 걸까. 다들 궁금해서 미칠 지경이었다.

"알았다. 나도 봐야지!"

***

"대단해, 정말 대단해! 다들 진짜 대단해!"

코코는 무대 뒤에서 펄쩍펄쩍 뛰었다.

그것은 분명히 전설로 가는 첫걸음, 하지만 반응은 충분했다.

공연을 마친 수르야는 거친 땅바닥에 주저앉았고, 쉽사리 일어나지 못했다. 멍한 얼굴로, 얼굴에 흐르는 땀을 훔쳤다.

"하나, 틀렸어……."

"괜찮아. 엄청난 반향이었어. 다 들렸지?"

"……응. 깜짝, 놀랐어……."

완전히 정신이 나가서, 더 기뻐하라고 어깨를 흔들어주고 싶을 지경이었다.

여기까지 오기도 정말 힘들었다. 하미타드의 정세는 나날이 악화돼서, 장사를 포기한 상인들과 주민 분산을 시작한 사람들 때문에 길이 엄청나게 붐볐다. 쉽사리 앞으로 나아갈 수도 없는 상황 속에서 어떻게든 무사히 하미타드를 탈출했고, 2주 걸려서 티마니까지 도착했다.

각본에 비해서는 적은 인원으로 꾸려나가야 하기 때문에, 단원들은 다양한 역할을 겸임했고, 조명이나 음악도 전부 직접 처리했다. 하지만 그 모든 것들을 쏟아 부은 무대는—— 관객들의 열기가 전혀 달랐다.

뒤쪽에서 열심히 돕고 있는 쿄코에게도, 관객들이 술렁이는 소리와 훌쩍거리는 소리기 들려올 정도였다. 거기에 힘을 받은 것처럼, 수르야를 비롯한 주연들의 연기에도 열기가 담겼다. 쿄코가 예상한 대로였다.

"이봐, 어째 손님들이 도저히 나갈 생각을 안 하는데! 다음 공연은 언제냐고 난리가 났어!"

슬레이만과 파밀에 입에 거품을 물고서 뛰어왔다.

"재연 요청? 우와, 대단하다!"

"어쩌죠, 단장님!"

단장 토안은 수르야와 가리프 쪽을 봤다. 너무 심혈을 기울인 탓에, 완전히 숨이 넘어가기 직전인 두 사람에게 물었다.

"너희들, 할 수 있냐?"

두 사람은 바로 대답했다.

""물론이죠!""

"그래, 좋았어."

토안은 주름이 깊은 얼굴에 찢어질 것 같은 웃음을 드리웠다.

"슬레이만, 기다리는 손님 분들께 말씀드려라! 다음 무대는 한 시간 뒤에! 일단은 낮 공연하고 밤 공연으로 두 번씩, 매일 공연한다고!"

"자, 잠깐만요. 매일 두 번이나?!"

깜짝 놀란 수르야가 항의하려고 했지만, 이미 늦었다.

"왜. 한다고 했잖아. 근성을 보일 때다, 줄리에타 아씨."

"세상에…… 갑자기 너무 힘들잖아……."

수르야가 어깨를 축 늘어트렸다. 가리프가 "어쩔 수 없잖아"라고 말했다.

"……나도 알아. 잘난 척 하지 말라고."

삐친 것처럼 입을 삐죽 내미는 수르야. 호흡도 딱 맞는다.

쿄코가 손뼉을 치고 말했다.

"자, 자, 꾸물거리면 다음 손님 분들이 오실 거야! 서둘러서 준비하자!"

알았다는 힘찬 목소리의 대답이, 극단원 전원에게서 돌아왔다.

사람들의 눈이 되살아난 것처럼 반짝거리는 게 느껴진다.

쿄코의 귓속 깊은 곳에는 그 우레 소리 같은 박수의 여운이 아직 남아 있다. 발밑은 둥실둥실 하늘에 떠 있는 것 같지만, 이건 틀림없이 엄청난 일의 시작이다.

'봐. 그러니까 내가 말했잖아. 틀림없이 괜찮을 거라고.'

믿었다. 그 사람은 틀림없이 괜찮을 거라고.

'대단하지, 아이카와 군.'

'나 말이야, 널 만나면 얘기할 게 생겼어. 많이, 잔뜩——'

이쪽 세계에 와서 처음으로—— 아니, 태어나서 처음으로, 누군가에게 도움이 된 것 같은 기분이 들었다.

그건 정말 기쁜 일이라고, 너무나 좋아하는 너에게 말해주고 싶어.

엄청난 것을 봤다. 그런 무대는 처음이다.

극단 『적봉좌』가 선사한 『따르지 않는 연가』의 소문은 상업 도시 티마니에서 빠른 속도로 퍼져나갔고, 공연을 시작한 지 2주도 안 돼서 외벽 근처에 있는 이동식 천막에서 번화가에 있는 소극장으로, 이례적인 이동을 달성했다.

토안은 그래도 불안한 것 같다. 무대 위에서 아직 손님이 들어오지도 않은 객석을 둘러보며, 혼자서 뭔가를 중얼거리고 있다.

"왜 그러세요, 단장님."

"……아니, 뭐. 여기를 빌리는데 꽤 돈을 썼거든. 그런데 갑자기 손님이 끊기면 우린 끝장이야."

쿄코가 웃음을 터트렸다.

"괜찮아요~ 이젠 그런 작은 천막에는 손님이 다 들어오지도 못할 저도라서, 매번 항의하실 정도였으니까."

"그건 그런데……."

"그리고 이거, 슬레이만 씨가 전해달래요."

쿄코는 정중하게 접은 종이를 토안에게 건넸다.

"뭐야 이건."

"저도 잘은 모르겠는데, 바젤에서 온 상단 분이 가지고 오셨다나 봐요. 그쪽에서 내고 있는 신문 기사, 라나 봐요. 『따르지 않는 연가』얘기가 실려 있다던가요."

토안이 황급히 받아들었다. 잡아먹을 기세로, 쿄코는 읽을 수도 없는 글을 열심히 읽었다.

"……이, 이거, 상당히 고명한 극작가의 평론이잖아……."

"대단한 사람인가요?"

"그래. 전 세계를 여행하면서 신작을 발표하는 사람이야. 꽤 오랫동안 소식이 없었는데…… 티마니에 와 있었나……『남부에서 온 걸작…… 실제 인물을 연상케 하는 과격한 내용에 눈이 가기가 쉽지만, 그

내용은 틀림없는 인간 찬가이며, 연기자들의 열연도 볼만하다──』."

중간에 토안의 목소리가 끊어졌다.

"일주일 전에 나온 것이라나 봐요. 이러면 바젤에서 보러 오는 사람도 늘어나려나요."

"아가씨."

"예?"

"내가 옛날부터 온갖 것들을 줍는 성격이었거든. 젊은 시절부터 손해만 봤어. 지금도 내가 차린 극단에는 실력도 없는 떨거지들 투성이야. 그래도 후회는 안 하지만…… 아가씨는 내 인생에서 유일하게, 예외적으로 제대로 된 걸 주운 건지도 모르겠어. 이 나이 먹고 이런 꿈을 보게 될 줄은 몰랐어. 제대로 된 예능의 경지에 눈을 뜨게 될지도 모르는 꿈이야……."

다듬더듬 말하는 토안은, 어쩌면 울고 있는지도 모르겠다.

옆에 서 있는 코코는 최대한 모른 척 했다.

"……너무 성급해요, 단장님. 이 정도로 기뻐하면 안 되죠. 『적봉좌』는 앞으로 더더욱 커질 테니까요."

"그래, 그러면 좋겠네."

"바젤에 개선해서 한 번 크게 터트린 다음에는, 월타미아 왕도에도 쳐들어가는 거예요. 신작도 열심히 쓸 테니까요. 햄릿으로 할지 리어 왕으로 할지, 그게 문제지만요."

"그러면 아가씨가 찾고 있는 용사 리히토가, 제 발로 찾아올지도 모르겠어."

"예, 그러니까 열심히 해요, 단장님."

"──고맙네."

쿄코는 빙긋 웃으면서 고개를 끄덕였다.

***

그것은 그야말로, 인생이 끝나는 순간에 본 덧없는 꿈인지도 모른다.

몇 번째인가의 커튼콜을 마치고, 토안이 거둔 떨거지들── 수르야와 가리프가 갈채를 받고 있다. 무대 옆에서 그 모습을 지켜보던 토안은 발을 돌렸다.

"단장님, 어디 가십니까?"

"담배 한 대 피고 오마."

적당히 손을 흔들고, 혼자서 복도를 걸어갔다.

오늘도 『따르지 않는 연가』는 무사히 끝난 것 같다. 너무 큰 박수갈채를 계속 듣고 있다 보면, 요즘 들어 약해진 눈물보가 터질 것 같아서라는 말은 차마 할 수가 없었다.

극장 뒷문을 통해서 골목길로 나와서는, 처마 밑에 있는 나무 상자에 걸터앉아서 곰방대에 불을 붙였다.

쿄코가 했던 말이 지금도 머릿속에서 맴돌고 있었다.

"세계에서 제일가는 극단으로 만들어 보이겠다니…… 대단한 소리를 했다니까, 그 아가씨."

하지만 어쩌면, 그냥 꿈으로 끝나지 않을지도 모른다. 그런 희망이 어렴풋이 보였다. 있을 리가 없다. 하지만 어쩌면. 마음은 밝은 쪽으로 기울어 있었다.

"여. 대단한 환호성이네. 뭔가 하고 있습니까?"

문득 고개를 들어보니, 토안의 눈앞에 한 남자가 서 있었다.

머리에 낡은 천을 감고, 두툼한 외투를 걸쳤다. 어느 부족 출신인지는 모르겠지만, 여행하는 상인인 것 같았다. 마침 지나가다가 발을 멈춘 것처럼, 극장에서 흘러나오는 불빛을 올려다보고 있다.

"……연극이야, 나리. 연극은 좋아하시나?"

"연극, 말입니까? 뭐, 바젤에 있던 때는 그럭저럭 좋아했죠."

"그런 사람이야말로 꼭 봤으면 싶은데 말이야. 이 『따르지 않는 연가』는 바젤에서도 윌타미아에서도 볼 수 없는 연극이야. 지금까지 누구도 본 적이 없는, 그러면서도 우리의 심금을 확실하게 울리는 예술이지!"

"헤에. 그거 재미있겠네."

"절대로 손해는 안 볼 거야. 하지만, 표는 한 달 뒤까지 다 팔렸지만."

"한 달이나? 뭐야 그게. 그렇게 인기가 좋은 줄은 몰랐네. 이거 큰일이구만——"

남자는 계속 큰일이다, 큰일이다를 되풀이하면서 머리에 감고 있던 천을 벗고, 이어서 입가를 가리고 있던 수염을 뜯어냈다.

"!"

그러자 나타난 남자의 얼굴을 보고, 토안은 깜짝 놀랐다.

"——다, 당신은——."

"……정말이지, 계속 밑바닥에서 굴러다녔으면 그냥 넘어가줬을 텐데. 댁 같은 부류의 인간들은 자기 과시욕이 너무 커서 문제라니까."

"나리!"

"친한 척 굴지 마, 이 구더기 자식!"

남자는 증오감이 소용돌이치는 눈으로, 토안을 세게 걷어찼다. 마른 몸이 극장 벽에 처박혔다.

"요, 용서해, 주십시오——!"

"용서는 무슨. 지금 당장 이자까지 붙여서 갚아라. 네가 썩어빠진 단원들과 같이 들고 도망친 돈—— 이자까지 포함해서 금화 120닢. 한 푼도 빠짐없이!"

소리치면서 계속 걷어찼다.

토안 브루게가 돈이 필요했던 것은 사실이다. 예전에 소속돼 있던 극단이 해산. 새로 세운 적봉좌는 번번이 실패해서 계속 적자. 쌓여만 가는 연습장과 창고 임대료. 단원들의 숙박비와 식비.

전부 없애고 다시 시작하기 위해서, 빌린 돈을 들고 하미타드로 도망쳤다.

바젤만은 가면 안 됐다. 그곳만 피하면 될 거라고 생각했었는데——.

빚쟁이 사내 뒤쪽에는 그가 바젤에서 데리고 온 것으로 보이는 경호원들이 말없이 단검을 뽑고 있었다.

"못 주겠다면, 몸으로 갚아야겠지."

토안은 죽음을 각오했다.

——그날 밤, 토안은 단원들이 묵는 숙소로 돌아오지 않았다.

***

눈을 뜬 코코는 평소처럼 옷을 갈아입었다.

공연 장소가 고정된 극장으로 바뀐 뒤로, 자는 장소가 지붕이 있는 숙소로 버전 업 한 것이 너무나 기뻤다. 해먹이 아니라 푹신푹신한 매트가 깔린 침대. 방에는 거울도 있다. 여관 사람이 가져다준 물로 얼굴을 씻고, 1층 식당에서 차려준 아침밥을 먹었다. 겨우 그것뿐인데 너무나 기쁘다.

아침밥은 살짝 구운 빵과 건더기가 들어간 오믈렛, 향신료가 듬뿍 들어간 수프였다. 식후에 달콤한 차가 나와서, 그것만 들고 2층으로 돌아가서는 책상 앞에 앉았다.

'——오늘은 밤 공연만 있으니까, 리허설을 시작하기 전에 조금 더 써야지.'

방에 딸려 있는 책상 위에는 어젯밤까지 쓰던 각본이 그대로 놓여 있다.

한참동안 고민한 끝에, 다음 작품은 『한여름 밤의 꿈』으로 밀어붙이기로 했다.

요정왕 오베론은 슬레이만, 장난꾸러기 요정 퍽은 가리프. 틀림없이 잘 어울릴 것이다.

"어~디~까~지~, 썼더라."

기억 속에 새겨진 아름다운 이야기를 끄집어내고, 단원들의 얼굴을 떠올리면서 대사를 적어나갔다.

시간 가는 줄도 모르고, 쿄코는 작업에 몰두했다.

그러나가 문득 정신을 차려보니, 수르야가 책상에 손을 짚고서 자신을 빤히 쳐다보고 있었다.

"……어라, 수르야네. 잘 잤어~."

"뭐야. 잘 잤어는 무슨. 내가 몇 번을 불렀는지 알아."

"으아, 미안해. 완전히 빠져 있어서."

"질렸다니까. 무엇보다 벌써 점심때야. 밥도 안 먹을 거야?"

"그랬어? 몰랐네."

수르야가 진심에서 우러난 한숨을 쉬었다.

"미, 미안해. 그런데 수르야. 덕분에 새 각본이 나왔어. 수르야가 들어줬으면 싶은데."

평소에 아무 문제없이 대화를 할 수 있는 탓에 잊어버리게 되기도 하지만, 이쪽 세상의 문자는 전혀 읽지도 쓰지도 못한다. 자기가 말해서 들려주지 않으면, 어떤 이야기인지 전달할 수도 없다.

수르야가 쓸쓸하게 웃었다.

"응. 알았어 키요. 그거라면 점심 먹으면서 하는 건 어때? 시외까지 멀리 나갈까 하는데."

"그래도 되겠어?"

"저녁때까지 돌아오면 되잖아. 어차피 야간 공연만 있으니까."

"야호. 가자, 가자."

쿄코는 완성된 각본을 들고 피크닉 나갈 준비를 시작했다.

지금까지 여행하면서 썼던 말은, 여관 마구간에 맡겨뒀다. 여관 주인 분께 점심을 챙겨달라고 해서, 수르야가 모는 말을 타고 시외로 이동하기 시작했다.

"그란 바자에 말이야, 귀여운 잡화를 파는 노점이 있었어. 혹시 봤어? 가게 아저씨는 무섭게 생겼지만, 색깔 있는 돌 목걸이라든지 칠보 귀걸이 같은 것도 팔고, 게다가 전부 싸더라니까."

"그건 중요한 정보네. 장소는?"

"음식 노점들 있는 곳 근처. 그거 무대 의상에도 쓸 수 있을 것 같은데."

"알았어. 나중에 보러 갈게. 무섭게 생긴 아저씨를 찾으면 되겠지."

떠들썩한 거리는 볼 것도 먹을 것도 많아서, 매일같이 돌아다녀도 질리지 않을 정도였다.

시내 중심부를 빠져나왔다. 외벽 너머에는 강한 바람이 휘몰아친다.

티마니는 오아시스를 중심으로 발전한 도시다. 여기서부터 북쪽에는 하타르트 사막이 펼쳐져 있고, 서쪽에는 수원인 이스메트 호수. 호반에는 부호들의 별장이 줄지어 있고, 바젤과 바다 쪽으로 이어지는 하진 강이 평원을 가로지른다. 시내에서 떨어진 구릉지대를 달리면, 방향에 따라서 정신없이 변하는 주위 풍경을 잘 알 수 있었다.

그리고 수르야가 모는 말은, 스피드광이 아닌가 싶을 정도로 인정사정이 없었다.

"저기, 수르야, 너무 빠른 것 아냐!"

"이 정도는 보통이지! 전에도 같이 탔었잖아!"

"그거랑은 전혀 달라! 너무 다르다고!"

코코가 비명을 질렀다.

무엇보다 그때는 파나케이아에 처음 왔을 때였고, 정신없이 적에게서 도망치는 중이었다. 안장에서 떨어지기 직전이었고, 타고 있던 것도 말이 아니라 산양이었다.

엉망진창이다. 새삼 그런 생각을 했다. 잘도 여기까지 버텼다.

"이쯤에서 먹으면 어떨까? 점심."

"……으, 응.

수르야가 겨우 말을 세워줬다.

그곳은 시내와 사막의 모습을 한 눈에 볼 수 있는 언덕 위였다. 경치는 정말 좋다.

여관 주인분이 만들어주신 도시락을 땅에 펼쳐 놨다. 발효하지 않은 납작한 빵에 닭고기와 양파를 끼운 점심을, 둘이서 입을 크게 벌리고 베어 물었다. 매운 소스가 입에 묻어도 신경 쓰지 않았다.

"……음~."

"맛있다!"

"맛있다~ 살 것 같다! 손님 눈을 신경 쓰지 않아도 되니까 너무 좋아!"

"저기 수르야, 각본 읽어도 될까? 들어줄래?"

"아, 좋아. 해봐."

쿄코는 점심 도시락을 넣어온 가방에서, 조금 전에 다 쓴 각본을 꺼냈다.

"그러니까, 어흠. 이 이야기는——"

쿄코가 이야기하고, 옆에서 수르야가 귀를 기울인다. 목이 마르면 과즙이 들어간 물을 마시고 빵을 먹고 나서 계속 말했다.

"——그렇게 해서, 행복하게 살았습니다. 이걸로 끝이야."

수르야는 아무 말도 하지 않고 박수를 쳤다.

"이번에는 즐거운 내용이네."

"맞아. 떠들썩하고 축제 같은 분위기도 좋겠지."

"응. 틀림없이 우리한테 잘 어울릴 것 같다."

"그치, 그치?"

그렇게 말해줄 거라고 생각했다.

"이걸로 당분간 먹고 살 수 있겠어. 정말 고마워, 키요."

"뭐야, 무슨 소릴 하는 거야 수르야. 아직 이게 다가 아니라고, 지난 번에 단장님한테도 말했는—— 데……."

그 순간, 쿄코는 자기 몸에 위화감을 느꼈다.

양쪽 손끝이 갑자기 저리고 감각이 없어졌다. 두 손에서, 갓 쓴 각본이 떨어졌다. 머리로는 알고 있는데 손이 말을 듣지 않는다. 내 손인데. 어째서.

바람이 불어서 원고 몇 장이 날아갔다.

"아, 아, 수르야. 종이."

혀도 꼬인다. 황급히 잡으려고 손을 뻗었더니 그대로 땅바닥에 엎어져버렸다. 도무지 말을 듣지 않는, 내, 몸——.

"뭐야…… 이거……."

무슨 일이 일어난 건지 모르겠다.

무엇보다—— 어째서 수르야는, 이런 나를, 가만히 보고만 있는 걸까.

하얀 종이들이 날아간다. 그 중심에 있는 수르야는 당장이라도 울음을 터트릴 것 같은 얼굴로 가만히 서 있다.

"……난 아마, 꿈을 꿨던 거야. 내가 진짜가 될 수 있을 거라고, 잠깐이나마 생각했던 내가 바보였어……."

"스루, 야. 주워줘. 저게 없으면. 다음. 공연."

"하지만, 나도 널 만나지 않았다면, 꿈을 꾸려는 생각도 안 했을 거야……."

쓰러진 채로 뻗고 있는 오른손을, 뒤쪽에서 뻗어온 투박한 손이 움켜쥐었다.

가리프 사얀이었다.

'——가리프, 도?'

그는 가면이라도 쓴 것 같은 무뚝뚝한 표정으로 아무 말도 없이, 쿄코의 손에 차꼬를 채웠다. 마비돼서 감각이 없어지기는 했지만, 구속하려고 한다는 걸 뒤늦게나마 알았다.

"바젤에서 말이야, 추적자가 왔어. 그쪽에서 공연하려고 빌린 돈. 이자까지 포함해서 금화 120닢이라니, 지금 당장 갚으라고 해도 갚을 수 있는 돈이 아니야……."

"그러게 말이야, 정말 너무하다니까. 은혜를 원수로 갚는다는 게 바로 이거지."

다른 남자의 목소리가 끼어들었다.

말 울음소리와 함께, 상자 모양 마차 한 대가 언덕을 올라왔다. 앞에서 오는 검은 말 위에 검은 여행용 외투를 걸친 남자가 타고 있다. 수염이 없고 비교적 밋밋한 얼굴은 젊게 보이기도 하고 나이 들어 보이기도 한다. 눈꼬리가 긴 눈을 가늘게 뜨고서 입 꼬리를 끌어 올리고, 분명히 웃고 있는 것 같은데도 즐거운 분위기가 전혀 느껴지지 않는다.

오히려―― 진심으로, 미친 듯이 화를 내고 있는 것처럼 보였다.

남자는 쓰러져 있는 코코를 보면서 말했다.

"그 당시에 적봉좌 양반들한테 활동 자금을 융통해준 게 바로 나였지. 하지만 뭐, 나도 나이깨나 먹은 어른이니까. 이런 슬픈 일을 겪은 것도 한 두 번이 아니거든. 변제할 가망이 없다면 조달할 방법을 제안해야겠지. 자네, 바이얀 카야지라는 이름을 아나?"

바이얀…… 카야지?

카야지라는 이름은 알고 있다. 이 이엔마르드 건국의 중심이고, 삼대 부족을 이끄는 삼도 중에 하나다. 지금의 수장은 카야지 가문의 수장. 예전에 하미타드에서 봤던 붉은 깃발은 수장이 보낸 칙사의 병사. 《붉은 사자》―― 카야지의 칙사병. 슈로족은 그들의 지배를 거부하며 싸우고 있다.

분명히 서류상의 지휘권은 수장의 장남이자 방탕하기로 유명한 황자라고, 수르야와 바르바드의 시장님이 말했던 것도 같다. 이름은――

"황송하게도 수장 각하의 장자이자 이 앞에 있는 호수에 별궁을 두고 계신 분이다. 타고난 호사가시라서, 신기한 물건을 아주 좋아하지. 이야기를 잘 하는 이계의 소녀가 있다는 말씀을 드렸더니, 좋은 가격에 거두겠다고 말씀하셨다."

온 몸에서 피가 빠져나가는 기분이 들었다.

자신은 이대로 빚쟁이를 통해서 바이얀인가 하는 사람에게 팔려가는 것이다.

당황해서 일어나려고 했지만, 다리에 힘이 들어가지를 않았다.

"수르야!"

이름을 불렀지만, 소녀는 아픔을 참으려는 것처럼 고개를 숙였다.

"미안해, 키요. 나, 이 일을 그만두면 살아갈 수가 없어. 다른 방법이 없었어."

"알아! 그러니까 기다려달라고 하면 되잖아. 돈은 조금만 더 기다려달라고 하고, 연극을 해서 갚아나가면 되잖아. 우리라면 갚을 수 있어!"

왜 믿어주지 않는 거야. 열심히 하자고 약속했잖아.

"나도 그런 꿈같은 이야기에 투자할 정도로 한가한 사람이 아니라고."

어째서, 이런 남자가 하는 말을 더 믿는 거야. 왜.

그렇게 자신들을 믿을 수가 없는 거냐고.

"가리프!"

"──미안해. 나, 앞으로도 수르야랑 같이 있고 싶어."

누가 좀 가르쳐줘.

"키요 너한테도 나쁜 일은 아닐 거야. 카야지의 황자님 곁이라면, 틀림없이 여기 있는 것보다 잘 살 수 있을 거야. 애첩이 될 수도 있고."

"싫어. 난 아이카와 군이랑 같이 집에 돌아갈 거라고!"

어째서 불쌍한 사람을 보는 것 같은 눈으로 날 보는 건데.

계속 말했잖아. 난 아이카와 군이랑 만나고 싶을 뿐이라고. 그 사람을 만나서 집에 돌아갈 거라고.

여기저기서 용사 리히토의 정보를 물어보면서, 속으로는 날 비웃고 있었던 거야? 만날 리가 없다고 생각한 거야? 언제부터? 처음부터?

"……용사 리히토는, 이 세상을 구한 영웅이야. 우리하고는 사는 세상이 달라. 이루어질 수 없는 꿈에 진심으로 매달리면, 힘들기만 할 뿐이야."

"아냐, 아니야, 아니라고! 나랑 수르야를 똑같이 취급하지 마!"

그리고 이 한마디에 의해, 두 사람 사이에 조금이나마 남아 있던 유대가 결정적으로 끊어지고 말았다.

서로, 힘이 빠지는 걸 알았다.

지금까지 지내온 시간도, 나눴던 약속도, 전부 깨져서 땅바닥에 떨어져버렸다.

빚쟁이 남자가 웃었다.

"할 말은 가 했다고 보면 되나. 그만 가볼까."

가리프가 쿄코의 몸을 끌어 올렸다.

이런 짓을 했으면서, 쿄코를 세우는 손놀림은 상냥했다.

"괜찮아?"

"걱정할 거면, 이대로 같이 도망쳐줘."

"……무리야."

"그치?"

그러니까 건드리지 마, 토할 것 같으니까. 그런 기분을 눈빛에 담았다.

소년은 상처 받은 것처럼 고개를 지났다. 그 눈앞을 지나, 남자가 준비한 마차에, 자기 발로 올라탔다. 비틀거려도, 넘어질 뻔하면서도, 이게 최소한의 긍지였다. 쩔그렁, 차꼬에 달린 금속 사슬이 울렸다.

안에는 한 눈에 봐도 못돼 보이는 경호원들이 도끼나 칼 같은 무기를 들고서 앉아 있었다.

그들은 쿄코에게 주목했지만, 쿄코는 신경 쓰지 않고 좌석에 앉아서 무릎을 끌어안았다.

채찍 소리가 울리고, 마차가 달려가기 시작했다.

덜컹거리는 진동이 허리로 직접 전해졌다.

——괜찮아, 괜찮아. 신경 안 쓰니까. 흉내 내는 건 내 특기 중에 하나야 카야지 쪽 군인들 피리소리 흉내라든지.

수르야의 웃는 얼굴이 떠오른다. 일상의 속 편한 모습과, 무대 위에서의 갭이 유난히 매력적이었다.

——그런데! 그것을 타파한 영웅이 나타났지. 이웃 나라 윌타미아에서 출진한 오영웅. 그 이름도 하이달 웜, 라나 에른, 리히토 아이카와, 이슈안 트롤, 그리고 하기리. 자, 이 노래를 들어주십시오! 바젤에서 배워온 화려한 공연!

토안의 말. 항상 마음씨가 좋고 입이 험한, 모두의 『아버지』. 하지만 사실은 걱정이 많은 성격이었다.

——꽤 일찍 일어나게 됐네. 이쪽 생활에도 많이 적응했다고 봐야겠지.

슬레이만의 거창한 태도. 할머니들의 성원을 독차지했었지.

──자, 키요. 오늘이야말로 열심히 해볼까.

조용한 파밀. 하지만 약간 짓궂은 사람이기도 했다.

──나, 수르야가 좋아.

한결같은 가리프. 정말로 한결같았어.

마차를 타고 흔들리며 동쪽으로 서쪽으로.『적봉좌』에서 그 사람들과 지낸 날들이, 이제 와서 가슴 속을 울린다.
"……….후──"
슬픈 오열이 흘러나오려고 했지만 이를 악물고, 필사적으로 참았다.
이젠 아무것도 믿지 않겠다. 여기서 웃었던 것도 울었던 것도, 마음이 통했다고 생각했던 것도 전부.
얼어붙어버릴 것이다.
지구에 남겨두고 온, 그에 대한 마음만 빼고 전부──

＊＊＊

환호성이 들려온다.

만원 객석에서 끊임없는 박수와 갈채가 밀려왔다.

극단『적봉좌』단원들은 무대 위에서 그 소리를 듣고 있었다.

"최고다!"

"한 번 더!"

"정말 대단했어!"

아낌없는 절찬의 목소리. 그런 소리를 들을 만 한 연기를 피로한 그들이 오늘 무엇을 발판으로 삼아 이 자리에 섰는지, 그것을 아는 관객은 아무도 없다.

그들은, 연기자다. 그저 자신의 연기 인생에 과거와 미래의 모든 것을 걸고, 파나티아 앞에서 자신의 삶의 방식을 맹세한 자들이다.

"──참아라, 수르야. 네가 잘못한 게 아니다."

무대 위에 있는 토안이, 객석을 보면서 주연 여배우에게 말했다.

"넌 아무 잘못 없다. 아무도 잘못한 건 없다. 항상 있는 일이다. 항상 하던 대로 네 활로 사냥감을 잡고, 계곡에서 주운『보물』을 팔아서 돈을 버는. 그 일을 했을 뿐이야."

마찬가지로 수르야도, 관객들의 환호성에 웃는 얼굴로 대답하면서 고개를 끄덕였다.

"응. 알아요. 단장님."

박수갈채를 받으면서 무대 밖으로 퇴장했다.

"……알아요. 알고 있다고요. 아주 잘 알고 있는데, 대체 왜."

커튼 안으로 들어간 순간, 수르야는 그 자리에 주저앉아서 오열했다.

격하게 흐느껴 우는 수르야의 눈물은, 아무리 시간이 지나도 마를 줄을 몰랐다.

"그런데 왜 이렇게—— 눈물이 나는 거야……?"

SIDE
KYOKO

【4】

별
궁
에
서

팔린 뒤의 일은, 솔직히 잘 기억나지 않는다.

언덕을 내려간 뒤에, 마차는 이스메트 호수 근처에 있는 길을 계속 달려갔다. 호반 근처는 휴양지로 유명해서, 부족을 불문하고 호화로운 별장들이 줄지어 있다. 그 중에서도 유난히 훌륭한 건물이 바이얀 카야지가 소유한 별궁이라고 했다.

쿄코로서는 어떻게 되건 상관없었다. 인신매매 마차는 금색 지붕의 새하얀 궁전에 도달했고, 쿄코는 노예로서 궁전 문을 통과했다. 손에는 금속 차꼬, 낡은 평상복을 입은 채, 별궁의 한 방에 처넣어졌다.

"그렇지. 옷을 갈아입으려면 이 옷으로 갈아입어."

빚쟁이 남자가 갑자기 생각난 것처럼 내민 것은 쿄코의 고등학교 교복이었다.

"이건——"

"그 쪽이 분위기가 사니까."

대체 어디서, 누가 광주리에서 꺼냈는지, 물을 생각도 나지 않았다. 빨리 사라져달라고, 강하게 빌었다.

"——좋은 시간 보내시길."

생각이 통한 건지, 빚쟁이 남자는 쿄코만 남겨

두고 문을 닫았다.

　뒤에서 무거운 자물쇠가 잠기는 소리가 울렸다.

　쿄코의 눈앞에는 지붕이 달린 커다란 침대가 있었다. 바닥에는 발목까지 잠길 정도로 털이 긴 융단이 깔려 있고, 가구도 그렇고 패브릭도 그렇고, 살짝 달콤한 향기가 감도는 방 안은, 지금까지 여행하면서 봤던 어떤 방보다 호화로웠다. 하지만 유일한 창문에는 도주 방지용 쇠창살이 끼워져 있었고, 손에 채운 차꼬도 풀어주지 않았다.

　한없이 차가운, 사람을 가두기 위한 새장. 그것이 지금의 쿄코에게 주어진 대우였다.

　"——도착했나, 이계의 여자여."

　쿄코는 교복을 끌어안은 채, 깜짝 놀라서 뒤를 돌았다.

　분명히 잠기는 소리를 들었던 문으로, 남자가 얼굴을 들이밀고 있었다.

　나타난 사람은 스무 살 전후의 젊은 전사였다. 제멋대로 자란 머리카락은 불타는 것처럼 빨간 색이고, 사슬과 판금을 조합한 갑옷을 걸치고 있다.

　눈이 크고 이목구비가 뚜렷한 얼굴은 아름답고 여성적이라도 할 수도 있었지만, 어딘가 신경질적이고 어린애 같은 표정 때문에 불안한 기분이 들게 만든다.

　허리에 차고 있는 칼까지 포함해서, 쿄코는 그 목소리와 갑옷의 조합을 기억하고 있었다.

　"당신은…… 그때…….."

　"오즈만 자식. 그대가 외국인도 유랑극단도 아닌 이계의 인간이라도 하더군."

평원에서 만났던 칙사병이다.

설마, 황자 본인이었나──?

"이 바이얀은 얻고 싶다고 생각한 것은 반드시 손에 넣는다. 놀랐는가?"

분명히 지금쯤은 하미타드를 평정하기 위해서 바쁘게 뛰어다니고 있어야 할 텐데.

어째서 중요한 지휘관이 이런 곳에서 노닥거리고 있는지는 불명이다. 하지만 코쿄에게는 관철해야만 할 것이 있었다.

상대의 농담이 끌려가지 않고, 입을 꾹 다물고서 바이얀을 노려봤다. 교복에서 손을 떼고, 자신을 옭아매고 있는 차꼬의 사슬을 잡아서 들어 보였다.

"뭐냐? 이젠 감자도 식칼도 없다만."

"──바이얀 카야지. 당신은 재미있는 걸 좋아한다는 것 같던데. 그런 당신에게 내가 특별히 이야기를 들려주겠어. 하나같이 당신의 마음을 울리는 것들이야. 하지만, 그것 말도 다른 뭔가를 나한테 바란다면, 나는 그 자리에서 혀를 깨물고 죽을 거야."

진심이었다.

바이얀은 아무 말 없이 코쿄를 쏘아봤다.

"오지 마."

몸이 떨리고 있다는 걸 들키지 않게, 최대한 낮은 목소리로 말했다.

군화를 신은 발이, 이쪽을 향해 한 걸음 다가왔다. 두 걸음. 세 걸음. 네 걸음.

'참자.'

다섯 걸음. 이젠 눈 앞. 멈추지 않는다.

"――오지 말라고!"

"그래, 좋다. 기대하도록 하지."

결국 울며 소리친 쿄코를 진심으로 비웃는 것처럼, 바이얀이 말했다.

그대로 발을 돌려서는 방에서 나가버렸다. 문이 닫히고, 다시 자물쇠가 잠기는 소리가 났다.

쿄코는 끝까지 참지 못했던 자신이 창피해서 두 손으로 얼굴을 가리고, 바닥에 엎어졌다.

자신의 목숨을, 낙엽보다 간단하게 취급하고 있다는 걸 아주 잘 알았다.

'그렇다고 뭘 어떻게 하라는 거냐고.'

허세를 부려봤자 뭐가 달라지는 것도 아니다. 어쩔 도리가 없다. 이 것이 파나케이아라는 세계에 떨어져버린 자의 숙명이라고, 계속해서 놀려는다는 것 같은 기분이 든다.

"돌아가고 싶어…… 돌아가고 싶다고, 아이카와 군……."

"――울지 마."

쿄코는 번쩍, 얼굴을 가리고 있던 손을 뗐다.

목소리가 들려온 곳은 쇠창살이 박혀 있는 창문 쪽이었다.

하지만 그곳에 사람으로 보이는 것은 없었다. 아니―― 사람은 아니지만, 매로 보이는 새 한 마리가 창살 사이에 앉아 있다.

"설마……."

"당신이 우는 모습을 보면, 나도 괴로워."

"!"

소리를 낼 뻔 하다가, 황급히 손으로 입을 막았다.

다름 아닌, 그 매가 말했기 문이다.

"──지금까지 잘 참아줬네. 데리러 왔어. 진짜 용사."

2.SIDE RIHITO

달이 빛나는 깊은 밤.

대형 사력선 두 척이 일렬종대로 사막의 바다를 나아가고 있다.

양쪽 모두 실을 수 있는 대로 짐을 싣고, 상업 도시 티마니로 향하는 화물 전문 상선이다. 갑판 위를 걷고 있던 리히토가 말했다.

"우르스라. 슬슬 교대할 시간이야."

자신이 들어 올린 작은 랜턴의 불빛에 하얀, 인형 같은 은발의 미모가 비쳤다. 그녀는 배의 선수 부분에 있었다. 이름은 우르스라 아르칸. 리히토의 동행자다.

"······벌써 그런 시간이 됐나요."

"응. 아무래도 그런 것 같아."

"지상은, 불편하군요. 태양의 위치네 달의 위치라고 말해도, 저는 잘 모르겠습니다."

리히토는 그 말을 듣고 충격을 받았다.

왜냐하면 이 세계에 있는 사람들의 시간 파악 능력은 거의 초능력의 영역이다. 기계식 시계 같은 것도 없는데, 하늘에 떠 있는 태양과 달의 위치만 보고 상당히 세세하게 날짜와 시간을 알 수 있다.

그런 능력이 없는 리히토는 양초가 줄어든 정

도를 보고 대략적인 시간 경과를 판단하는 게 고작이었다.

"데라 노르드처럼 종이 울리면 알기 쉬울 텐데   리히토?"

"……이해 해. 나도 이해 해, 우르스라."

자기도 모르게 고개를 크게 끄덕이고 말았다. 설마 이런 데서 같은 고민을 가진 사람과 만나게 될 줄이야.

"곤란하다니까, 아는 게 당연하다는 것처럼 말을 해도."

"……당신도 마찬가지인가요, 리히토."

"응. 계속 다른 사람에게 물어보거나 혼자서 헤아려보기도 하고 있지만 말이야. 그다지 믿을 수가 없다니까."

그녀는 이엔마르드의 소수 부족인 노르드족과 함께 자랐고, 하타르트 사막의 지하 신전에서, 금기를 깨고 밖으로 나온 지 얼마 안 된 입장이다.

그녀의 가족과 그들에 관한 슬픈 전말이 지금도 그녀의 아름다운 얼굴에 그림자를 드리우고 있지만, 이 순간만은 확실하게 웃었다는 걸 알았다.

평소에는 그다지 감정을 드러내지 않지만, 이런 때에 자연스레 웃어주는 것은 솔직히 말해서 기쁘다.

"그렇다면 저도 노력해야겠군요. 남편을 보좌하지 못하는 아내는 자격이 없으니까."

"풉."

"농담입니다."

"……농담."

"예, 농담."

"농담."

살짝 미소를 지으며, 우르스라는 농담이라고 주장했다.

'웃으면 좋다니까, 아마도.'

미묘하게 농담으로 들리지 않는 말도 그만뒀으면 좋겠다고 말하고 싶지만, 왠지 주저하게 됐다. 기껏 긍정적으로 변해가고 있는 것 같으니까.

그 지하 신전에서 나온 뒤에, 리히토 일행은 당초의 목적지였던 티마니로 향하기 위해서, 지나가던 상단의 화물선에 호위 아르바이트로 올라타게 됐다. 그녀도 사기의 독이 사라지지 않았는데, 불만 한 마디 없이 일 해줘서 고마울 따름이다. 정말이지 이 『농담』만 안 하면 참 어울리기 편한 사람인데.

보초 고대 시간이기는 하지만, 조금만 더 이야기하고 싶다는 기분도 들었다.

"어때, 우르스라. 위쪽 세상에는 좀 익숙해졌어?"

"그렇── 군요."

우르스라는 은발이 베일 밖으로 흘러내리지 않도록 누르면서 사막의 바다를 바라봤다.

"『낮』은 너무 밝아서 당혹스러울 때도 있지만, 『밤』은 그 정도까지는 아닙니다. 이 시간대는 고향과 비슷해서 마음이 놓입니다. 어둡고, 조용하고."

심야의 사막을 그렇게 표현하는 사람은 우르스라 뿐이겠지.

시적인 표현과도 또 다르다. 지하에서 살았던 그녀의 솔직한 마음을 토로한 것이다.

"마을과 마찬가지로 조용하고, 하지만 엄청나게 넓고, 게다가 마수도 없다면, 아버지는── 대체 무엇과 싸우려 하셨던 걸까요."

"……너를, 가족을 지키려고 했던 것 같아."

"정말로 안 보이는군요, 마수. 정말 신기합니다."

마수── 그렇게 불러야겠지. 사막의 지하 깊숙한 곳에 살아남아 있던, 마신 아르고스의 권속. 그렇게 생각할 수밖에 없는 괴물들. 그것이 있었기 때문에 노르드족을 설득하기가 힘들었다.

이 지표에는 눈에 띄는 피해가 없어도, 빛이 미치지 않는 격리된 공간에는 농밀한 사기와 함께 서식할 수 있는 환경이 남아 있다고 생각해야 할까. 어쩌면──.

'왠지── 언제든 돌아올 것 같아서 기분이 나쁘다니까.'

이런 말을 하면 화를 낼 수도 있지만, 모든 것은 종이 한 장 차이인지도 모른다.

눈앞에 마수가 없는 평화도, 이 손에 거머쥔 승리도, 모든 것은 얇은 가죽 한 장으로 막아놓은 벌집인지도 모른다. 억지로 씌워놓은 가죽 밑에서, 같이 여행을 했던 여왕벌(아르고스)이 웃고 있는 것 같은 꿈을 꾸는 경우도 있다. 안심했느냐 리히토, 라고 말하면서.

물론 주위 사람들 괜히 불안하게 만들 뿐이니까, 가슴 속에만 담아두고 말은 안 하고 있다. 이 목적을 달성하고 윌타미아로 돌아가면, 하이달한테만 조용히 상담해볼 생각이다.

"하지만── 마수는 없어도 사람은 있군요, 리히토. 어둠 속에 숨어서 못된 짓을 하려는 나쁜 자들이."

리히토는 깜짝 놀랐다.

우르스라가 좌현 후방의 지평선을 바라보며, 단정한 눈썹을 찌푸리고 있다.

얼핏 보면 아무 것도 없는 것처럼 보이지만, 갑자기 모래가 날아오르고 그 밑에서 기승형 모래 도마뱀에 올라탄 사내들이 잔뜩 나타났다.

'저건!'

계속 달려가고 있는 화물선을 향해, 모래 도마뱀 집단은 순식간에 거리를 좁혀왔다.

리히토는 발밑에 있는 전송관을 향해서 소리쳤다.

"——사적(砂賊)이 나타났다!"

***

"——이이이, 얏호ㅇㅇㅇㅇㅇㅇ!"

"자, 얘들아. 사냥 할 시간이다!"

오늘도 『고향의 어머니단』은 사냥감을 해치우기에 가장 좋은 위치를 확보하고, 혀를 날름거리면서 웃고 있었다.

사막을 소굴로 삼으며 찬탈을 거듭하는 자들을 소위 사적이라고 부른다. 아무리 봐도 사적답지 않은 팀 이름은 『아무 때건 예고 없이 나타난다. 그리고 귀찮다』는, 팀의 강습 스타일에서 따온 이름이라고 전해진다.

마수만큼이나 흉악하게 디포르메한 어머니단의 깃발을 펄럭이며 모래 도마뱀을 타고 달리는 단원들은, 차례로 포메이션을 바꾸면서 목표를 향해 달려갔다.

"누가 먼저라도 좋다! 꽁무니에 붙어서 올라타!"

"예!"

목가적인 것은 이름뿐이고, 여러 척의 정기편과 상선을 홀랑 벗겨먹은 실적이 있는 자들이다. 이번 목표인 화물선은 합계 두 척. 습격을 피하기 위해, 배는 진로를 바꾸고 속도를 높였다. 하지만 어설프다. 짐을 가득 실은 대형 사력선이 재빨리 움직일 수 있는 모래 도마뱀을 당해낼 리가 없다. 갑판의 등광기(燈光機)로 이쪽을 비추며 적은 인원이 활을 쐈지만, 반 이상이 배 밑으로 파고들고 말았다.

"헤헤, 수비가 너무 어설퍼. 돈을 아끼다가 홀랑 털리는 전형적인 사례지."

사적은 비웃으면서 갈고리가 달린 밧줄을 던져서는 배 위로 올라탔다.

생각대로 상선 선원들은 제대로 된 무기도 갖추지 않았다.

거의 맨몸으로 벌벌 떨고 있는 선원들을 향해, 사적들이 커다란 칼을 뽑아서 겨눴다. 상대의 눈을 보며 말을 늘어놨다.

"자, 누가 좋느냐. 어디에 어떤 놈부터 목이 잘리고 싶지? 쓸데없는 저항만 안 하면 목숨만은 살려줄—— 허그억!"

갑자기 자기 목에 손을 대고 버둥대기 시작했다.

"뭐야, 왜 그래! 큰 원숭이!"

"죽어, 목, 살려."

큰 원숭이라고 불린 사적의 몸이 뒤로 자빠졌다. 다른 사람이 보면 혼자 넘어져서 머리를 부딪친 것처럼 보였다.

"목숨을 구걸해야할 것은 당신들입니다. 못된 자들."

그런 와중에 갑판에 나타난 것은 젊은 소녀였다. 하얀 베일에 하얀 스커트. 제대로 된 무장은 하나도 없지만, 똑바로 뻗은 양손 손가락 끝에 요란한 색에 독이 있을 것 같은 거미를 끼우고 있다. 그 거미가 토해낸 실이 큰 원숭이의 굵은 목을 조르고 있었다.

"젠장―― 얘들아, 저 계집애한테서 거미를 빼앗아!"

"알았어!"

기세 좋게 칼을 뽑은 사적들은, 거미 때문에 두 손을 쓰지 못하는 소녀를 향해 달려들었다.

하지만 머리 위에 있는 지붕에서 뛰어내린 사람이 제일 앞에서 달려가던 자의 칼을, 착지와 동시에 힘껏 밟아서 부러트려버렸다.

까앙! 날카로운 수리를 내며, 부러진 칼날이 배 밖으로 날아갔다. 소년은 얼이 빠져 있는 칼의 주인을 때리고, 이어서 옆에 있던 사적에게 무릎차기를 날렸다.

접근전으로 쓰러트릴 수 있는 상대가 없어지자, 허리에 차고 있던 칼을 뽑아서는 폭풍처럼 휘둘러댔다.

"자, 잠깐"

"셋!"

기다리라는 말이 끝나기도 전에, 사적의 팔에 빨간 선이 그어졌다. 상대는 신음소리를 내면서 무릎을 꿇는 수밖에 없었다.

"진·굉·열·파."

소년이 갑판을 달려가면서 칼을 고쳐 쥐었다. 귀에 달린 피어스가 어둠 속에서 강하게 빛났다.

"쓸어버려!"

기로로 휘두른 장검에서, 열풍과 함께 충격파가 날아갔다. 뱃전 근처에 있던 사적들은 거기에 휘말려서 배 밖으로 날아가 버렸다.

간신히 난간에 매달려 있던 마지막 한 명의 손 위에, 소년이 똑바로 세운 칼의 날 끝을 얹었다.

"──이대로 손가락을 잘라버려도 될까요."

너무나 냉정한 목소리였다.

"──아뇨. 사양하겠습니다요."

사적은 바로 손을 놔버렸고, 저 밑에 있는 모래의 바다로 떨어졌다.

'끝났나.'

리히토는 안심한 것처럼 칼을 칼집에 집어넣었다.

주위를 둘러봤지만 선원들은 다치지 않은 것 같아서 안심했다.

"──끝났나요."

우르스라가 이쪽으로 다가왔다.

"그쪽은 괜찮아?"

"예, 남은 분들은 전부 구속했습니다."

갑판 위에, 벌레술사 우르스라가 거미줄로 묶어놓은 사적들이 뒹굴고 있었다.

"뱀한테도 한 번 물라고 하는 게 좋을까요."

"……아냐, 그렇게까지 할 건 없고. 선장님께 맡기면 될 테니까……."

우르스라는 '그렇습니까'라고 말하고는 허리에 찬 바구니를 쓰다듬었다. 그 안에는 그녀의 파트너가 힘차게 똬리를 틀고 있겠지.

"고마워. 덕분에 살았어."

"당신은 마치 폭풍같군요."

"폭풍? 내가?"

"예. 평소에는 고요하지만, 싸움이 시작되면 폭풍으로 변합니다."

"그야 뭐, 싸울 때 느긋하게 굴 수도 없는 노릇이니까."

"가끔씩 다른 사람인 것 같습니다."

그 대답에 리히토는 씁쓸하게 웃었다. 완전히 엉뚱한 소리는 아닐지도 모른다.

"……그럴 지도. 내 검은, 기본적으로 다른 사람을 보고 흉내 내는 거니까. 스승님이 그런 사람이었어."

"아뇨. 기술 문제가 아니라——"

하지만 우르스라의 말은 거기서 끊어졌다. 떨어져 있는 배에서 강한 섬광이 번쩍였다. 고함소리가 오가고, 칼 부딪치는 소리가 울려 퍼졌다.

리히토의 얼굴이 굳어졌다.

"저쪽은 아직 안 끝났나."

* * *

그 배 안에서는 리히토가 예상한대로 사적과의 교전이 계속되고 있었다.

전용 기구를 이용해서 갑판에 올라탄 사적들과 중심이 돼서 쓰러트리고 있는 것은, 호위로서 그 배에 타고 있던 도적 소녀. 이름은 이슈안 트롤이라고 한다.

"정말이지. 끝도 없이── 어디서 이렇게 기어 나오는 거냐고!"

그녀는 단 한 자루의 단검을 손에 들고, 흔들리는 갑판 위를 달렸다. 아군과 적이 교차하는 와중에, 적을 스쳐 지나면서 급소를 노리고, 뒷발차기로 배 밖으로 날려버렸다. 한 순간도 멈추지 않는다.

밤에도 눈에 띄는 선명한 금발을 흔들며, 뱃머리에서 배꼬리까지 달려 나간 소녀는, 달려간 기세를 타고 난간 위에 올라서서는 예쁜 가슴을 활짝 폈다.

"핫핫하. 좋네요, 도적 님. 그야말로 악의 여자 두령 같은 느낌입니다."

이슈안은 도끼눈을 떴고, 말없이 왼쪽 손등에 장착한 앵커 건을 사출했다.

와이어가 달린 앵커는 농담을 던진 남자의 코끝을 스쳤고, 바로 옆에서 공격하려던 사적의 몸에 명중했다. 사적은 "꺅"하고 비명을 지르며 갑판 위에서 뒹굴었다.

"……우와우, 훌륭합니다."

"훌륭하긴 뭐가. 손가락 하나만큼 오른쪽으로 더 갔어야 하는데. 아깝네."

"아깝다뇨. 그러면 저한테 맞는데 말이죠. 왼쪽 아닌가요?"

"안 맞아. 그거 말고 뭐가 있겠어. 바보 아냐?"

용서 없는 선고에, 남자 쪽이 마른 침을 삼켰다.

이 남자의 이름은 하셈 데라. 이엔마르드군에 소속된 검사라는 것 같은데, 리히토와는 또 다른 의미로 검사답지 않은 사내다. 항상 실실 헬렐레, 이슈안으로서는 솔직히 말해서 마음에 안 드는 자다.

길게 뻗은 앵커의 와이어를 감기 시작했다.

"좋았어. 다음엔 꼭 맞혀야지."

"아니, 잠깐만요 도적 님. 그만두시죠. 이렇게 집안싸움을 할 때가 아니잖아요."

"집안싸움은 무슨. 솔직히 댁은 말이야, 항상 멀리 떨어져서 구경만 하고, 싸움이 벌어지면 전부 나랑 리히토한테 떠넘기고서 구경만 하잖아. 지금도 그렇고."

"오해입니다. 저도 할 때는 합니다요."

"흥, 과연 그럴까."

하셈은 무기도 없는 두 손을 들었다. 그때—— 그 몸을 노리고, 좌우에서 부상당한 사적이 공격해왔다.

"죽어라아아아아!"

"잡았다아아아!"

이엔마르드 말로 뭔가 지저분한 욕을 외쳤다.

"이봐, 위험——"

하지만 그 둘이 휘두른 칼은, 하나도 하셈의 몸에 닿지 않았다.

눈에 보이지도 않는 속도로 뽑은 쌍검이, 그 둘의 몸통을 베어버렸기 때문이다.

"뭐."

"어째, 서……."

무슨 일이 일어났는지도 모르겠다는 얼굴로, 사적들이 갑판 위에 쓰러졌다.

"자, 보세요. 이럴 때는 제대로 한다니까요."

입꼬리를 끌어올리는 하셈을 보며, 이슈안은 뚱하게 눈살을 찌푸렸다.

"……하나는 품에서. 또 하나는 소매 밑에서였지. 대체 몇 개나 가지고 있는 거야?"

"——아~ 이거 안 되겠네요. 이래서 도적님은 말이죠. 당신의 《눈》에 걸리면 제 수법이 다 들통 날 것 같아서 무섭다니까요."

"걱정 말라고. 어떤 구조로 들어가 있는지는 아직도 모르겠으니까."

"다 들키면 자결해야 하거든요."

"정말이지, 이엔마르드 인간은 귀찮다니까."

"나라로 싸잡아서 말하는 것도 좀 그런데 말이죠."

이슈안이 한 마디 더 받아치려고 한 때였다.

"꺄아아아아아아아아아아아!"

밤의 사막에 어울리지 않는, 찢어지는 것 같은 날카로운 비명.

"이런—— 토토!"

이슈안은 혀를 차면서 뱃머리에서 뛰어내렸다. 갑판에 쓰러져 있는 사적들을 짓밟고, 선실 출입구를 향해서 뛰어갔다.

거기서는 이슈안이 걱정한대로 나이 열 두세 살 정도의 아이가, 몸 크기가 두 배는 되는 사적 사내한테 팔을 붙잡힌 채로 구속돼 있었다.

토토 하르네라. 이슈안과 같이 여행하고 있는 이엔마르드 사람 소녀다.

"놔요, 이거 놓으세요!"

소리치는 토토의 무기라고는 그 손에 들고 있는 나무 지팡이 뿐이고, 엄청나게 흔들어대고는 있지만 적은 꿈쩍도 하지 않았다.

"야, 토토! 너 밑에서 자고 있으라고 했잖아!"

"하지만 이슈안 님, 저만 숨어 있는 것도 미안하잖아요!"

"그러다가 잡히면 아무 의미도 없잖아!"

"그렇긴 한데요~!"

정곡을 찔렀다고 생각했는데, 토토의 울음보가 터지는 걸 앞당겼을 뿐이다.

이슈안은 자기 금발을 마구 휘저은 다음에, 토토를 붙잡고 있는 사적에게 말했다.

"야, 거기 털북숭이. 걔한테 무슨 짓이라도 했다간——"

"했다간 어쩔 건데?! 앙?!"

"아야."

흥분한 사적은 더더욱 소리를 질러대며, 토토의 목에 날이 휜 칼을 들이댔다.

"가, 가까이 오지 마. 절대로. 가까이 오면 이 놈을 죽인다!"

사적은 배를 털려다가 되레 당해서 자기 혼자만 남아버렸다. 궁지에 몰려서, 다친 짐승처럼 사나워진 상태다.

"——저 사적 씨, 가까이 오면 죽인다고 하네요."

뒤따라온 하셈이 성실하게도 이슈안의 모국어인 윌타미아 말로 통역해줬다.

"하셈 데라. 일일이 통역할 필요 없어. 요즘 들어 이쪽 말도 많이 알아들을 수 있게 됐으니까."

"헤에. 그거 대단하네요. 수고가 줄었어요."

토토 쪽은 얼굴에서 핏기가 완전히 가신 채로 바들바들 떨고 있다. 일이 정말 귀찮게 돼버렸다.

"네놈들! 다들 무기 버려. 한 놈도 빠짐없이. 이 애새끼가 어떻게 돼도 좋다는 거냐?!"

자. 저 털북숭이를 어떻게 토토한테서 떼어놔야 좋을까──.

"알았어. 시키는 대로 할게. 일단 진정하라고."

"칼은 이쪽으로 던져. 두 손을 들고 무릎 꿇어. 야, 이 망할 꼬맹이, 아까부터 뭘 혼자서 주절거리고 난리야!"

토토가 비명을 질렀다. 지팡이를 높이 들어 올렸다.

『여신께서는 땅을 만들고 산을 이루셨고, 벼락과 함께 불을 내리셨다. 나오라, 폭염이여!』

귀를 찌르는 폭음과 함께, 미쳐 날뛰는 불꽃이 작렬했다.

'우와.'

갑판 위에서 뿜어져 올라온 마술의 불기둥은, 현장에서 10리나 떨어진 티마니 시내에서도 목격했다고 한다.

"……우와, 진짜 깜짝 놀랐다니까. 토토가 그 정도까지 마술을 쓸 수 있는지 몰랐거든."

리히토가 말한 감상에, 토토는 떨떠름한 표정으로 어깨를 늘어트렸다.

생각해 보니 토토가 월타미아 왕립 마술 학원에 국비로 유학 중인 교환 유학생이라는 걸, 이제와서 떠올렸다.

"그런 말씀은 하지 마세요, 리히토 님…… 실기 교관님이, 적성이 없다고 인정하셨거든요."

"뭐, 어째서. 그런 엄청난 화력의 마술, 하이달도 어지간해서는 쓸 수 없잖아."

"──그거 말인데 리히토. 의식해서 쓴다면 또 모를까, 당황해서 제어도 제대로 못 한 채로 계속 날려대면, 내가 교관이라도 그만 두라고 할 거야. 무서워서 지팡이를 들지도 못하게 할 걸."

"흐음…… 내 성검 같은 건가……."

"그것도 뭔가 다르지 않아?"

──아니, 사실은 크게 다를 것도 없어, 라는 말은 할 수가 없었다.

하긴, 바꿔서 생각해보면 지금의 토토는 위험할 수도 있다.

마술학원에서의 성적은 이론 쪽이 더 좋았다

고 했으니, 실기는 잘 못한다고 생각하기는 했었다. 그런데 잘 못하는 중에서도 제어가 안 되는 쪽이리라고는 생각도 못 했었다.

"잘~ 들어 토토. 앞으로는 내가 써도 된다고 할 때 말고는, 절대로 마술을 쓰지 마."

"예, 말씀대로 할게요……."

이슈안의 잔소리가 왠지 자기한테도 하는 것 같아서 귀가 따갑다.

'말 안 해도, 보주는 최대한 빼놓고 있지만 말이야. 긴급한 때 말고는.'

어쨌거나 심야의 사적 습격은 무사히 물리쳤고, 일행 중에는 다친 사람도 하나 없이 티마니의 선착장에 도착한 것은 다행이다. 양쪽 배의 선장님들이 크게 감사했고, 일단은 호위 임무도 완수했다고 안심하던 참이다.

"자, 자, 뭐 어떻습니까. 지난 일이니까. 겨우 티마니에 도착했습니다 여러분. 뭣부터 시작할까요?"

분위기를 바꾸려는 것처럼, 하셈 데라가 두 팔을 벌리면서 말했다.

굳이 말할 필요도 없이 두 개의 태양도 꽤나 높이 떴고, 도시도 눈을 뜨고 움직이기 시작하는 시간이었다.

리히토 일행이 타고 온 두 척의 사력선에서는 인부들이 짐들을 내리기 시작했다. 주위는 단색의 창고 거리고, 시내 중심부에서는 벗어난 곳이지만, 그래도 이엔마르드의 상업도시라는 점에는 변함이 없다.

오아시스 도시 티마니. 겨우 여기까지 왔다. 여기서 그 게임기를 발견했다고 들었다.

기다려줘 미치바. 금방 도와주러 갈 테니까──.

"저기."

이슈안이 손을 들었다.

"예, 뭔가요 도적님."

"밥 먹고 놀고 싶어."

"──이슈안?"

"다, 당연히 농담이지, 리히토. 조금 복잡한 표정을 지은 녀석이 있어서 분위기나 풀어보려고 한 말이야. 물론 『게임기』라는 것이 나온 데를 찾아야지!"

"그리고 미치바가 어디 있는지도. 여기 있다면 도와줘야지."

중요한 일을 잊어버리면 곤란하다.

"저로서는 일단 자고 싶은데 말이죠. 숙소부터 찾지 않겠습니까."

"저는 고서점에서 책을 보고 싶어요."

"저기."

다들 제멋대로 떠들어대는 중에, 우르스라가 조심스레 말했다.

"저는……."

갑자기 시선이 집중되는 데 익숙하지 않은지, 보라색 눈동자가 아래쪽으로 향했다.

"이 도시에, 교회라는 것은 있을까요."

"교회?"

"예. 몸을 정화해주신다고 들었습니다만……."

리히토 일행은 아, 하고 이해했다는 표정으로 손뼉을 쳤다.

"그래, 그걸 해야지."

"그걸 해야지는 무슨, 리히토. 제일 먼저 해야 하잖아. 뭐 하는 거야,

네 색시잖아."

"지, 지금 할 소리야?"

역시 속에 담아두고 있었잖아.

"죄송합니다. 한가할 때라도 좋으니까……."

우르스라는 우르스라 대로 끝까지 조심스런 태도다.

"미안해 우르스라. 이런 건 우리가 먼저 알아차렸어야 했는데. 그런데 말이야, 너를 밖으로 데리고 나와서 몸을 치료해주겠다는 건, 처음부터 했던 약속이잖아. 이런 건 당당하게 말해도 돼."

"그렇기는 합니다만…… 여러분도 바쁘신 것 같아서……."

"좀 더 당당하게 굴라고. 고집을 부려도 돼."

그렇게까지 말하자 겨우, 우르스라의 표정이 풀어졌다. 이런 대화가 지금까지 몇 번이나 있었지만, 우르스라는 금세 원래대로 돌아가 버렸다.

'어쩔 수 없지.

아마 앞으로도 계속 말해주는 수밖에 없지. 사람은 갑자기 변하지 않는 법이니까.

"그라, 우르스라. 이런 잘난 애들은, 부탁하면 할수록 부끄러워하는 법이야~."

"이슈안?"

"난~ 아무 말도~ 안 했어~."

일부러 엉뚱한 곳을 보면서, 이슈안이 휘파람을 불기 시작했다. 너무 수상해 보인다.

"──푸하하하하! 그럼 적당히 결론이 났으니까, 수색 팀과 교회

팀으로 갈라지는 건 어떨까요, 여러분."

"둘로 갈라진다는 건가요?"

"그렇습니다. 참고로 윌타미아에 바친 진상품인가 하는 것이 어디서 왔는지, 나름대로 짚히는 곳이 있으니 찾아봐도 될까요. 제가 담당해서."

"정말이야, 하셈!"

리히토는 물론이고 이슈안까지 깜짝 놀랐다.

"그래, 좋아. 그럼 나도 갈게. 장소는 어디인데?"

"아니, 가능하다면 도적님은 사양하고 싶은데요."

"왜."

"젊은 여성이 갈 곳이 아니거든요. 이해해주세요."

"난 딱히 신경 안 쓰는데. 그렇게 이상한 가게야?"

"아니, 그런 게 아니고 말이죠. 당신은 괜찮다고 해도, 규칙이라는 게 있거든요. 뭐라고 해야 좋으려나──"

"이슈안 님. 윌타미아 왕국과 달라서, 이엔마르드에서는 남자와 여자의 구별이 확실해요."

토토가 끼어 들어서 수습했다.

"여자나 남자 한 쪽의 출입을 제한하는 가게나 시설이 꽤 흔해요."

"……그래?"

"예── 이 너무나 못된 사람의 의견에 동의하는 건, 정말 내키지 않지만."

"그래요! 바로 그겁니다 토토 하르네라. 이거 정말 고맙네요."

"하나도 안 고마운 것 같거든요, 존댓말 하니까 기분 나빠요."

정말로 싫은지 토토가 얼굴을 찌푸렸다.

"……뭐, 토토가 그렇게 말한다면 알겠어."

"그러니까 말이죠, 가능하다면 영웅님. 당신이 저와 같이 가주시겠습니까."

"예? 제가요?"

"물론이죠. 당신입니다. 저는 이계의 물건을 알아보지도 못하고, 『쿄코』양에 대한 정보도 전혀 없으니까요."

생각지도 못한 데서 자기 이름이 나오기는 했지만, 말 자체는 맞는 말이었다.

이쪽 세계에서 쿄코에 대해, 생김새까지 포함해서 알고 있는 사람은 자신 뿐이니까.

"──알겠습니다. 저도 부탁드릴게요."

"결정됐군요."

"뭐야. 그럼 나머지는 우르스랑 같이 교회에 가라는 거야."

여자 세 명에 포함된 이슈안은 어쩔 수 없다는 듯이 팔짱을 꼈다.

"그게 좋겠죠. 뭉쳐서 움직이는 게 길도 잃지 않고 좋으니까."

"알았어. 뭐, 사람이 많으면 우르스라도 안심할 테니까."

그렇게 말하며 납득하고, 걸음을 옮겼다.

다 같이 창고 거리 안에서 이동하는 중에, 우르스라가 소리도 없이 리히토 곁으로 다가왔다.

"……정말 죄송합니다. 귀중한 시간을 빼앗게 돼서."

리히토는 씁쓸하게 웃었다.

"그런 말은 안 해도 돼. 다들 하고 싶어서 하는 거니까. 하지만──"

사과하는 것보다 고맙다고 말해주는 쪽이 더 기쁠 것 같은데.”

우르스라가 눈으로만 살짝 웃었다.

“다들, 상냥한 분들이군요.”

“맞아. 상냥하지.”

“이슈안 양도, 상냥하고 강한 사람…… 그렇게 생각합니다.”

자수정색 눈동자에 동경하는 것에 대해 말하는 빛을 깃들이고 선두에서 걸어가는 이슈안 쪽을 봤다.

그렇게까지 동경하는 눈으로 볼 필요는 없다고 생각될 정도였다.

“응. 어쩌네 저쩌네 해도 이슈안은 강하니까. 터프하고, 기가 죽지도 않고.”

“정말 부러울 따름입니다.”

귀를 스치는 것 같은 속삭이는 목소리. 하지만 그 말을 하는 우르스라의 얼굴은 약간 안타까운 표정이었다.

다섯이 뭉쳐서 지나다니는 사람이 적은 창고 거리를 빠져나오자, 갑자기 사람이 북적대는 큰길이 나왔다.

여기가 사막 안에 있는 곳이라는 걸 믿을 수 없을 정도로 선명한 색의 꽃과 가로수가 눈에 띄는 시가지가, 태양의 열기와 함께 다가왔다.

길가에 있는 노점에서는 작은 벌채칼로 야자열매를 쪼개서 오가는 사람들에게 내밀고 있다. 머리 위에 깜짝 놀랄 정도로 거대한 짐을 얹은 여성 집단도 있고. 이곳도 이엔마르드의 관습을 지켜서, 베일 등으로 머리를 가리고 있다.

짐수레가 지나갈 때마다 살짝 흙먼지가 피어오르고, 얼마 안 되는 나무 그늘에서 낮잠을 자는 개가 코를 벌름거린다. 사람들이 술렁거리는 소리와 말 울음소리가 끊일 틈이 없이 울려 대서 시끄러울 지경이다.

"오오, 시가지! 도시! 대도시!"

"저기 우르스라, 우르스라, 괜찮아. 이거 꿈이 아니니까. 현실이니까."

이슈안이 제일 먼저 환호성을 질렀고, 우르스라는 사람이 너무 많고 떠들썩한 모습을 보고는 얼어붙었다.

"……눈이 따끔거립니다."

"교회는―― 저쪽으로 가면 있을 것 같군요. 보이시나요."

"예, 알겠습니다."

옆에서는 토토와 하셈이 눈을 가늘게 뜨고서 장소를 확인하고 있다.

사기를 정화시켜주는 교회는 여기서 가까운 것 같다.

"그럼, 볼일을 다 보면 교회에서 만날까. 우르스라, 갈 수 있겠어?"

"……예. 부디 조심하세요, 리히토."

고개를 숙이는 우르스라를 이슈안과 토토에게 맡기고, 리히토와 하셈은 따로 행동하기로 했다.

눈앞에는 같이 행동하는 하셈 데라만이 남았다.

"……갈까요."

"예, 따라오세요. 부디 같이. 마음에 안 드실 수도 있지만."

속내를 알 수 없는 실실 웃는 얼굴을 보니 왠지 거북하다는 생각부터 들었지만, 억지로 그 기분을 떨쳐냈다.

월타미아에서 만난 게임기── 지금에 와서는 여러 가지 의미를 지니고 있다.

먼저 쿄코가 있는 곳과 이어질지도 모른다는 가능성이 하나. 또 하나는 로그와이어 경이 심취해 있던 조직과 연결될지도 모른다는 가능성이다.

진상품인 게임기를 미끼로 삼아, 리히토를 사막으로 불러내서 죽이려고 했다.

게임기가 이엔마르드 쪽에서 보낸 진상품인 이상, 스파이는 로그와이어 경 하나뿐만이 아니라 이엔마르드 쪽에도 있다고 봐야겠지. 그것이 대체 누구인지, 하셈은 주로 그쪽을 알고 싶어 할 것 같다.

"짚이는 곳이라는 게, 뭐가 있는 거죠?"

"그렇군요. 이 동네에는 온갖 물건들이 들어옵니다. 북쪽으로는 월타미아와 루갈리아. 남쪽은 하미타드. 바다에서 나오는 해산물도 하진 강을 경유해서 정기 시장에 들어오죠. 명물인 그란 바자를 운영하는 것은 정부의 관리도 하지 가문 사람도 아닙니다. 시장 바깥쪽에 가게를 둔 상공회 자들인데, 그들은 다른 자들보다 먼저 희귀한 물건을 사들이는 중매인이기도 하지요. 한 눈에 봐도 보통이 아닌 매직 아이템 같은 것은, 일단 노점으로 흘러가지 않고 그들의 품으로 흘러들어갑니다."

"그럼 사절단 사람들은 그쪽에서 게임기를 손에 넣었다는 뜻인가요."

"뭐, 그렇겠지요. 시시한 노점을 돌아다니면서 왕께 바칠 물건을 찾는 것도, 상황을 봤을 때 말도 안 되는 일이니까요."

"하긴…… 그렇겠네요."

"지금부터 갈 곳은, 이엔마르드의 상급 관리나 장교들도 자주 이용하는 것입니다. 뭔가를 손에 넣으려면 그 가게 상인을 통하는 게 정석이라고 생각합니다."

맞는 말이라고 생각하면서, 리히토는 하셈이 하자는 대로 따라가기로 했다.

이제 와서 하는 생각이지만, 혼자서 어떻게 할 수 있는 상황이 아닌데도 혼자서 어떻게든 하려고 했다면, 여기까지 찾으러 오지 못했을 수도 있다.

마치 한 집처럼 밀집해 있는 상점들 저편에, 그 유명한 그란 바자가 있다고 한다. 이번에는 그 입수를 지나쳐서, 계속 도로를 따라 걸어갔다.

마침내 도착한 곳은 얼핏 봐서는 제대로 된 간판도 없는, 문과 정원만이 있는 산뜻한 저택이었다.

'집……?'

철책에 둘러싸인 정원에는 꽃이 흐드러지게 피었고, 공작과 비슷한 선명한 색의 새가 활보하고 있다. 하셈은 그 사이를 지나서 마치 아는 사람의 집이라도 찾아가는 것처럼 현관문을 열었다.

안은 묘하게 어두웠다. 천장에 있는 샹들리에의 불빛과 정면 카운터 위에 있는 램프만이 실내를 비추고 있었다.

바닥에 깔린 융단도, 벽 한쪽에 있는 의자와 태피스트리도, 하나같이 나라와 지방을 가리지 않고 상당히 고급 물건들을 모아놓은 것 같지만, 이렇게 어두우니 꼭 문 닫은 가게처럼 보인다.

"쉬는 날인가요……?"

"뭐, 조금 일찍 온 건지도 모르겠네요."

보통 이렇게 해가 떴으면 어지간한 가게들은 문을 열 텐데.

어두운 홀 안에 감도는 것은 독특한 달콤한 향을 지닌, 남쪽 나라다운 꽃의 향기다. 사람에 따라서는 향이 너무 세서 숨이 막힐지도 모른다.

"손님이신가요."

카운터 안쪽에서 사람이 나왔다.

이엔마르드 사람이지만 기본적으로 머리에 두르는 천이 없고, 윌타미아의 고급 고용인 같은 차림새다. 뒤로 바짝 넘긴 머리카락과 잘 다듬은 수염이 꽤 신선해 보인다.

"죄송합니다만, 본점은 저녁 시간 이후에 문을 엽니다."

하셈은 당당하게 고개를 저었다.

"그건 알고 있어요. 가게가 바빠지기 전에 물어보고 싶어서 말이죠. 『포도주 사건』때 신세를 졌던 개가 왔다고, 공작(孔雀) 부인께 전해주시겠습니까."

그러자 지금까지 부드러운 태도를 유지하던 남자의 눈썹이 살짝 치켜 올라갔다.

"그건── 정말 죄송했습니다. 제가 몰라봤습니다. 이쪽에서 기다려 주시겠습니까."

그대로 리히토와 하셈을 홀 옆에 있는 문 쪽으로 안내했다.

하지만 문을 열었더니 또 복도가 나왔고, 양쪽 벽에는 디자인이 다른 문들이 줄지어 있었다.

"포도주 사건이라니……?"

"뭐, 기분 디러워지는 이야기입니다."

"기분이 더럽다── 으아."

복도 저편에서 알몸이나 마찬가지인 차림새의 아가씨가 걸어오는 것을 보고, 리히토는 깜짝 놀랐다.

아가씨는 리히토가 봤는데도 신경 쓰지 않는 것 같았다. 최소한으로 밝혀놓은 불빛에 부드러운 살결을 드러내고, 하품을 하면서 뒤쪽에 있는 문으로 들어갔다.

"하, 하셈 씨……?"

"아가씨들이 좋은 쪽으로 해석해줘서 정말 다행입니다. 여자들을 데리고 창관에 오는 것도 바보 같은 짓이니까요."

"뭐──"

그런 얘기는 못 들었다고 이 멍청아, 라고. 이제 와서 화를 낼 수도 없었다.

안내받아서 들어간 방 안에는 커다란 소파와 비단 쿠션이 깔끔하게 놓여 있고, 소파 테이블 위에 있는 은으로 만든 과일 접시에는 싱싱한 과일들이 산더미처럼 쌓여 있다.

마치 부자들의 저택 거실을 재현해놓은 것 같은 인테리어지만, 소파 건너편에는 천장이 달린 침대가 있고, 그 침대 위에서는 말도 안 될 정도로 노출이 심한 옷을 입은 아가씨들이 아주 편한 모습으로 이쪽을 보고 있었다.

이곳이 저 아가씨들과 뭘 하기 위한 장소인지를 생각했더니 골치가 아파왔다.

"이 가게는 사람을 팔기도 하고 사기도 하죠. 아니 뭐, 대량으로 사들이는 물건 중에 사람도 포함돼 있다고 해야 할까요."

"그렇다고, 저기, 이건——"

웃으면서 다가오는 아가씨를 간신히 떨쳐내며, 리히토는 하셈에게 설명을 요구했다.

"생각이 있으시면, 시작하기 전에 잠깐 재미 좀 보시겠습니까? 아마 화는 안 낼 겁니다."

"——하셈 씨!"

"아, 관둘 겁니까? 알겠습니다. 정말 고지식하네요 영웅 님은."

그런 문제가 아니잖아. 대체 뭘 하러 여기에 온 거냐고.

"호호호. 여전히 짓궂은 장난을 좋아하는 것 같네. 하셈 데라."

부드러운 웃음소리가, 구원의 손길처럼 날아왔다.

문에서 나타난 사람은 얼굴 위쪽 절반을 가면으로 가린, 검은 머리카락의 여성이었다.

보기에 따라서는 나이가 스무 살 정도는 변동될 것 같다.

아주 자연스럽게 웃는, 두툼한 붉은 입술. 복장은 침대에 있는 아가씨들에 비하면 차분한 윌타미아 귀족 스타일이지만, 잘 익은 과일을 연상케 하는 풍만한 몸은 아가씨들에게 뒤지지 않은 풍격과 완성도를 자랑하고 있다.

매니큐어라도 바른 것처럼 빨갛고 긴 손톱. 그 다섯 손가락으로, 공작 깃털로 만든 부채를 쥐고 있었다.

"일행 분을 그렇게 꼬드기면 안 되죠."

"오랜만입니다, 공작 부인."

"마지막으로 본 게 언제였더라. 가끔은 손님으로 와도 괜찮아요. 여기는 당신의 땅이기도 하니까."

"농담은 그만 하세요. 안주와 술 한 잔이면 지갑이 텅텅 빕니다."

"불쌍한 하셈 씨."

공작 부인이라고 불린 여성은 1인용 의자에 앉았다. 반라의 아가씨들이 어머니를 따르는 것처럼 그 주위로 모여들었다.

하셈과 리히토가 맞은편 소파에 앉자, 부인은 부채를 펼쳐서 흔들어댔다.

"말은 그렇게 해도, 당신이 말한 『포도주 사건』은 이미 해결됐을 텐데요. 더 이상 말할 것은 아무것도 없어요."

"예. 그때는 협력해주셔서 정말 감사했습니다. 덕분에 생각대로 나라의 법도와 규율을 바로잡았고, 반란분자들도 소탕했지요. 정말 큰 도움이 됐습니다. 그런데 공작 부인의 인품을 보고 두세 가지 확인하고 싶은 일이 있는데 말이죠."

"다른 건을 편승하겠다는 건가요? 정말이지, 깔끔하지 못한 방식이군요. 값싼 여자라고 생각했다면 정말 슬픈데요."

"아니요, 무슨 말씀을. 정말로 간단한 일입니다. 대답하고 싶지 않으시다면 거절하셔도 됩니다. 지금부터 한 달 전에, 저희 사절단이 이 가게를 이용했었죠."

가면 아래의 입에서 표정이 사라졌다.

"이건 회계 감사를 해보면 알 수 있는 일입니다. 종자의 증언도 있으니, 다른 말을 해봤자 의미는 없을 겁니다."

"——예, 오셨지요. 정말 즐거운 하룻밤이었어요."

"윌타미아 왕에게 진상할 물건을 준비했고."

"예. 곤란해 하시는 것 같아서 이야기를 들어드렸죠."

"준비한 물건은 매직 아이템뿐인가요?"

"그밖에 보석과 세공품 등을 내드렸는데, 역시 다들 눈이 높으시더군요. 이게 꼭 필요하다고 말씀하셔서."

"처음에 알아차린 건 어느 분이셨나요? 단장 시마스 씨? 하차트 씨? 말심 씨? 그래요, 우르바니 씨도 부단장으로 동행했었는데."

"글쎄요. 단장 시마스 님이 특히 칭찬하셨던 것은 기억합니다만. 어디서 구했는지, 다른 것은 없는지 아주 열심이었지요."

"알겠습니다. 시마스 단장이군요. 그 분은 군부와도 연이 깊지요."

"그렇게 떠보는 건 이제 그만 하죠. 이쪽은 이상한 짓은 하나도 안 했으니까."

"하나만 더 괜찮을까요. 최근 한 달 사이에, 10대 여자를 외부에 판 적은?"

공작 부인이 부채로 의자 팔걸이를 때렸다.

"──있다면 어쩔 건데, 이 망할 놈!"

아가씨들이 비명을 지르고는 거미 새끼처럼 도망쳤다.

"고맙습니다. 많은 참고가 됐습니다."

"당장 나가세요! 나가! 이 시궁창이나 뒤지는 쥐새끼가!"

부인이 갑자기 다른 사람처럼 화를 냈고, 하셈은 바로 일어났다.

"그만 갈까요, 영웅님. 나갈 때입니다."

"──하지만 하셈 씨!"

10대 여자를 팔았다는 건, 쿄코일 가능성이 크지 않을까?

"됐으니까. 더 이상 있으면 목숨이 위험해요."

"빨리! 눈에 거슬려! 썩 꺼지라고!"

억지로 팔을 붙잡혀서, 큰 소리를 질러대는 여자들의 소굴에서 퇴장당했다.

"──하셈 씨. 하셈 씨! 잠깐만요."

저택에서 멀리 떨어졌지만 납득은 할 수가 없었다.

"죄송해요. 역시 조금 더 자세히 물어봐야 하지 않을까요? 이대로 그냥 두는 건──"

"아니── 이제 그 사람한테 물어볼 것들은 다 물어봤습니다."

"예?"

"신상품 후보 중에서 『게임기』라는 물건에 반응했던 건 부단장을 맡았던 우르바니 씨. 원래 주인인 『쿄코』 양까지는 그들에게 팔리지 않았어요."

리히토는 자기 귀를 의심했다. 하셈이 길 한복판에서 멈춰 섰다.

"……무슨 말인지 전혀……."

"아닌가요? 속내를 그대로 말하면 부인의 입장이 위태로워지거든요. 상당히 친절하게 대해준 편입니다. 반해버리겠어요."

아무렇지도 않게 말하고, 더 이상은 말하지 않았다.

"……전혀 몰랐어요."

"뭐, 그건 경험이 필요하다고나 할까요. 팔아서 아쉽다는 게 아니라, 정말로 자기 손에 없어서 못 팔았다는 느낌입니다, 그 분위기를 보면."

그것은 기쁜 일이기도 했고, 동시에 일이 힘들어졌다는 생각도 들었다.

"게임기밖에…… 못 찾았다는 뜻인가요……."

"우르바니 씨는 속세로 돌아가서 국정에 참가하고 있는 전직 상급 사제입니다. 지금도 허락이 된다면 교회로 돌아가고 싶어 하는 살찌고 아둔한 사람이니까, 빼돌리거나 배신하는 것 같은 대담한 짓은 의외라면 의외입니다만…… 뭐 그건 제가 어떻게든 하겠습니다. 궁전 안을 뒤지고 다니는 건 제 전문 분야니까. 그런데 문제는 영웅님입니다. 정말로 그『쿄코』양이라는 사람이 이엔마르드에―― 아니, 이쪽 세계에 날아온 걸까요?"

――유일한 단서였던 게임기와 본체인 쿄코를 연결하는 선이 완전히 끊어져버렸다.

지금까지는 확신을 갖고 고개를 끄덕일 수 있었는데, 이 때는 몸이 너무나 무거웠다.

"와 있어요―― 그럴 거예요――"

부탁이야 미치바. 있다면 대답을 해줘.

강하게, 그렇게 빌었다.

***

이슈안 트롤은 원래 교회라는 곳이 거북했다.

하루하루 기도를 올리는 곳이고, 교구에 사는 사람들의 규율을 지도하는 곳이고, 약자를 구제하는 곳이라고 배워왔다.

배운 것 중에 세 번째는 그렇다 치고, 첫 번째와 두 번째가 문제다.

기도 같은 건 하고 싶을 때 하고 싶은 말로 끝내고 싶고, 어떻게 사는지는 각자 알아서 할 문제라고 큰 소리로 외치고 싶다. 따라서 평소부터 최대한 교회 같은 곳과는 거리를 두고 살아왔는데, 이번에는 신조를 굽히고 교회의 문을 두드리게 됐다.

우르스라의 몸에 고인 사기를 정화하기 위해서는 어쩔 수가 없다.

"나라가 달라도 교회는 교회구나……."

리히토와 하셈과 헤어진 뒤에 들어간 성당 안에서 천장을 올려다봤다.

양파처럼 생긴 이엔마르드풍 지붕과, 선명한 색이 칠해진 벽과 바닥은 윌타미아에는 없는 것이고, 예배를 드리러 찾아오는 사람은 전부 머리에 천을 감거나 베일을 써서 머리카락을 가린 이엔마르드 사람들이다. 하지만 예배당의 제단에 모셔진 것은 여신 파나티아고, 천장 그림의 소재는 어디서나 볼 수 있는 창세신화 같다.

"조직은 전혀 다르지만요."

"아니, 토토. 그게 문제가 아니거든. 뭐랄까, 파앗~ 하고 스미어 나오는 『신을 너무 좋아하는 내가 너무 좋아 아우라』가 똑같아."

"예?"

"모르면 됐고."

이슈안은 신경 쓰지 않고, 뻣뻣하게 굳은 목을 빙글빙글 돌려서 풀었다.

옆에는 우르스라 아르칸이 마찬가지로 천장 그림을 올려다보고 있었다.

아름다운 보라색 눈을 가진 소녀는, 가만히 있으면 조각상처럼 보일 정도였다. 제단에 있는 여신상이 살아서 숨쉬는 것처럼.

"──우르스라도 뭔가 신경 쓰이는 거 있어?"

이슈안이 묻자 우르스라가 그쪽을 봤다.

"지하와 지상은, 여신을 그리는 방법이 다르다든지?"

"아뇨…… 기본은 같다고 봅니다. 아버지도 다른 노르드 사람들도, 파나티아에 대한 신앙을 표명하면서 살아왔습니다."

"헤에, 그렇구나. 그렇겠지. 원래는 지상에서 살았던 사람들이니까."

"하지만…… 역시 여기에도 『돌』에 관련된 것은 없는 것 같다 싶어서……."

"돌?"

우르스라는 어딘가 허무해 보이는 미소를 지었다.

"여신께서 떨구신 현자의 돌. 이미 전해지지 않는 여신의 이담입니다. 이제 직접 본 사람은 저와 리히토만 남았습니다."

"리히토와──"

"신경이 쓰이십니까?"

작은 소리로 물었다.

"대단한 일은, 아닙니다. 밑에 있을 때도 리히토는 리히토였습니다. 어떤 한 사람을 계속 신경 쓰고 있었죠──"

"──우르스라 씨. 우르스라 아르칸 씨. 오래 기다리셨습니다."

문 안쪽에서 교회의 여성 신관이 나왔다.

사실 이슈안 일행은 사기 정화를 의뢰하고, 준비가 될 때까지 기다리는 중이었다.

"정화 준비가 다 됐습니다. 이쪽으로 오시지요."

"자, 우르스라."

이슈안이 재촉하자 우르스라가 조심스런 걸음걸이로 신관 쪽으로 갔다. 이야기는 거기서 끝났다.

이슈안은 그 뒤를 따라가면서도, 가슴속에 뭔가 애매한 안개 같은 것이 낀 기분을 느꼈다.

우르스라는 벌써 몇 십 년도 전에 봉인된 지하 신전에서 계속 살아왔던 소녀다. 리히토 말로는 마수들도 돌아다니는 열악한 환경이었고, 망령이나 살아있는 시체로 변해버린 좋은 부모에게 둘러싸여서, 사람답게 살지도 못했다는 것 같다.

그런 우르스라를 지상으로 데리고 나온 것은 바로 리히토고, 그 사람 좋은 인간이라면 할 만한 짓이라고 이해할 수도 있다. 하지만 그런 리히토에게 보이는 우르스라의 신뢰가 조금 과도한 게 아닌가 싶은 기분도 들었다.

'솔직히 그 리히토잖아? 괜찮으려나?'

자신도 그 녀석한테 도움을 받았고, 그만큼 갚아줬고, 수많은 수라장을 같이 헤쳐 나왔다. 말하자면 역전의 친구고, 여행 동료다. 그런 자신을 제쳐두고, 자기가 모르는 이야기를 신나게 하는 건 뭔가 치사──── 아니, 그것도 뭔가 아니라는 기분이 든다.

'그 녀석은 돌아갈 테니까.'

'그러기 위해서 열심히 했고, 쿄코를 찾으면 끝이야.'

'그러니까 진짜로 좋아하게 되면 불쌍해질 텐데…… 도 아닌가.'

아니면 여기 남을 생각인가? 눈앞에 있는 우르스라를 위해서?

──결국 말로 잘 표현할 수 없는,『뭔가 답답한』기분인 체로 이야기가 끝났다. 매번 있는 패턴이다.

신관이 안내해준 곳은 약 냄새가 밴 작은 방이었다. 벽에는 인체의 구조를 그린 종이가 붙어 있고 사람이 누울 수 있는 진찰대도 있는 걸 보면, 진료소 역할도 하는 곳이겠지.

맞이해준 신관도 중년 여성이고, 우르스라의 얼굴을 보자마자 감탄한 목소리로 말했다.

"──어머나, 불쌍하게도. 지금까지 많이 힘들었죠."

깜짝 놀라서 아무 말도 못하는 우르스라에게 "빨리 누우세요. 이쪽에"라며, 다른 사람 돌보기 좋아하는 아줌마같은 태도로 끌어당겼다.

우르스라가 신발을 벗고 진찰대 위에 눕자, 이슈안 일행이 가까이 다가갔다.

"──괜찮아?"

"이렇게 몸속 깊은 곳까지 사기가 침식된 사람은 오랜만에 보네요. 이렇게 젊은 사람이 대체 어떻게 살았던 거야.

누워 있는 우르스라는 약간 슬픈 표정을 지었다.

"됐어요, 더 이상 묻지 않을 테니까. 지금은 사기를 빼는 게 시급해요. 금세! 편해질 거예요. 힘을 빼고, 눈을 감고.

여성 신관은 시키는 대로 눈을 감은 우르스라의 배와 목에 손을 댔다.

독특한 영창이 시작됐다.

『──기도는 친애하는 신의 것이니. 자비와 자애의 이름으로 말하나니, 온갖 어둠은 물러가거라. 사악한 것을 물리치리니.』

엄숙한 기도문과 함께, 손바닥이 빛났다. 오오, 이슈안과 토토가 소리를 냈다.

정화의 빛을 우스르라에게 비추며, 여성이 말했다.

"당신들은 어쩔 거죠. 사기가 전부 빠지려면 한참 걸릴 텐데. 여기서 기다릴 건가요? 밖에 나가서 식사를 하거나 장을 보고와도 될 텐데."

"음⋯⋯."

가능하면 우르스라 곁에 있어주고 싶었다. 하지만.

"좋은 생각이 났어! 지금부터 예배가 시작되거든. 그냥 참가해도 되고, 키스탄 님의 설법은 알기 쉽기로 유명해. 꼭 한 번 체험해봐!"

이 아줌마, 하필이면 왜 그런 무시무시한 소리를 하는 거야!

"토, 토토! 우리 밥 먹으러 가자!"

"어머나, 그럴 거야?"

"우르스라는 끝나면 교회 앞에서 기다려줘! 그럼, 이따가 봐!"

좋은 생각이 났다는 것처럼 말하다가 순식간에 아쉬운 표정을 지은 여성 신관에게 등을 돌리고, 이슈안은 서둘러 방에서 빠져나왔다.

"──으아~ 큰일 날 뻔 했네. 웃기지 말라고. 뭐가 서러워서 설교 풀코스를 듣고 있어야 하는 건데."

교회에서 나와, 이슈안은 줄줄 흘러내린 식은땀을 훔쳤다.

"그런데요 이슈안 님. 밥이라고 해도 어디로 갈 건가요?"

"음──? 그러게. 난 그냥 아무데나 좋은데. 근처에 있는 밥집이건 노점이건, 좋은 네로 골라봐. 꼭 제대로 된 식사를 해야 한다는 법은 없으니까."

솔직히 예배라는 최악의 수단에서 도망칠 수만 있다면 어디든 상관없다.

"그 유명한 커다란 시장을 구경하러 가는 것도 좋겠네. 적당히 시간을 보낼 수 있고, 여기서 너무 멀리 떨어지지만 않으면──"

"자, 자, 한 번 와서 보세요! 용서받지 못한 두 사람의 비극적인 로맨스! 못 보면 후회합니다! 지금이라면 입석으로 볼 수 있어요!"

생각에 잠긴 두 사람 사이에, 선명한 색으로 인쇄한 전단지가 몇 장 떨어졌다.

고개를 돌려보니 뭔가를 홍보하는 것 같은 광대가 악기를 울리면서 길을 걸어가고 있는 것 같다.

"……공연 홍보인가?"

"예. 근처에서 하는 것 같아요."

토토가 전단지를 보면서 말했다.

일상회화라면 모를까, 이쪽 글자는 아직 제대로 읽지 못한다. 토토의 말에 의하면 그 극단은 저 멀리 지방에서 온 유랑극단이고, 직접 세운 작은 천막에서 소극장, 그리고 지금은 1급지의 대극장까지, 순식간에 올라왔다는 것 같다.

"헤에~ 엄청나게 출세했네. 난 그런 거 싫지 않은데"

"이슈안 님, 연극은 보시나요?"

"그게── 본 적은 거의 없는데, 관심이 없는 건, 아니고."

"저도 그래요. 집이 꽤 엄했거든요."

"집 때문은 아니지만 기회가 없었어."

"지금이라면 볼 수 있겠죠……."

두 사람은 전단지를 든 채로 서로 얼굴을 마주봤다.

그 얼굴에는 이미 답이 나와 적혀 있는 것이나 마찬가지였다.

"──갈까."

"가볼까요."

"어차피 시간을 보내야 하니까."

"그러게요!"

훌륭한 대의명분을 확인하고, 두 사람은 전단지에 적힌 티마니 대극장을 향해 달려갔다.

그 연극은──『적봉좌』의 『따르지 않는 연가』.

***

리히토는 넋이 나가 있었다.

그 게임기가 쿄코의 단서로 이어질 거라고 생각했기 때문에, 사막을 건너서 여기까지 왔다.

설마 여기서 둘을 잇는 선이 끊어질 줄은 몰랐다. 게다가 하셈은 정말로 쿄코가 소환된 게 맞는지조차 의심하기 시작했고.

없었던 일이라고 해버리는 건 간단하다. 하지만 만에 하나 쿄코도 여기에 와 있고, 지금도 살아서 도와주기를 기다리고 있다면, 그건 돌이킬 수가 없다. 조금 더, 아슬아슬한 데까지 발버둥 쳐봐야 하지 않을까——?

"예, 알았습니다요 영웅님."

리히토는 고개를 들었다.

"그렇게 비장감 넘치는 얼굴은 안 해도 됩니다. 저도 갑자기 손바닥을 뒤집는 것처럼 태도를 바꿀 정도로 박정한 인간은 아닙니다."

"하셈 씨……."

"단, 앞으로 어디선가 선을 그을 각오는 해두시는 게 좋을 것 같거든요. 영원히 사막을 돌아다닐 수도 없는 노릇이니까."

"그건—— 알고 있습니다."

금세 찾을 수 있다면 다행이다. 하지만 못 찾았을 경우에는—— 결단을 해야만 하는 날이 온다. 반드시 찾아온다. 하셈의 말은, 잔혹하기는 해도 사실이다.

하지만 그것이 지금은 아니다. 아직은 할 수 있는 일이 있을 것이다.

"죄송해요. 제 고집이기는 하지만, 좀 도와주시겠어요."

"알겠습니다. 자, 일단 도적님 일행이랑 만나러 갈까요. 슬슬 끝났을 테니까요."

리히토는 고개를 끄덕였다.

일단 이슈안 일행과 합류하기 위해서, 그들이 있는 교회로 향했다.

그랬더니 교회 건물 앞에 낯익은 베일과 은색 머리카락의 소녀가 혼자 덩그러니 서 있었다.

'우르스라?'

심심하다는 분위기로 주위를 둘러보다가 리히토를 발견하더니, 안심한 것처럼 달려왔다.

"리히토."

"어떻게 된 거야. 정화는 다 끝났어?"

"예. 무사히…… 하지만, 이슈안 님과 토토 님이 돌아오지 않으셔서."

"뭐?!"

"제 처치가 끝날 때까지 자리를 비우신다는 말은 들었습니다만…… 이렇게 오래 걸릴 줄은 몰라서……."

애매하게 마무리한 말을 듣고, 갑자기 긴장감이 덮쳐왔다.

무슨 문제라도 생긴 걸까. 사고. 범죄. 로그와이어 경의 뒤에 있는 조직이 목숨을 노린 적도 있다. 하지만, 설마 이런 시내 한복판에서——?

"어라. 그런 비상사태는 아닌 것 같거든요, 두 분."

아주 속 편한 목소리로, 하셈이 말했다.

그는 다른 사람들보다 머리 하나 정도 큰 키를 이용해서, 인파 저편을 보고 있다.

"부럽네요, 저도 구운 사과 좋아하는데."

시과……?

마침내, 리히토도 상황을 파악했다.

붐비는 인파 저편에서, 구운 사과와 솜사탕을 든 이슈안 트롤과 토토 하르네라가 사이좋게 걸어왔다.

두 사람이 눈앞까지 다가왔지만, 다음 말이 쉽사리 나오지 않았다.

"어, 리히토! 벌써 온 거야."

"…………이슈안……."

"우르스라도! 정화는 다 끝난 거야? 이제 괜찮아졌어? 이봐, 왜 그래 리히토. 알아보러 간 것 아니었어?"

고개를 숙이고 미간을 손가락으로 누르고 있는 리히토를 보고, 이슈안이 갑자기 걱정하는 투로 말했다. 차라리 이대로 잠들어버리기라도 하면 얼마나 좋을까.

"잘 안 풀린 거야?"

"응, 뭐, 그냥, 처음으로 돌아간 느낌이려나……."

"그렇구나……."

이슈안의 안색이 흐려지는 게 보였다.

"…………하지만 뭐, 그거야! 오른쪽이 안 되면 왼쪽을 찾아보라는 말도 있잖아. 한방에 보물을 찾으려고 하는 생각 자체가 어설픈 거야."

"아야."

어깨를 힘차게 두드렸다.

"그런 때는 일단 머리를 텅 비운 뒤에 다시 생각하면 돼. 너도 잠깐 가서 보는 게 좋을 거야. 왜 토토, 그거 말이야."

"예, 이슈안 님. 리히토 님, 이게 팸플릿이예요!"

진상품이라도 되는 양, 책자를 슬며시 내밀었다.

리히토는 어안이 벙벙해져서 그것을 받았다.

"뭐야, 이건."

"연극 팸플릿이야."

"연극?"

"그래. 우르스라가 정화를 받는 동안에, 시간이 있어서 보러 갔었거든. 바로 근처에 극장이 있어서. 진짜 재미있더라니까. 그치, 토토."

"맞아요! 정말 눈물이 나더라니까요."

아주 즐거운 시간을 보낸 것 같네.

남의 속도 모르고—— 까지는 말하지 않는다. 하지만, 아무래도 그런 취미생활에 허비할 시간은 없다. 일단 팸플릿은 펼쳐봤다.

"헤에, 따르지 않는 연가인가. 평판은 좋다는 것 같더군요."

뒤에서 들여다본 하셈이 휘파람을 불었다.

"하셈 데라. 당신도 본 적이 있나요?"

"아니요? 바젤에서 소문만 들었습니다. 남부 출신 극단인데, 엄청나게 완성도가 높은 연극이라고. 지금은 하미타드 쪽 상황이 좋지 않아서 티마니에 와 있다는 것 같더군요."

삽화에 색까지 들어가 있는 팸플릿은, 이쪽 세계 기준으로 말하자면 분명히 호화롭고 의욕이 넘치는 것처럼 보인다. 글자는, 항상 그랬던 것처럼 읽을 수 없다.

표지는 발코니에서 손을 내밀고 있는 여주인공과 그 밑에서 사랑을 속삭이는 남자 주인공의 모습이다.

'이거…… 어디선가 본 적이 있는데……'

책장을 팔락팔락 넘겼다.

연회 자리에서 만나는 남녀의 합화.

갈라져버리는 두 사람의 삽화.

"로메오와 줄리에타라고 하는, 적대하는 부족의 아가씨와 전사가 사랑에 빠지는 거야."

"용서받지 못하는 속에서 불타오르는 사랑이죠."

"으하, 아가씨들이 좋아하는 로맨스네요."

"흥, 이래서 천박한 인간은. 따르지 않는 연가는 그게 전부가 아니에요. 구체적인 이름은 말하지 않지만, 작중에서 적대하는 부족은 슈로족과 나호바족이 모델이거든요. 하미타드의 최근 정세를 생각해보면, 상당히 도전적인 풍자극이라고도 할 수 있어요."

"아, 예. 그런 면도 있다는 얘기군요~."

"진지하게 들으라고!"

"검무(劍舞) 장면 같은 것도 제대로더라니까. 슬픈 이야기지만 하나도 지루하지 않았어."

"맞아요 이슈안 님."

리히토는 들떠 있는 두 사람에게, 확인하기 위해서 물었다.

"저기, 이슈안."

"응? 왜?"

"그 따르지 않는 연가…… 둘이서 사랑의 도피를 하기 위해서 한쪽이 가사상태가 되는데, 연락이 제대로 되지 않아서 정말로 죽었다고 착각하는 얘기인가?"

"너 그걸 어떻게 알았어?!"

"알고 계셨나요 리히토 님!"

빙고인가.

리히토는 점점, 손끝의 감각이 사라져갔다.

이런 이야기는 전 세계 공통, 패턴이 그렇게 다양한 건 아니지만——.

"……응. 좀, 비슷한 얘기를 알고 있거든."

"그러신가요? 그리고 다음 작품은 『한여름 밤의 꿈』이라고 한다나 봐요. 이쪽도 궁금하네요~."

안 되겠다. 이건── 더 이상 무시할 수 없다.

리히토는 팸플릿을 덮으면서 말했다.

"그 연극, 나도 보고 싶은데 다음 공연 자리를 잡을 수 있으려나."

"예?!"

일동이 얼빠진 얼굴로 리히토를 쳐다봤다.

"보, 보려고? 아니, 내가 보라고 하기는 했지만 말이야."

리히토의 안색이, 아마도 연극을 보고 싶어 하는 사람처럼 보이지 않아서 당혹스러워 하는 건지도 모른다.

분명히 동기 자체는 불순하다고 할 수 있다. 연기나 줄거리를 즐기기 위한 게 아니니가.

"억지로 보자는 건 아니고. 하지만 가능하다면, 그 각본을 쓴 사람을 만나고 싶어. 그 사람은 미치바와 만난 적이 있거나, 아니면── 미치바 본인이야."

이런 곳에서, 끊겨졌던 실이 다시 이어질 줄은 몰랐다.

SIDE
RIHITO

【3】

적
봉
좌
의
비
밀

　주연 여배우 대기실에는 왕후귀족의 온실처럼
꽃이 넘쳐나고 있었다.

　전부 그녀의 팬이나 후원자들이 보내준 꽃바
구니다. 바구니 안을 뒤져보면 가끔씩 꽃 말고도
귀금속이나 러브레터가 들어 있는 경우도 있다.
도저히 혼자서 처리할 수 있는 양이 아니라서,
최근에는 심부름꾼 소녀에게 정리를 부탁하고
있다.

　"수르야 님, 이쪽 선물은 어떻게 할까요."

　두 손으로 꽃바구니를 들고, 심부름꾼 소녀가
물었다.

　수르야는 화장대 앞에 앉은 채, 거울 너머로
소녀를 보면서 말했다.

　"보낸 사람은?"

　"그러니까…… 상공회장님인데요."

　"순수하게 꽃뿐이지?"

　"맞아요. 꽃만, 있는 것 같아요."

　"그럼 됐어. 저쪽 구석에라도 놔둬."

　"구석이라고 해도…… 더 이상 자리가 없는
데요."

　"어떻게든 해봐."

　소녀는 당황해서 거대한 꽃바구니를 안은 채

로 우왕좌왕했다. 소중한 후원자를 함부로 대할 수는 없다. 수르야는 분으로 주근깨를 다 가렸는지 확인한 뒤에, 입술에 연지를 바르기 시작했다.

"——이봐 수르야! 시간 다 됐어!"

난폭하게 문 두드리는 소리와 함께 주연 남자 배우가 들어왔다.

"알았어. 조금만 기다려."

솜으로 옆으로 삐친 입술연지를 닦아내고 마지막으로 다시 한 번 거울을 보고 확인한 뒤에 대기실에서 나왔다.

개인 대기실 밖에는 무대 스태프들이 정신없이 오가고 있다. 수르야와 가리프의 얼굴을 보고는 멈춰 서서 공손히 인사하는 사람들이 여러 명 있었다.

소극장에서 큰 극장으로 옮길 때, 큰마음 먹고 스태프와 단역 연기자들을 외부에서 모집했다. 상당히 큰 도박이었지만, 적은 인원으로는 표현할 수 없었던 연출에 도움이 돼서, 결과적으로 평판은 더욱 좋아졌다.

'그래. 우리끼리도 할 수 있어.'

'꼭 해내야만 하니까.'

여기까지 오는 동안, 자신들은 큰 죄를 저질렀다. 하지만 이젠 더 이상 멈춰설 수 없다. 예를 들자면, 그래—— 벼랑에서 굴러 떨어지는 돌처럼.

* * *

극단의 이름은 『적봉좌』.

"하미타드에서 온 극단이고, 직접 친 천막에서 소극장으로 장소를 옮기고, 호평이라서 이 대극장으로 옮겨서 연장 공연을 시작했다는 것 같아요. 지난 주 초에 옮겼다던가요."

극장 앞에 있는 표 파는 곳에 줄을 서면서, 토토가 열심히 설명해 줬다.

당일 야간 공연 표를 사려는 줄은 상당히 길었다. 리히토 일행은 줄이 줄어들기를 기다리면서 계속 이야기를 나눴다.

"하미타드라면…… 여기서 훨씬 남쪽에 있는 곳이지."

"예. 자립심이 정말 강하고 중앙의 통치에 반발하는 일도 많아서, 『따르지 않는 백성』의 땅이라고 불리고 있어요."

"마침 수장이 그 남부 평정을 주장하면서 칙사병을 보내고 있지요. 명물인 반골정신이 언제까지 버틸지 기대됩니다."

내전이 한창이라는 뜻이다.

"왜 미치바가 그런 곳에……."

"뭐, 진짜인지 아닌지는 연극을 보면서 판단하면 되지 않을까요? 그렇게 『지구』의 연극과 똑같다고 하신다면."

하긴, 최종적으로는 그 방법밖에 없다. 그러기 위해서라도 최대한 빨리 자리를 확보하고 싶은데──.

"──뭐라고? 매진?!"

선두에 있던 이슈안이 깜짝 놀란 목소리로 말했다.

"잠깐, 무슨 소리야. 아무리 그래도 너무 빠르잖아?! 몇 자리나 남아 있던 거야."

표 파는 창구를 향해서 잡아먹을 기세로 호소했다.

리히토가 그 옆에 가서 섰다.

"다 팔렸대?"

"그렇다. 아까는 표를 샀는데 말이야. 저기, 입석이라도 괜찮으니까 어떻게 좀 안 될까."

"정말 죄송합니다. 손님 바로 앞에서 매진됐습니다."

매표소 아가씨의 말은 쌀쌀맞았다.

"하필 바로 앞에서. 운도 없지······."

"나중에 다시 찾아와주세요."

"──잠깐만 리히토, 아직 방법이 있어."

이슈안이 재빨리 고개를 뒤쪽으로 돌렸다. 부릅, 사냥감을 노리는 고양이과 짐승 같은 눈빛으로 변했다.

"이봐, 거기!"

바로 앞에서 매표소를 떠나는 사람을 발견하고는 바로 뛰어갔다.

"예?"

상대는 아직 10대로 보이는 소년이다. 이슈안은 싱긋 웃으면서 말했다.

"날씨가 좋지. 점심엔 뭐 먹었어?"

"아니, 무슨 말인지 모르겠는데요."

"자, 자, 그러지 말고."

은근슬쩍 상대를 벽 쪽으로 유도하고, 팔을 짚어서 퇴로를 막았다. 멋진 수완이다. 주로 돈이나 물건을 뜯어내는 방향으로.

"따르지 않는 연가 표, 몇 장이나 샀어?"

"몇 장이냐면…… 열여덟 장."

"열여덟?! 장난 하나, 너무 많잖아. 좀 넘겨라."

"안 돼, 절대로!"

귓가에서 소리치는 이슈안에게, 소년은 고개를 마구 저으면서 말했다.

"그냥 달라는 건 아니고. 돈은 줄게. 자, 지금이 부자의 길에 들어설 때라고. 저기 보이지, 황금색으로 빛나는 영광으로 가는 길이. 쩔렁쩔렁, 전부 돈이 깔려 있는 길이야."

"그러니까 안 된다고! 이건 나 혼자 볼 게 아니니까!"

소년은 고집스레 거부했다.

"대표로 사러 온 거야?"

"그래. 우리는 수르야 님 친위대라고."

"——."

뭐라 말할 수 없는 미묘한 표정을 지은 이슈안 대신, 이번에는 소년이 말하기 시작했다.

"그렇게 아름답고 가련한 여배우는 또 없다니까. 줄리에타 아씨를 연기하기 위해서 태어났다고나 할까, 무대 위에서 신성하게 빛나는 그 모습은 파나티아의 재림 같아. 참고로 나는 천막 시절부터 알고 있거든. 이건 자랑하는 게 아니라 어디까지나 사실이고."

"아, 그래…… 그나저나, 그렇게 봤으면 이제 됐잖아."

"뭐? 무슨 말도 안 되는 소리야. 배우의 연기는 살아 있는 거잖아. 매번 다른 수르야 님을 이 눈에 똑똑히 새기는 건데, 무슨 소릴 하는 거야."

도무지 답이 없는, 넘을 수 없는 벽이 거기에 있는 것만 같았다.

"죄송합니다. 저도 부탁드릴게요."

리히토도 같이 부탁하기로 했다.

"꼭 이 연극을 보고 싶거든요. 어떻게 안 될까요."

"어……."

약간 건달⑦ 같은 이슈안에 비해, 한 눈에 봐도 얌전하고 온화한 리히토가 등장하자 소년의 표정이 약간 달라졌다.

"……당신들, 이엔마르드 사람이 아니네. 어디서 왔어?"

"윌타미아 왕도에서 왔습니다."

"헤에, 거기서 여기까지 온 거야? 말도 안 돼, 진짜로? 설마, 수르야 님을 보려고?"

"아니, 꼭 그런 건 아니지만……."

소년은 안심한 것 같았다.

"그렇겠지. 아무리 그래도 그러기엔 너무 이르네."

"그냥 좀, 각본 쪽에 관심이 있어서요."

"각본?"

리히토는 고개를 끄덕였다.

"제 고향에서 전해지는 이야기와 비슷하다고 들어서…… 어떤 이야기인지 확인하고 싶거든요."

"맞다. 너, 적봉좌에 대해서 잘 알지. 따르지 않는 연가의 각본을 쓴 게 누구인지 알아?"

"어, 그게, 누가 썼는지는……."

"미치바 쿄코라는 이름이 아닌가요."

소년은 진지하게 생각하는 표정이 됐다.

　"……저기 말이야. 극단『적봉좌』에 딱히 정해진 각본가는 없을 거야."

　"예?"

　"적어도 밖으로 드러낸 각본가는 존재하지 않아. 팸플릿에도 포스터에도 이름은 없어. 평론가들한테는 극단 전원이 의논해서 만든 이야기라고 대답했을 거야."

　존재하지—— 않는다고?

　"설마, 세상에……."

　"당신 말이야, 지금 엄청난 문제를 건드린 거야. 자각은 하고 있어? 팬들 중에서도 그렇게까지 완성도가 높은 각본을 배우들이 만들었을 리가 없다고 생각하는 놈은 있어. 누군가 두뇌 역할인 사람이 있고, 하지만 사정이 있어서 이름을 밝히지 않는 건 아닌가 하고. 성직자나 족장과 관련된 고귀한 사람일지도 모른다는 소문이 있거든. 하지만 그쪽 고향 이야기랑 비슷하다는 건 또 새로운 설이야. 월타미아 왕도에 비슷한 줄거리의 이야기가 있다는 거야?"

　생각지도 못한 새로운 정보를 얻었다고, 소년은 약간 흥분해서 물었다.

　정확히 말하자면 월타미아가 아니라 지구의 영국에서 나온 이야기인데, 그걸 솔직하게 말할 수도 없었다.

　"더 시골 출신이야. 하지만 제대로 보지 않으면 맞는지 아닌지 알 수가 없어. 몇몇 부분만 비슷하고 전혀 다른 이야기일지도 모르니까."

　"아, 그렇겠네. 그런 일도 흔하니까. 음~ 나도 궁금하네. 어떻게 하지······."

소년온 잠시 생각에 잠기고, 그리고는 이쪽을 슬쩍 봤다.

"오늘 공연은 무리지만, 내일 낮 공연이라면 예매권을 하나 줄 수도 있거든. 딱 하나뿐이지만."

"저—— 정말이야?"

"고맙습니다!"

"개인적으로 볼 생각이었거든. 하지만 일을 빠질 수가 없게 돼서. 동료한테 팔까도 싶었지만, 너희라면 괜찮겠지."

이슈안이 흥분해서 리히토 쪽을 봤다. 리히토도 고개를 끄덕였다.

한 장이라도 문제없다. 리히토가 극을 판단할 수만 있으면 되니까.

"고맙습니다!"

"좋은 자리야. 잘 보라고. 그리고, 어땠는지 나한테도 가르쳐줘."

소년은 이 극장 근처에 있는 상점에서 일한다고 했다. 티켓을 받은 리히토 일행은 고맙다는 말을 하고 소년과 헤어졌다.

"——그렇게 됐고, 미안해. 확보한 건 내일 공연 한 장뿐이야."

귀중한 한 장을 들고, 일행들이 있는 곳으로 돌아갔다.

"뭐······ 한 장만 있어도 목적은 달성할 수 있으니까······."

"헛걸음 하게 해서 미안해."

"저랑 이슈안 님은 이미 봤으니까 괜찮아요."

"저도 딱히 연극 보는 취미는 없으니까요. 없으면 없는 대로 괜찮습니다요."

그렇게 되면 남은 건 우르스라뿐이었다. 조심스레 서 있는 색시와 눈이 마주쳤고, 리히토는 고개를 숙였다.

"미안해! 내일 줄 서서 표를 구해볼게."

"아뇨, 됐습니다. 당신은 당신의 일에 전념하세요. 저는 밖에서 기다리겠습니다."

"우르스라……."

"무운을 빕니다."

연극이라는 것이 그렇게 목숨을 거는 것이 아닌데, 우르스라는 조금 오해하고 있는지도 모르겠다.

"자, 수다는 그만 떨도록 하죠. 내일을 위해서 일찍 자는 게 좋겠죠."

"──뭐, 하셈 씨."

"그래. 숙소를 확보하는 게 우선이겠지. 내일부터는 밤을 새야 하니까."

이슈안까지 하품을 하며 고개를 끄덕였다. 정말이지, 이렇게 괴롭히는 것좀 그만 하면 안 될까.

'지금 그럴 상황이 아닌데 말이야.'

점심때부터 숙소를 찾은 덕분에, 3인실과 2인실 두 개를 무사히 잡을 수 있었다. 당연히 남녀가 방을 따로 쓰게 됐다.

"그럼 리히토. 일어나면 적당히 밥 먹자."

"응, 나중에 봐."

복도에서 헤어져서, 리히토는 2인실 쪽 문을 열었다.

여관은 고급은 아니지만 청결했고, 제대로 세탁해놓은 시트와 커튼을 보니 마음이 놓였다.

안쪽에 있는 창문을 열었더니 꽉꽉 밀집해 있는 집들 너머로 아까까지 있었던 대극장의 지붕이 있었다.

두 개의 태양이 저물면 저 안은 사람들로 꽉 차고, 적봉좌는 『따르지 않는 연가』를 상연할 것이다.

각본가가 없다고 알려져 있다── 는 것이 대체 무슨 뜻일까.

'미치바. 거기 있는 거야? 아닌 거야?'

지금은 아무리 불러도 대답이 없다. 모든 것은 내일에 달려 있다.

멈추고 있던 숨을 내쉬고, 뒤를 돌아봤다.

"──하셈 씨. 어느 쪽 침대를 쓰실 건──"

그런데 하셈은 이미 침대 하나를 차지하고, 코까지 골면서 잠들어 있었다.

"어느새……."

너무 빨리 잠든 하셈을 보고, 질리는 걸 넘어서 존경한다는 생각까지 들었다.

리히토도 하셈을 따라서 잠들기로 했다. 장비를 풀고 침대에 누웠더니, 저절로 의식이 어둠 속으로 빠져들었다.

한편, 옆방에서는 여성들이 열심히 짐을 풀고 몸단장을 하고 있었다.

"더운 물 받아왔는데, 쓰실 분 계신가요?"

"아, 나 쓸래. 고마워 토토."

금속제 주전자를 들고, 토토가 방으로 들어왔다.

자기 침대를 확보한 이슈안이 일어나서 주전자를 받아들었다. 사이드 테이블에 올려놓은 대야에 물을 따르자 뜨거운 김이 피어올랐다.

"이엔마르드에서는 가만히 있기만 해도 땀범벅이 되니까. 부츠 틈새로 모래도 들어오고…… 우르스라도 몸 정도는 닦을 거지?"

그렇게 물었더니 우르스라가 살짝 고개를 끄덕였다.

이슈안은 더운물에 적신 천을 사람 숫자만큼 집어서 물을 짰고, 우르스라한테도 건넸다.

"고맙습니다."

"하하."

환한 웃음이었다.

이슈안은 그대로 자기 침대로 돌아가서 힘차게 부츠를 벗어던지고, 장비를 차례로 벗어던지고, 웃옷도 반바지도 벗어버리고, 거의 속옷 차림이 돼서 매트리스 위에 앉아 몸을 닦기 시작했다.

토토도 옆 침대에서 베일을 벗고서 땋은 머리를 풀기 시작했는데, 시선은 자꾸만 이슈안 쪽으로 향했다.

언동은 중성적이라서 성별을 크게 의식하지 않게 하는 타입이지만, 이렇게 보니 역시나 여성의 몸이었다. 접근전도 잘 하는 탄탄한 사지에, 그러면서도 둥그스름한 어깨와 가슴. 동성이 봐도 반해버릴 정도로 균형이 잘 잡혀 있었다.

게다가 생명력 덩어리 같은 표정이 더해지면── 리히토가 마음을 빼앗기는 것도 이상한 일은 아니겠지. 이론적으로는 납득할 수 있었다.

"──응? 무슨 일 있어?"

"아, 아뇨."

우르스라는 당황해서 고개를 숙였다.

혼자 위축돼 있는 것도 이상해서, 일단 베일을 벗고 잘 개켜놨다.

"……『쿄코』씨라는 분은."

어색해서, 큰 맘 먹고 물어봤다.

"리히토가 찾고 있는 사람은, 어떤 분인가요."

"아~."

이슈안이 머리핀을 풀고 고개를 돌렸다.

리히토가 사실은 이쪽 세계 사람이 아니고 다른 세계에서 소환됐다는 사실은, 지상에 나온 뒤에 들었다. 그리고 같이 소환됐을지도 모르는 고향의 여성을 찾고 있다는 것도.

"그러니까, 나도 자세한 얘기는 못 들었어. 그쪽에서 다녔던 학교 동급생이라는 것 같던데."

"리히토는, 학문을 익히고 있는 것인가요? 신학? 아니면 토토 양처럼 마술사 양성소에?"

"아니, 좀 더 이것저것 복잡하게 많다는 것 같던데. 역사에 음악부터 외국어 공부까지 한다나봐."

그렇다면── 정말 힘들지는 않을까.

우르스라는 남편을 존경하는 마음이 더욱 강해졌다.

'……아버님. 리히토는 정말『주운 것』같은 사람입니다.'

문제는 이것저것 산더미처럼 많지만.

"동급생이라는 것은── 친구?"

"그런가봐."

"정말로 그럴까요."

"……무슨 뜻이야?"

"이슈안 양은 신경 쓰이지 않으시나요? 쿄코 씨와 리히토가 어떤 관계인지에 대해."

자신의 질문에, 이슈안은 당혹스런 표정을 지었다. 대답하기 힘들어져서 떨떠름한 표정으로 고개를 돌렸다.

"글쎄, 잘 모르겠으니까 말이야, 그런 건. 신경 써도 답이 없다고나 할까."

우르스라는 한숨을 쉬었다.

"……본처의 여유, 라는 것인가요."

"앙?"

"아뇨――"

여기서 자신들―― 특히 이슈안이 열심히 활약해주면, 리히토는 그 『쿄코』씨라는 사람과 같이 고향으로 돌아가 버리는 게 아닐까.

아무래도 세계가 달라지면 시비를 거는 것도 약탈도 힘들어지게 된다, 그런 말은 할 수가 없지만.

"죄송합니다. 관계없는 일이겠지요. 찾을 수 있도록 기도하겠습니다. 리히토를 위해서도."

"응, 그래. 그 녀석, 여기 온 뒤로 계속 신경이 날카로우니까. 어떻게든 해줘야겠지."

이슈안은 안심한 것처럼 미소를 지었다.

마른 침대 위에 누워서 눈을 감으면, 잠시 동안 세상은 지하와 똑같은 어둠에 휩싸인다.

죽은 이들의 목소리는 들려오지 않지만 떠올릴 수는 있다. 마음속

에서 기도할 수는 있다. 우르스라는 그렇게, 편안하고 짧은 잠에 들었다.

＊＊＊

──다음날.

리히토는 문제의 『따르지 않는 연가』를 보기 위해, 혼자 극장 안에 들어가기로 했다.

"그럼 리히토, 끝나면 여기서 보자. 그때까지 우리는 적당히 돌아다 닐 테니까."

"응, 알았어. 갔다 올게."

"잘 보고 와."

극장 앞에서 이슈안 일행과 헤어졌다. 유일하게 하셈 혼자만 여성 들과 떨어져서 다른 볼일을 보겠다고 했다. 그 부단장 우르바니에 관한 일을 보고하러 가겠다는 것 같다.

연극을 직접 보는 건, 생각해보면 태어나서 처음인지도 모르겠다. 태어나서 처음으로 연극을 보는 게 이세계라는 사실에, 미묘한 감개가 느껴졌다.

극장 내부는 2층에 박스석까지 있는 훌륭한 구조고, 리히토는 1층 중앙에서 약간 뒤쪽 자리에 앉았다.

'자리가…… 여기가 맞겠지. 아마도.'

박스석이나 제일 앞줄에 가까운 자리는 아직 많이 비어 있다. 그 소 년이 말했던 『좋은 자리』가 무슨 뜻인지 고민했지만, 평민 소년이 살

수 있는 범위에서 제일 좋은 자리인지도 모른다.

주위에 있는 손님들이 팸플릿을 보고 있는 모습을 슬쩍 보며, 공연이 시작되기를 숨죽여 기다렸다.

과연 결과가 어떻게 될까.

그리고 객석이 전부 찼을 무렵, 갑자기 객석 쪽 조명이 꺼졌다.

'——시작됐다.'

어둠이 찾아오자 더욱 조용해졌다.

횃불 불빛만이 흔들리는 무대 위로, 지저분한 노인이 올라왔다.

『——이것은 오래 전, 당대의 권세자가 돌을 맞고 쫓겨나고, 따르지 않는 사람들이 모이는 땅에서 일어난 비극이다——』

엄숙한 말로, 손님들의 마음을 무대 쪽으로 끌어들였다.

무대 위에 있는 여주인공은 그 소년이 심취할 만큼 아름다웠다. 남자 주인공 역할의 소년도 무대 위에서 아주 멋지게 보였고, 늠름해 보였다. 하지만 리히토의 시점은 지구의 『로미오와 줄리엣』과의 차이점을 구분하는 데만 향해 있었다.

가만히, 잡아먹을 것처럼 배우들의 움직임과 대사를 받아들였다.

1막. 2막. 그리고 공연이 전부 끝난 뒤에, 리히토는 확신했다.

커튼콜의 박수가 울리고, 객석의 사람들이 거의 빠져나간 뒤에, 리히토도 뒤늦게 자리에서 일어났다.

이미 한산해진 극장 로비를 빠져나와 건물 밖으로 나갔다.

"——야, 리히토!"

반쯤 멍하니 있는데, 이슈안의 목소리가 들려왔다.

우르스라, 토토와 함께 길 건너편에 있는 노점에 있었다. 나무 그늘에 놓인 벤치에 앉아서 손을 흔들고 있다.

리히토는 세 사람이 있는 곳으로 달려갔다.

"많이 늦었네. 우릴 못 본 건가 싶었어."

"⋯⋯응. 그냥 이것저것 생각하느라⋯⋯."

미간을 손가락으로 누르면서 대답했다.

공연을 전부 다 봤을 때, 리히토도 확신할 수밖에 없었다.

결과를 말하자면, 완전히── 정답이었다. 『적봉좌』의 따르지 않는 연가는, 지구의 로미오와 줄리엣을 바탕으로 삼았다고밖에 생각할 수가 없었다.

"그래서, 어떤가요 리히토 님."

"거의 틀림없어. 그렇게까지 겹치는데 관계가 없을 리가 없으니까."

"한마디로 쿄코가 관련돼 있다는 얘기야?"

"응. 잠깐 스태프 분을 좀 만나고 올게."

"잠깐, 기다려, 혼자 가지 말라고!"

리히토는 발을 돌려서 다시 되돌아갔다.

적어도 적봉좌 관계자를 만난다면, 쿄코의 현재 상황이나 소식을 알 수 있을 것이다.

어째서 자신이 썼으면서도 정체를 밝히지 않는 걸까. 어째서 이름을 드러내지 않는 걸까.

조급한 마음을 억누르면서 건물 뒤쪽으로 이동해싼. 하지만 리히토는 거기서 생각지도 못한 것 때문에 발이 묶였다.

'뭐야, 이거.'

엄청난 인파였다.

공연은 이미 끝났는데, 남자부터 여자까지 수많은 사람들이 모여 있었다. 앞으로 가려고 뒷문이 어디에 있는지도 모른다.

그래도 억지로 지나가려고 했더니 매섭게 노려봤다.

"새치기 하지 마. 여긴 내 자리라고."

"자리라니…… 죄송한데, 여기서 뭘 하는 건가요?"

"뭐? 무슨 소릴 하는 거야."

그때였다.

"꺄아아아아아아아아아아아아악!"

전방에서 큰 환호성이 터져나왔다.

"가리프 군~! 가리프 군~" "수르야 아씨이이이이!" "슬레이만 니임! 이쪽 봐주세요!" "파미이이이일, 나랑 결혼해줘!" "토안 님, 너무 멋져!"

그 자리에 있던 사람들이 일제히 법석을 피웠다. 그들을 막는 것은 극장 전속 경비병들이다.

"자, 밀지 마세요!" "더 이상 오지 마세요!" "거기, 더 물러나요!"

마치 성의 경비병들처럼 무장한 사내들이, 창을 들고서 손님들을 위협했다. 그 뒤에서 사복 차림의 남녀 다섯 명이 유유히 걸어서 상자 모양 마차에 올라탔다.

마차에서 누군가가 손을 흔들 때마다 주위의 환호성은 한층 더 커졌다.

이건 소위 말하는——

"웬 난리야?"

이슈안도 뒤늦게 따라왔다. 리히토는 두통을 견디면서 대답했다.

"나오는 걸 기다리고 있었던 것 같아."

좋아하는 가수나 배우가 공연장에서 나오는 모습을 지켜보려는 행위다. 팬클럽에 가입한 반 친구들 이야기를 들은 적이 있었는데, 설마 이쪽 세계에서도 그걸 보게 될 줄은 몰랐다.

"그나저나, 이래선 얘기를 들을 수도 없잖아. 어디 임금님이라도 되나?"

"정말로 이 동네의 아이돌이네."

"아이돌?"

이쪽 말로는 적당한 표현이 없는 것 같다. 리히토는 애매하게 넘어갔다.

"……사정을 아는 사람한테 물어보는 수밖에 없겠네."

사정을 아는 사람한테. 그렇게 해서 리히토는 『사정을 아는 사람』이 있는 곳으로 이동했다.

"아, 어제 그 사람들."

리히토에게 표를 양보해준 소년은, 극장 근처의 잡화점에서 가게를 보고 있었다.

이 지역의 명산품으로 보이는 색색의 램프 갓이 천장을 가득 채웠고, 소년은 계산대에서 열심히 갓을 닦고 있었는데, 자신들의 얼굴을 보자마자 급하게 다가왔다.

"어쨌어? 보러 갔어?"

"생각한 그대로였어요."

"우와~! 큰 사건이네."

"그래서 말이죠, 더더욱 각본을 쓴 사람이 제가 아는 사람일 가능성이 커졌어요. 극단 사람한테 이야기를 듣고 싶은데, 어떻게 만날 방법이 없을까요."

"뭐? 아무리 그래도 그건 무리야."

"무리인가요?"

"무리야, 무리. 천막 시절이라면 모를까, 지금은 말이지. 호텔도 극장도 경비가 너무 삼엄해."

"헤에~."

이슈안이 옆에서 친한 척 어깨동무를 하더니, 소년의 오른쪽 볼을 엄지손가락으로 『푹』하고 찔렀다.

"앞으로의 인생을 위해서 좋은 걸 가르쳐줄까. 너, 마음에 없는 소리를 할 땐, 반드시—— 오른쪽 볼에만 보조개가 생긴다."

"아파요."

"자, 뭘까~ 이 보조개는. 대체 뭘까~."

빙글빙글, 엄지손가락을 돌려댔다. 계속 돌렸다. 돌리고 돌리고 또 돌렸다.

결국 소년이 포기하고 소리쳤다.

"——알았어. 하지만 딴 데 가서는 말하지 마. 특히 다른 친위대 놈들한테는. 나만의 비장의 수단이니까."

"물론이지!"

"물론이죠!"

이슈안과 리히토가 동시에 말했다. 점원의 얼굴을 찔러대며 이야기를 듣는 모습은, 다른 사람이 보면 상당히 이상할 수도 있다. 하지만 신경 쓸 때가 아니다.

"……그래서 말이야, 단원들끼리 연습할 때는 경비가 제일 허술하거든. 상당히 작은 극장을 쓰니까."

소년의 말에 의하면, 적봉좌가 직접 친 천막 다음에 공연했던 작은 극장에서, 지금도 늦은 밤에 각본 회의 등을 하고 있다고 한다. 그때만은 외부 사람들을 차단하고 초기 멤버들만 남기 때문에, 노리려면 그때 뿐이라는 이야기였다.

"왜 대극장에서 안 하는데?"

"사람이 너무 많아서 정신 사나워서 그런 게 아닐까. 잘은 모르겠지만."

"──더더욱 수상하네. 좋아, 그럼 그쪽을 감시해볼까. 아, 그렇지 너, 이건 받아둬. 귀찮게 해서 미안하다는 뜻이니까."

이슈안이 품 안에서 작은 주머니를 꺼내더니 소년에게 떠넘겼다.

"부디 받아주세요. 정말 큰 도움이 됐습니다."

리히토도 고개를 숙이고는 이슈안과 함께 가게에서 나왔다.

몇 초 뒤,

"잠깐, 뭐야 이 금액은!"

주머니 안을 확인한 것 같은 소년의 절규가 가게 밖까지 울렸다.

***

밤이 깊어지고, 잠들지 않는 상업도시에도 어느 정도 그늘이 찾아왔을 무렵.

소년이 말한 대로 마차 한 대가 공연이 끝난 소극장 앞에 모습을 드러냈다. 그들은 사람들의 눈을 피하려는 것처럼 건물 안으로 들어갔다.

전부 들어간 뒤에, 입구에 서서 감시하는 사람은 한 사람뿐이었다.

"……좋았어. 얘기한대로 하자."

"예, 이슈안 님."

토토에게 가라고 했다. 토토는 자기 뺨을 찰싹 때리고, 두 눈에 눈물을 글썽이면서 뛰어갔다.

"사, 살려주세요오오오오!"

"뭐?"

울면서 감시하는 사람의 팔에 매달렸다.

"살려주세요, 저 좀 살려주세요. 저쪽에서, 언니가 나쁜 사람한테!"

"뭐, 나쁜 사람?"

"그래요. 얼핏 보면 실실 웃는 것 같지만 엄청 심한 말을 하는 수상한 나쁜 사람이에요! 살려주세요. 이대로 두면 언니한테 못된 짓을 할 거예요!"

"그게 무슨 소리야!"

"우리 언니 살려줘요!"

토토가 가리킨 골목길 사이에서, 한 눈에 봐도 여자 것인 베일이 바람을 타고 날아오는(우르스라가 던진 것이다) 것을 보고, 감시하던 사람도 안색이 돌변했다. 토토와 같이 뛰어갔다.

토토가 머릿속에서 그림 나쁜 사람의 디테일이 하셈 모씨 같다는 생각이 들기는 했지만, 따지고 있을 틈이 없었다. 그 사이에 리히토와 이슈안은 소극장 안으로 숨어들어갔다.

작은 등불만이 켜져 있는 로비와 객석으로 통하는 문이 하나. 문은 잠겨 있어서, 무대 쪽으로 가는 깃을 찾아서 안으로 들어갔다.

"거기, 잠깐! 그쪽은 안 돼. 어디로 들어온 거야!"

도 다른 사람이 있었나. 경비로 보이는 다른 남자가 뒤쪽에서 뛰어 왔다.

키도 체격도 크고, 체중도 리히토의 두 배는 돼 보인다. 하지만 뭐, 이렇게 되면 당당하게 나가는 수밖에 없겠지.

"실례합니다. 관계자와 아는 사이입니다."

"관계자라니, 누구인데."

"각본 담당 미치바 쿄코입니다."

"미치바아?"

덩치 큰 경비의 눈이 휘둥그레졌다.

"극단 사람에게 확인하면 금방 알 수 있을 겁니다. 아이카와가 왔다고 전하면"

"아~ 이제 됐어. 알았으니까."

남자가 거창하게 손사래를 쳤다.

"왜 이렇게 현실과 망상을 구별할 줄 모르는 놈들이 많은 건지. 잘 들어? 넌 그냥 일반인. 시시하지만 평범한 일상을 살아가는 보통 사람.

그냥 흔한 사람. 수르야 메이아의 친구네 가리프 님의 전생의 색시네, 슬레이만 님의 다섯 번째 애첩이네, 그런 건 다 망상이야. 제발 부탁이니까 정신 좀 차려주겠어? 지금은 중요한 연습 중이라고."

이슈안이 경비의 무릎 뒤쪽을 걷어찼다. 근육도 뭣도 없는 곳이라서, 덩치 큰 남자가 간단히 쓰러졌다.

"아야! 뭐 하는 거야, 이 망할 년!"

"잔소리 하지 말고 안에 가서 물어보란 말이야. 용사 리히토가 『미치바 쿄코』를 만나러 왔다고. 한 글자도 틀리지 말고 복창! 자, 해봐!"

"이런 데 용사님이 계실 리가 없잖아! 바보 같은 소리 하지 말라고, 헛짓거리 그만 해!"

"이봐, 대체 무슨 일이야. 안쪽까지 다 들리잖아."

화가 나서 날카로운 소리를 지르는 경비의 절규를 듣고, 객석으로 통하는 문이 열렸다.

나타난 사람은 수염을 기른, 체구가 작은 남자다. 아마── 처음에 운을 띄우는 역할과 교회 신관 역할을 했었지. 단장인 토안 브루게.

무대 위에서는 완전히 노인처럼 보였는데, 이렇게 보니 의외로 젊다. 역시 연기자라고 해야 할까.

"아, 브루게 단장님! 정말 죄송합니다. 바로 쫓아내겠습니다."

"열렬한 손님 분인가?"

"손님은 손님인데, 머리가 이상한 손님입니다! 하필이면 자기가 용사 리히토라고 합니다──"

경비 사내는 의기양양하게 말했지만, 그 말을 들은 토안은 갑자기 얼굴에서 핏기가 사라지고 창백해졌다.

"——리히토, 아이카와——"

"단장님? 왜 그러십니까?"

"——아, 아니, 아, 아무것도 아니네. 그냥 좀 놀랐을 뿐이야."

"그, 그렇겠죠. 아무리 그래도 너무하죠. 하하하."

경비는 안심한 것처럼 웃었고, 당장은 몇 번이나 이마의 땀을 닦았다.

그 토안이 다시 한 번 리히토를 봤다.

갑자기 뭔가가 달라진 것처럼, 그 얼굴은 온화하고 동요한 기색도 보이지 않는다.

"손님. 항상 찾아와줘서 고마워. 우리 연극은 재미있었나? 그런데 가능하다면 도리를 지키면서 즐겨줬으면 좋겠는데 말이야. 댁보다 젊은 애들도 잘 지키고 있거든. 여기는 극단 관계자 외에는 들어오면 안 되는 곳이야. 보는 건 무대와 객석에서만 해주게나."

리히토는 말없이 허리에 차고 있던 칼을 뽑았다.

"뭐, 위, 위험! 위험인물——! 이봐, 나와——!"

경비의 말은 더 이상 귀에 들어오지 않았다.

"——이 검의 이름은 『파마의 성검』. 마신 아르고스를 봉인할 때도 썼습니다. 아는 사람이 본다면 진위를 판단할 수 있을 겁니다."

눈앞에 있는 토안의 시선은 자신의 발끝으로 향해 있는 장검의 날 끝과 그것을 가볍게 다루는 리히토의 얼굴, 그 사이를 번갈아가며 오가고 있다.

"월타미아 왕 에셀바하 2세로부터 하사받은 메달도 있습니다만, 그쪽도 보여드릴까요?"

계속 소리를 질러대던 경비의 당황한 목소리가, 서서히 다른 것으로 바뀌어갔다.

"……어, 서, 설마 진짜? 정말로, 진짜 용사 리히……."

"넌 잠깐 조용히 있어."

이슈안이 손으로 그 입을 막았다.

단장 토안은 변함없이 눈썹 하나 까딱하지 않았다. 하지만 천천히, 입 꼬리를 끌어 올렸다.

"——세상을 구하신 용사님이, 이런 변두리 소극장에 무슨 볼일이십니까."

"미치바 쿄코 씨를 만나게 해주세요. 따르지 않는 연가는 그 사람이 아니면 쓸 수 없는 각본입니다."

"어디, 미치바. 미치바…… 대체 무슨 소린지."

——시치미떼지 마.

격렬한 분노가 터지려는 것을 필사적으로 참았다.

"없다는 말씀이십니까."

"아쉽게도 들어본 적도 없어."

"그렇다면 각본을 쓴 사람을 데리고 오세요. 지금 당장."

"그게 꼭 누가 썼다고 할 수가 없어서 말입니다. 적봉좌 단원 일동이 다 같이 지혜를 짜내서 만든 연극——"

리히토는 칼을 한 번 휘둘렀다.

칼은 좁은 복도의 벽에 깊숙이 꽂혔고, 귀의 가죽을 살짝 베인 단장 토안 브루게는 그저 멍하니 서 있었다.

"저를 흔한 평론가와 똑같이 생각하지 마세요. 다시 한 번 묻겠습니다. 미치바 쿄코, 또는 따르지 않는 연가의 각본을 쓴 사람과 만나게 해주세요."

한 눈에 봐도 뻔한 거짓말을 하는 눈인데, 납득할 리가 없다.

"──이봐, 단장님한테 무슨 짓이야!"

뒤에서 여자의 날카로운 비명소리가 울렸다.

선명한 금발에 밝은 갈색 눈동자. 볼에는 주근깨가 있기는 하지만, 무대 위에서 여주인공 『줄리에타 아씨』를 연기했던 사람이다. 이름이 아마 수르야 메어. 그 소년도 심취했던 간판 여배우.

"당신 뭐 하는 거야. 위험한 사람이면 쫓아내라고! 우리가 돈을 얼마를 주고 있는데!"

경비에게 재촉했지만, 이미 공포에 사로잡혀서 움직이지 못하는 상태였다. 리히토가 칼을 뽑고 뒤를 돌아보다 토안이 신음소리를 냈다.

"수르야…… 왔다…… 용사다…… 용사 리히토가 왔다──"

"뭐."

수르야가 떨면서 두 손으로 입을 가렸다.

"설마…… 진, 짜……?"

"당신들은, 미치바와 같이 있었죠?"

이쪽이 묻자, 그녀는 포기한 것처럼 눈을 감았다.

"있었어! 그래서 어쨌다는 건데?"

될 대로 되라는 것 같은 긍정. 역시 그랬다.

──이 파나케이아로 날아왔다.

"지금 어디에 있습니까. 무사한가요, 그녀는."

"──키요는, 쿄코 미치바는, 바이얀 카야지의 별궁에 있어."

생각지도 못한 대답을 들은 리히토는 자기 귀를 의심했다.

"바이안……"

"이달 초── 아니, 지난달 말쯤부터. 어쩔 수 없었어. 다른 방법이 없었단 말이야. 키요만 그렇게 해주면 돈도 갚을 수 있고, 극단도 계속해나갈 수 있어. 따르지 않는 연가도 막 시작했을 때였으니까, 거기서 그만두는 건 키요도 바라지 않았을 거야."

잠깐만. 말은 그럴듯하지만, 한마디로.

"……팔았다는 말입니까. 그녀를."

"그러니까 어쩔 수 없는 일이었다고 했잖아! 돈이 모인 다음에, 무사하면 다시 사들일 수 있을지도 몰라!"

──웃기지 마!

발끈해서 때리려고 한 오른손을 막은 것은, 이슈안의 손이었다.

"그만둬. 때린 네가 자기혐오에 빠질 뿐이니까."

그래도 좋으니까 날 내버려두라고, 그런 말을 할 뻔했다.

도서실 한 켠에서 웃고 있던 쿄코의 얼굴이 떠올랐다. 아이카와 군이라고, 밝은 목소리로 이름을 불러주는 목소리다.

미치바──!

"내가 대신 할 테니까."

짜악. 수르야의 뺨을 때렸다.

크게 힘을 준 것 같지는 않지만, 맞은 수르야의 몸은 간단히 흔들렸다.

"……해선 안 될 말을 했다는 자각 정도는 하고 있겠지."

수르야는 맞은 뺨에 손을 얹은 채로 고개를 숙였다.

"아무리 밑바닥 인생이라도 동료를 파는 짓만은 절대로 하지 않는 놈들도 있어. 하지만 당신들은 그러지 않았어. 최소한『쿄코』는 동료가 아니었다는 뜻이겠지."

　"……맞아."

　수르야는 비웃는 것처럼 큰 목소리로 말했다.

　"정말로 아무것도 몰라서, 내가 챙겨주지 않으면 아무것도 못 하는 애였어. 언젠가 아이카와 군이랑 만나서 같이 돌아갈 거라고, 그런 소리만 했어. 난, 그런 일은 있을 리가 없다고, 마음속으로는 항상 바보 같다고 생각했어. 솔직히 상대는 오영웅에 용사라고. 이렇게 먼 데까지, 굳이 찾으러 올 리가 있겠냐고──"

　한편으로는, 고개 숙인 얼굴에 대고 있는 손가락 사이로, 눈물이 뚝뚝 떨어졌다.

　"왔어. 우리는."

　"가자, 리히토. 시간이 아까워."

　망설였지만, 그래도 왔다. 구해주러 왔다.

　이슈안이 시키는 대로, 리히토는 그 자리를 떠나기로 했다.

　그 등을 향해서,

　"그런데, 그래, 당신은, 왔구나. 일부러 찾으러 왔구나── 키요가 한 말은, 틀리지 않았어."

　갈라진 것 같은 목소리로, 그녀는 분명히 말했다.

　──고마워, 라고.

　뭔가 거룩한 구원이라도 받은 것처럼.

***

하셈 데라는 오랜만에 찾아온 티마니의 시내를 걷고 있었다.

심야의 번화가는 여전히 잡다한 냄새가 넘쳐나고 있다. 부족을 가리지 않고 사람, 새와 짐승, 전 세계의 요리에 쓰는 향신료, 달콤한 여자들의 분 냄새, 한 걸음 깊숙이 들어가면 피 냄새도.

골목길에 들어설 때마다 다른 냄새가 코를 자극해서, 하셈은 콧구멍을 벌렁거렸다. 엇갈리면서 지갑을 노리는 소매치기를 물리치는 것도 하나의 재미다.

'정말이지, 그 공작 아줌마도 참.'

이곳은 당신의 도시이기도 하지 않느냐고, 공작 깃털을 지닌 여자가 말했다. 말도 안 되는 농담을 다 했다.

분명히 이 티마니는 지도상으로는 아버지 가문의 영역에 들어가 있다. 하지만 하셈은 이름과 함께 그 가문에서 추방된 몸이다. 같이 쫓겨난 가족들과 함께, 아무런 권한도 없이.

그 대신 하셈을 거둬준 것은 다른 부족의 장군이었고, 하셈은 그 사람 때문에 하루하루를 살아가고 있다고 해도 되는 상황이다.

마침 급한 일이 있어서 도시에서 제일 가까운, 군 중동지부에 연락을 취하고 오는 길이다. 오가는데 하루가 꼬박 걸렸지만, 일단 의무는 다 했다.

'수장의 위대한 검이신 장군님. 이 개는 사냥감을 또 하나 찾아냈습니다요.'

검사 하셈의 일은 장군의『냄새 맡는 개』── 이런저런 조직에 다가

가서는 냄새를 맡아서 불온의 싹을 뜯어내는 것이 그 역할이다. 어디를 가도 싫어하는, 허울만 좋은 더러운 일이지만, 지금의 자신에게는 잘 어울리는 처우라고 생각한다.

수장의 친사로서 윌타미아에 파견됐던 부단장 우르바니. 그는 윌타미아의 대귀족과 손을 잡고, 오영웅을 이엔마르드 영내에서 죽이려고 생각했던 것 같다. 까딱하면 윌타미아와 외교 문제가 벌어질 위험성도 있는 일이었다. 용서할 수 없는 배신행위다.

"그나저나 중립 온건파인 우르바니 씨가 말이야…… 난 세름 가문의 혁신파 시마스 씨가 그런 줄 알았는데."

그 사람의 언동을 떠올렸다. 허락된다면 신직으로 돌아가서 사랑과 평화를 위해 기도하고 싶다고 했던 건 거짓말이었을까. 요즘 세상에 그만큼 출세 욕심이 없는 사람도 보기 힘든데.

하셈은 무기도 없는 척 하면서 계속 걸어갔다.

이곳 이엔마르드는 처음부터 부족들이 모여서 만든 나라다. 마치 누더기를 이어붙여 만든 인형이, 떨어져나가려는 팔다리를 흔들면서 걸어가는 것 같은 모양이다. 대국 윌타미아를 부러워하면서도 삼도의 세 가문이 서로를 감시하고 견제하며, 수장조차도 확실한 지위는 아니다. 재위 중에 언제 실책을 저지르는지 호시탐탐 노리고 있는, 그런 세상이다.

우르바니는 그런 세상에 등을 돌리려는 것처럼 싸움을 싫어하고, 사랑과 이상을 말했었다——.

'아니—— 윌타미아의 로그와이어 경도, 세상과 동떨어졌다는 점에서는 비슷한 사람이었는데 말이야.'

오히려 사고방식은 정 반대였는지도 모른다. 이 사건에 관해서는 현세의 욕심에 집착이 없는 사람일수록 끌리는 법이다. 거기에——해명의 열쇠가 있을까?

생각하는 사이에, 하셈은 목적지에 도달했다.

이 도시에서 거점으로 빌리고 있는 여관이다. 여성과 아이도 같이 있는 상황이다보니, 너무 싼 곳을 이용할 수는 없었다. 청결과 안전을 중시한 제대로 된 여관이다.

이미 다들 잠들었을 거라고 생각했는데, 길 건너편에서 눈에 익은 네 명이 다가오는 모습이 보였다.

선두에서 걷는 사람은 굳은 표정의 이국 소년.

'이국이랄까, 이세계?'

이 세계와 아무런 상관도 없는, 진정한 트릭스터. 용감한 무명의 용사.

하지만 아쉽게도. 즐거운 연극을 보고 왔을 텐데, 그다지 즐거운 결과는 아니었던 것 같다.

   * * *

연극이 끝나고, 객석이 엄청나게 들끓었던 것을 기억하고 있다.

자기 자리에서 일어나는 사람들은 하나같이 만족한 얼굴로, 지금 막 끝난 연극의 감상을 말하고 있었다. 그 장면이 재미있었다, 배우의 어디어디가 좋았다.

하지만 그 연극을 같이 만든 소녀는, 이미 동료들에게 배신당하고 쫓겨나버렸다. 이런 공허한 이야기가 또 있을까.

'바이얀 카야지.'

수르야는 지난 달 부터라고 말했다. 이쪽 역법으로 따지면, 실질적으로 며칠이지? 무사하려나──

"이봐, 리히토!"

등을 얻어맞고, 리히토는 정신을 차렸다.

눈앞에는 이슈안과 토토와 우르스라가 있었고, 그리고 하셈도 합류했다.

"아무튼 어디 있는지는 알았어. 한 걸음 전진이잖아."

이슈안이 격려해주려고 하는 건 알겠다.

"대체 무슨 일이 있었는지, 자세한 얘기는 여관 안에서 들어보도록 할까요."

하셈도 그렇게 말하자 리히토는 고개를 끄덕였다. 그렇게 해서 다섯 명이 다 같이, 넓은 쪽인 3인실에 모였다. 여기서 다시 한 번 사정을 이야기했다.

토토가 주먹을 꽉 쥐고 원통해했다.

"세상에, 팔았다니…… 너무해, 너무해, 너무해. 정말 너무해요. 왜 그 자리에서 혼쭐을 내주지 않은 건가요, 리히토 님!"

"내가 하지 말라고 했어. 그런 건 화를 내봤자 소용없는 일이야."

"아아아아, 그 좋은 성격이 너무 얄미워요, 두 사람 다!"

"──내가 알고 싶은 건, 바이얀 카야지가 어떤 사람인가 하는 점이야. 미치바를 돌려줄 사람이려나."

예비지식도 없다보니 대책을 세울 방법도 없다.

그가 소유한 별궁 자체는 이스메트 호숫가의 휴양지에 있고, 티마니 시내에서 그리 멀리 떨어지지 않았다고 들었다.

"토토와 하셈 씨는, 뭔가 알고 계시나요?"

"그야 뭐, 알고 자시고 말이죠."

이쪽의 질문에, 이야기를 다 들은 하셈이 거창하게 어깨를 으쓱거렸다.

"하지, 세넬, 카야지. 베즈나야를 멸망시키고 이엔마르드를 건국한 세 부족의 수장. 건국 삼도 중에 하나, 명문 카야지 가문의 황자님이지요."

"맞아요. 붉은 사자 깃발을 쓰는, 명문 중에 명문이에요. 현 정권의 수장은 카야지 가문의 당주가 맡고 있어요. 바이얀 황자는 단주의 첫째 자식이고, 소문을 들어보면, 그러니까──"

"그러니까?"

"일명『질리는 사자』. 요란하고 노는 걸 좋아한다. 대책 없는 망나니 아들이라는 평판이지요. 측실이 낳은 제2황자 쪽이 우수하다는 얘기까지 있을 지경입니다."

절망적인 이야기를 들은 것 같은 기분이 든다.

리히토는 주먹을 꽉 쥐고 입술을 깨물었다.

"뭐~ 이 상황에 인신매매라니, 여전히 유쾌하고 즐겁게 살고 계시는 것 같네요, 카야지네 도련님은. 아버지 명령으로 하미타드를 평정하러 가야 하는 것 아니었나요? 대체 어떻게 된 걸까요."

"죄송해요── 잠깐 별궁에 다녀올게요!"

"자, 자. 진정합시다 영웅님. 서두르는 건 좋지 않아요, 서두르는 건."

침대에서 일어나려고 한 리히토의 어깨를, 하셈이 눌러서 말렸다.

"하지만 하셈 씨——"

"반대로 생각해보면, 장난감 하나에 집착하지 않은 성격이라고도 할 수 있어요. 카야지네 질리는 사자는. 대화의 여지는 있지 않을까요. 돈이라면 있겠죠? 마신 퇴치 보상금이라든지."

"그건."

"있다는 거죠? 그럼 됐고요."

그런 애매모호한 희망에 매달릴 만큼, 리히토도 여유가 없었다.

가능하다면 지금 당장이라도 칼을 들고 쿄코를 구하러 쳐들어가고 싶은 심정이었다. 일 분 일 초라도 빨리.

"잡힐 게 뻔한 짓은 안 했으면 싶거든요. 바이얀 황자한테 서면으로 제안하시겠다면, 제가 한 장 써드릴 테니까요."

"뭐요—— 하셈 씨가요."

"그래요. 솔직히 당신, 읽고 쓰기는 전혀 못 한다고 했잖아요. 그렇다면 제가 차라리 낫겠죠."

나은지 마는지 그런 문제가 아닌데.

엄청난 소리를 했다는 자각도 없는 건지, 하셈은 아무렇지도 않은 표정이다.

"카야지 가문과 연이 있는 사람이라면 몇 번쯤 만난 적도 있으니까요. 잘 먹히는 쪽이 좋겠죠."

"헉."

"그럼, 잠깐 준비라도 하고 오겠습니다. 잠시 실례할게요."

안녕, 안녕 하며 손을 흔들고, 평소처럼 건들거리는 걸음걸이로 방에서 나갔다

리히토는 반쯤 넋이 나간 채로 생각했다. 저 남자는 대체 뭐 하는 사람인 거지.

"……저 사람은, 대체 뭐 하는 사람인가요."

우르스라가 조심스러우면서도 정말 모르겠다는 말투로 중얼거렸다.

내가 묻고 싶을 지경이다.

다른 두 사람도 확실한 대답은 없다.

"글쎄…… 나도 자세한 건, 거의 몰라. 이엔마르드 군 관계자 같다는 얘기는 들었는데."

"아무튼, 엉터리고 밝은 세상에서 돌아다닐 수 없는 직업인 건 틀림이 없어요."

"난 어느 가문의 황자라고 들었는데."

이슈안으로부터 충격적인 고백.

"아, 아니, 그건 아무래도 좀."

"저한테는 훼방꾼이라고 했습니다."

우르스라가 더 충격적인 고백.

"그거야!"

"그거예요!"

뭔가 납득했다는 것처럼, 이슈안과 토토가 동시에 말했다.

"그래. 그걸로 가자. 그게 좋겠네. 직업, 훼방꾼."

"속이 후련해지는 결론이군요."

그걸로 괜찮은 건가.

복도 저편에서, 하셈의 거대한 재채기 소리가 들려왔다.

──아무튼, 별궁에 보낸 편지가 올 때까지 경솔하게 움직일 수 없게 된 건 분명했다.

그 뒤로는 여관을 거점으로 삼아서 각자 시간을 보내기로 했다. 리히토는 기본적으로 여관 밖으로 나가지 않았다.

"──뭐야 리히토. 또 혼자 있어?"

이슈안이 남자 방에 들어와서 말했다.

리히토는 창가에서 칼을 손질하고 있었다.

"응. 하셈 씨는 한 잔 하러 갔다 온대."

"넌 아무데도 안 가도 되겠어?"

"괜찮아. 딱히 억지로 움직일 필요는 없잖아."

소집하면 바로 움직일 수 있게 대기하고 싶은데, 이슈안은 그게 마음에 안 드는 것 같았다.

"아~ 진짜 재미없는 녀석이네! 할 일이 없으면 나랑 같이 가자!"

"저기, 이슈안!"

어째선지 뒷덜미를 붙잡고, 억지로 여관 밖으로 끌고 나갔다.

"토토는 헌책방에 갔어! 우르스라는 교회에 진찰 받으러 갔고! 다들 좋아하는 일을 하고 있단 말이야. 우리도 놀자."

"놀자니."

도저히 그런 기분이 아닌데.

이슈안이 이쪽을 봤다. 의외로 진지한 표정이었다.

"상업도시에 와서 그런 바자도 안 보다니, 바보 아니야?"

"……바보인가."

"그래, 바보야. 왕도에 가서 왕궁을 안 보는 것만큼 바보야. 난 어제도 보러 갔는데, 너무 커서 거의 돌아보지도 못했다니까."

"큰일이네."

"그래, 큰일이야. 처음부터 한참 뒤처져서 정말 큰일이야. 그러니까 너도 가자. 바보를 만회하기 위해서. 주로 날 위해서."

도무지 알 수 없는 이유다.

"──알았어, 이슈안. 같이 갈게……."

"좋았어."

이슈안은 만족스레 고개를 끄덕인 뒤에 살짝 웃었다.

"넌 정말이지, 남을 위해서만 움직이는구나."

"……무슨 뜻이야?"

"항상 누군가를 도와줄 생각만 하고 있어. 우르스라라든지 쿄코라든지. 아까까지 쿄코 생각을 하더니 지금은 또 내 생각이야. 이렇게 시시한 부탁인데도."

그게 자기 입으로 할 말인가. 리히토는 살짝 발끈할 뻔 했다.

"그런데 말이야 리히토, 조금만, 아주 조금만 알아둬. 누군가를 돕고 싶어 하는 널 돕고 싶다고 생각하는 사람도, 여기 있다는 걸."

──내 얘기야.

갑자기 날아온 말에, 리히토는 대답할 말을 잃었다.

이슈안은 멍하니 서 있는 리히토를 보고 수치심이 치밀어 올라온 것 같았다. 얼굴이 확, 하고 새빨개져서는 등을 돌렸다.

"그, 그런 얘기니까. 가자, 리히토!"

평소보다 빨리 걸어가는 이슈안을 서둘러 따라갔다.

심장이 거세게 뛰는 건, 그것 때문── 만일까.

문제의 그란 바자는 이슈안이 말한 대로 압권이었다.

지붕이 달린 장외 상점가에 둘러싸인 모양으로 광대한 돌바닥이 깔린 광장이 있고, 그곳에 다양한 행상인이 가게를 차리는 그란 바자를 이루고 있었다.

'……규모가 차원이 다른 벼룩시장 같은 느낌이네.'

대충 보니 바닥에 돗자리만 깔아놓은 간소한 가게부터, 직접 천막을 치거나 마차까지 세워놓은 대형 상점도 존재했다.

팔고 있는 물건들도 다양해서, 식품부터 무기와 방어구, 장식품에 이르기까지 정말 다양했다.

"어제는 북쪽까지 봤으니까, 오늘은 남쪽이야."

"뭐 갖고 싶은 거라도 있어?"

"딱히 없어. 하지만 찾을 거야!"

손가락에서 뿌득뿌득 소리를 내며, 진지하게 불타오르는 눈빛. 언제 어느 때건 호기심을 채우는 것은 잊어버리지 않는 것 같다.

"……OK. 짐꾼이든 뭐든 해드리겠습니다 이슈안 님. 바보를 만회하게 해주세요."

"새 장비를 발견할 수도 있잖아. 힘내라고."

솔직히 말해서, 파마의 성검 이외의 칼이 갖고 싶다는 건, 아무래도 너무 욕심이 과한 걸까.

"그런데 말이야, 리히토."

"응?"

"미궁에서 보물을 찾는 것도 좋지만, 이렇게 파는 입장이 돼서 큰돈을 버는 것도 재미있을 것 같은데."

이슈안은 가게들의 떠들썩한 흥정하는 소리를 들으면, 눈을 가늘게 뜨고서 그렇게 말했다.

동요가 얼굴에 드러나지 않도록, 최대한 자연스럽게 대답했다.

"……괜찮지 않겠어? 잘 어울릴 것 같은데."

"기왕이면 뭘 팔면 좋을까. 부모님이 하던 농장이라도 다시 시작할까. 포도를 재배하고 술을 만들어서 말이야, 시내에 가서 파는 거야."

"치즈와 햄도 세트로 팔면 좋겠네."

"마을 놈들도 잔뜩 고용해서 말이지."

"회사 이름이 필요하겠는데."

"그야 물론이지."

""트롤 상회.""

동시에 말했다.

노점 사이에서, 이슈안이 깜짝 놀란 것처럼 눈이 휘둥그레졌다.

"……뭐, 뭐야. 혹시 전에 말한 적 있었어?"

"아니, 우연이야."

그리운 그 날들에, 지금의 이슈안이 겹쳐졌다. 그런 기적을 믿고 싶어졌다.

시시한 대화를 질기는 것도 좋으려나. 그 날들이 좋았다는 마음을,

혼자서 끌어안지 않아도 괜찮을까.

"그래. 그럼 됐고."

이슈안은 그렇게 받아들이고 다시 걸어가기 시작했다.

다시 멈춰선 곳은 어느 노점 앞이었다.

음식점 구역을 빠져나온 직후. 자잘한 장식품을 파는 곳이었다.

보석 같은 비싼 것들은 별로 없고, 칠보나 거울을 끼워 넣은 은이나 천으로 만든 소품이 메인인 것 같다. 작은 세공품이 돗자리 한가득 진열돼 있는 모습을 보니, 과자 상자를 뒤집어서 쏟아놓은 것처럼 들뜬 시분이 들었다.

세공품을 열심히 보고 있는 이슈안의 파란 눈은, 조금 의외일 정도였다.

"갖고 싶어?"

"사 주라고, 형씨! 남자다운 모습을 보여줘야지!"

무섭게 생긴 주인이, 놀리는 것 같은 목소리로 말했다. 얼굴이 뜨거워지는 게 느껴졌다.

"조, 좋아 이슈안. 신세도 많이 졌으니까, 하나쯤 사줄――"

"――이거, 우르스라한테 어울릴 것 같지 않아?"

이슈안이 이쪽을 보며 말했다.

그렇게 말한 이슈안의 손에는 은세공 귀걸이가 들려 있었다. 보석 대신 보라색 칠보를 사용했다.

"가끔은 뭐라도 사줘야지. 색시잖아?"

장난스레 웃었다. 그렇게 놀리는 말투 또한 이슈안 트롤 답다고 할 수 있었다.

리히토는 쓸쓸하게 웃으면서 한숨을 쉬었고, 품에서 지갑을 꺼냈다.

"오, 고맙습니다 형씨!"

"그리고, 색이 다른 걸로 이거랑 이거랑 이거."

"더더욱 감사합니다요~!"

주인은 해태 같은 얼굴로 활짝 웃으면서 상품을 건네줬다.

이슈안은 멍한 정도를 넘어서 새파랗게 질린 얼굴이었다.

"……괘, 괜찮겠어 그렇게 잔뜩 사고. 아니 뭐, 사주라고 말한 건 나지만. 그렇게 많이? 우르스라를 그렇게……."

"응. 전부 사주고 싶으니까."

"전부?"

리히토는 그 자리에서 종이봉투를 열고, 지금 산 귀걸이를 손바닥에 올려놨다.

"보라색은 우르스라. 빨간 건 이슈안. 자."

"뭐, 나한테?"

"녹색은 토토, 노란 색은—— 하셈 씨."

"리히토——!"

"농담이야."

바로 말을 바꿨다.

"그, 그렇구나. 농담이구나."

"응, 미치바한테 줄까 싶어서."

이슈안이 정신이 번쩍 든 것 같은 얼굴로 이쪽을 봤다. 리히토는 고개를 끄덕였다.

"──미치바를 만나면, 줄 거야."

그래서 자신은 앞으로 나아가야만 한다. 그것은 결의 표명이기도 했다.

둘이서 여관으로 돌아왔더니, 마침 별궁에서 답장이 도착했다.

꼭 만나서 이야기하고 싶다고, 바이얀 카야지의 이름이 적혀 있었다.

SIDE
RIHITO

【4】
탈
환
하
라

티마니는 사막의 오아시스인 이스메트 호수를 중심으로 발전했다.

호수 북서쪽에 상업지구와 행정지구가 있고, 그곳에서 떨어진 호숫가에는 부유층의 별장이나 별궁들이 줄지어 있는 휴양지로서 인기가 있었다.

첫 번째 태양이 사막 너머로 사라져갈 무렵, 리히토 일행은 바이얀 카야지의 별궁에 도착했다.

"진~짜 돈이 남아도네보네."

"······썩어도 삼도, 군요."

너무나 호화찬란한 모습에, 토토가 살짝 질렸다는 기색을 보였다.

네 개의 탑이 부지 사방을 지키고, 중앙에 있는 지붕은 황금색으로 빛나는 양파 모양. 규모는 남부에 있는 카야지 가문의 성이나 수장이 있는 바젤의 대궁전에는 한참 못 미치지만, 이엔마르드의 전통적인 건축양식에 따라서 지었다는 것 같다. 그런 장엄한 건물을 둘러싸고 있는 것 같은 정원에는 색색의 꽃들이 흐드러지게 피었고, 호수에서 물을 끌어온 분수가 끊임없이 무지개를 만들고 있다.

다시 말한다. 여기는 사막이다.

"그러네요── 그럼, 가볼까."

"우와, 저 풍경이 아무렇지도 않아?"

"가만히 있을 수도 없잖아."

"사실은 영웅님이, 이 중에서 제일 직선적인 타입이 아닐까요."

약간 피곤한 기색이 느껴지는 목소리로, 하셈이 하늘을 우러러 봤다.

"피곤하면 쉬고 계세요. 거기, 그늘이니까."

"노인네 취급하면 상처 받습니다."

그렇다면 그냥 조용히 있어줬으면 좋겠다고 생각했다.

그렇게 해서 들어간 별궁 내부는 한층 호화로웠다.

자재로 사용한 돌이라는 돌들은 하나같이 병적인 수준으로 연마해 놨고, 곳곳에서 눈부시게 빛나는 황금색. 공주님처럼 화려한 옷을 입은 시녀들이 통로 좌우에 엎드려 있다.

홀 중앙에서 리히토를 맞이한 사람은 하이달과 비슷한 또래의 남자였다.

"──잘 오셨습니다. 환영합니다, 용사 리히토."

하지만 이 이엔마르드 사람은 키가 작고, 체격이 좋고, 얼굴이 둥근데다 눈이 커다란, 하이델과 정 반대의 인상이다. 싱글싱글 웃는 붙임성 좋은 표정은 똑같았고, 악수를 나눈 손은 두툼하고 체온이 높았다.

"처음 뵙겠습니다. 바이얀 황자."

"이런, 죄송합니다. 저는 황자님의 감시역입니다. 아르멧소라고 불러 주십시오."

"──아, 그렇군요. 죄송합니다, 착각했습니다."

"무슨 말씀. 잘 오셨습니다── 찾으시는 분이 계시다고요."

"예. 그렇습니다. 이름은 미치바 코코. 저와 똑같이 검은 머리카락과 검은 눈이고, 나이도 같은 또래. 여기에 와 있다고 들었습니다."

"그렇군요. 분명히, 지난달부터 본 별궁에서 맡고 있는 아가씨가 틀림이 없습니다."

──드디어!

드디어 도착했다고, 승리 포즈를 취하고 싶을 정도였다.

"일단 황자님을 뵙고, 다시 한 번 사정을 이야기하시는 것이 좋을 것 같습니다."

"그럴 생각입니다. 미치바는 뭔가가 잘못돼서 이쪽 세계로 와버렸을 뿐입니다."

"예, 알겠습니다. 이쪽으로 오시지요."

아르멧소는 고개를 끄덕이고는 리히토 일행을 별궁 안쪽으로 안내했다.

"이봐, 아저씨. 코코는 지금 어디에 있어?"

"서쪽의 보물전입니다. 다치지는 않았으니, 그 점에 대해서는 안심하십시오."

"좋았어. 잘 됐네 리히토."

"응."

이제 황자를 설득하기만 하면 된다.

그 의욕을 느꼈는지, 아르멧소가 걸어가면서 리히토 옆으로 붙었다.

"일단 바이얀 님을 뵙는 것이 우선입니다만—— 만약에, 만에 하나라는 경우가 있습니다."

의미심장하게 말을 끊었다.

"……만에 하나의 경우, 말인가요."

"예. 만에 하나입니다. 만약 황자님이 쿄코 미치바 님을 포기하지 않겠다고 하신다면, 나중에 제게 말씀해 주십시오. 조용히, 탈출할 방법을 준비할 수도 있습니다."

"예?"

순간, 리히토는 자기 귀를 의심했다.

감시역이라는 아르멧소는 얼핏 보면 싱글싱글 붙임성 있는 표정을 짓고 있지만, 자세히 보면 그 커다란 전혀 웃고 있지 않았다. 전혀라고 해도 될 정도로.

——진심이다.

"……그래도, 되는 건가요?"

더 소리 죽여 말했다. 일단은 자신의 주군을 배신하겠다는 고백이다. 아르멧소는 고개를 크게 끄덕였다.

"예. 제 입장은 아주 잘 알고 있습니다. 어쩔 수 없는 일이지요."

"……이유를 여쭤 봐도 될까요."

"제 주군이 더 이상, 쓸데없는 여흥에 빠져서 공무를 무시하는 일을 그만 두게 하는 것 또한 제가 할 일입니다."

아르멧소는 한숨을 쉬었다.

"잘 알고 계시리라 생각합니다만, 이번 하미타드 원정은 소행에 불안한 점이 있는 바이얀 님에게 맡겨진 최후의 요새이기도 합니다. 아무리 아버님이 현재의 수장이시라고 해도, 그 지위도 굳건한 것은 아닙니다. 따르지 않는 자들이 사는 하미타드의 완전한 편정은, 역대 수장들도 성취하지 못했던 일대 사업. 만약 실패하면 수장 자신도 하지 가문이나 세넬 가문 일파의 공격을 받을 것이 분명합니다. 그런데 명령받은 원정조차도 방치하고 별궁에 있다는 소식이 귀에 들어가면, 이번에야말로 부군은 바이얀 님을 용서하지 않으실 것입니다. 동생 분이신 루탄 님이 후계자가 되는 것도 시간문제. 그렇기 때문입니다."

감시역은 다시 한 번 리히토의 얼굴을 봤다. 그 눈은 진지하고 뜨거웠다.

"당신의 등장은 제게 있어서도 좋은 기회입니다. 여신님의 구원이라고도 생각합니다."

"아르멧소 씨……."

"제 도움 따위는, 필요 없기를 바랍니다. 부디 여신님의 자비가 그대와 함께 하시기를."

그렇게 말하고 기도하는 동작을 한—— 그때였다.

"——호오. 그런 짓을 꾸미고 있었나. 아르멧소여."

목소리는 리히토 일행의 『머리 위』에서 들려왔다.

계단 난간에 앉아 있던 젊은이가, 황금 잔을 흔들면서 1층에 있는 리히토 일행을 내려다보고 있었다.

"바, 바이얀 님! 침소에 계신 것이 아니셨습니까."

"이 바이얀, 신하의 꿍꿍이를 간파하지 못할 만큼 얼간이는 아니다. 이 발칙한 놈."

나이는, 아마도 스무 살 전후려나.

호화로운 자수가 들어간 웃옷 앞섶을 풀어 헤치고, 머리에 거는 천은 수건처럼 목에 걸었고, 빨간 머리카락은 마치 사자 갈기처럼 헝클어져 있다.

그를 낳은 왕비의 의모를 상상하게 하는 섬세한 얼굴이지만, 눈빛에는 어린아이 같은 강한 고집도 엿보였다.

"너란 자는, 주인의 허가도 없이 비보를 빼돌릴 셈이냐? 이 별궁의 주인은 바이얀 카야지다. 아버지도 루탄도 아니다."

"알고 있습니다. 하지만, 이제 그만 본래의 공무로 돌아가셨으면 하는 마음에."

"닥쳐라. 아무도 나한테 그런 소리를 할 수 없다. 상대가 용사라 해도, 『냄새 맡는 개』하셈 데라라고 해도 말이다!"

"도련님!"

"용사 리히토여. 들리는가!"

바이얀은 손에 들고 있는 잔의 술을 마셨다.

눈이 마주친 황자의 눈빛이 훨씬 사납고 날카로워졌다.

"마신을 봉인할 때 예의도 같이 봉인한 것 같군. 이런 값싼 거래에 응하기를 바라다니. 쿄코 미치바는 이 바이얀이 돈을 지불하고 사들인 이야기꾼. 희소한 소리로 우는 새다. 무슨 소리를 하건 이 손에서 놓을 생각은 없다!"

"──그래도!"

그걸 어떻게든 해달라는 말을 하려고 여기까지 온 것이다.

"실례되는 짓을 했다면 사과드리겠습니다, 바이얀 황자. 하지만 어떻게든 생각을 바꿔주실 수는 없겠습니까. 그녀에게는 고향에 가족도 친구도 있습니다. 지구로 돌아가게 해주고 싶습니다."

리히토의 필사적인 호소에, 아르멧소도 가세했다.

"그렇습니다 도련님. 매일매일 울기만 하는 궁상맞은 계집에게 집착하신다면, 다른 형제들과 가신들의 실소를 살 것입니다. 이대로는 부군의 입장까지──"

"시끄럽다, 닥치라고 했을 텐데!"

바이얀이 화를 내며 오른손의 잔을 던졌다.

빨간 포도주가 들어 있는 잔이 1층 바닥에 떨어졌고, 큰 소리가 울렸다. 내용물은 대부분 아르멧소가 뒤집어썼다. 그래도 바이얀의 화는 가라앉이 않았다.

"누가 뭐라고 하건, 이 결정은 번복할 수 없다! 절대로!"

"바이얀 님!"

"경비병! 아르멧소를 데려가라! 내가 됐다고 할 때까지 방에서 나오지 못하게 해라!"

말없이 몸을 돌리고, 별궁 안쪽으로 사라져버렸다.

"바이얀 님, 도련님, 기다려 주십시오!"

아르멧소는 다가온 경비병에게 두 팔을 붙잡히면서도, 계속 같은 소리를 외쳤다.

──교섭, 결렬이다.

"······힘드네, 이거."

리히토 뒤쪽에서 이슈안이 작은 소리로 중얼거렸다. 그 말이 맞다고 할 수밖에 없는 상황이었다.

교섭은 멋지게 결렬되고, 별궁에서 티마니 시가지로 돌아오는 길에
—— 리히토 일행은 낮에 있었던 일을 생각했다.

바이얀의 명령으로 방에서 근신하게 됐지만, 아르멧소는 계속 사죄했다.

『죄송합니다. 바이얀 님은······ 도련님은, 정말 외로운 분이십니다. 정실의 장자로 태어나셨지만 그 어머님이 일찌감치 돌아가시고, 측실이 낳은 동생 분과의 관계 때문에 고심하시고. 있을 곳이 없다고 생각하셨겠지요. 그래서 더더욱 분방하게 행동하시는 것입니다.』

하지만 그 『분방한 행동』에 휘둘린 결과, 어떻게 됐는가. 쿄코의 신병은 넘기지 못하겠다는 결론이 나오고 말았다. 납득할 수가 없었다.

지금은 자다 깨서 기분이 나쁘다. 시간이 지난 뒤에 다시 한 번 달래보겠다고, 아르멧소는 그렇게 말했다. 하지만, 정말로 다음이 있는 걸까. 리히토는 자신이 없었다.

방에서 근신하는 아르멧소가 뒤에서 손을 써주기를 기대하는 것도 힘들겠지.

정말로 정공법으로 설득할 수 있을까, 그 말도 안 되는 폭군을.

"아~ 잠깐만요 영웅님. 당신 지금 뭔가 이상한 생각 하는 건 아닌가요."

성검을 만지작대면서 생각에 잠겨 있는데, 옆에서 하셈이 끼어들

었다.

"일단 말이죠, 황사님과 칼부림은 자제해 주세요. 저 꼴이라도 카야지의 후계자고, 이쪽 이름을 대고 만났으니까요. 까딱하면 외교 문제가 될 수 있습니다. 제 목도 뿅~ 하고 날아가요."

그런 것도── 알고 있다.

'그럼 대체 어떻게 하라는 거야.'

이대로 조용히 물러나면, 쿄코는 평생 저 별궁 안에 갇혀 있게 된다. 그걸 받아들일 수 있을까.

"──어떻게 그러겠어……."

자기도 모르게 혼잣말이 흘러나왔다. 악물고 있던 어금니에서, 쇠 맛 같은 것이 느껴졌다.

기껏 여기까지 와서. 눈앞에 본인이 있다는 걸 알았는데.

어떻게── 포기하겠어.

"저기 말이야."

그대로 뒤를 돌아서 별궁으로 뛰어갈까 생각한 순간, 갑자기 뒤쪽에서 이슈안이 말했다.

이슈안은 왠지 떨떠름해 보이는 표정으로 볼을 긁으며, "내가 생각해봤는데 말이야"라고 말했다.

그 귀에는 리히토가 사준 빨간 귀걸이가 달려 있었다.

"……뭔데?"

"응. 여기서 내가 별궁에 숨어 들어서 말이야, 『쿄코』만 훔쳐서 나오는 건 어떨까?"

엄지손가락으로, 아직 뒤쪽에 보이는 별궁을 가리키는 이슈안.

'——뭐.'

리히토는 놀라서 굳어져버렸다.

"너 혼자서?"

"그래, 혼자서. 아까 들어가 보고 건물 배치와 경비들 분위기는 대충 봐뒀으니까, 할 수 있을 것 같은데. 어때?"

——동서고금에 《도적》이 하는 일은 희귀한 보물을 훔치는 것이라고 한다.

***

싸움은 금지. 돌려받는 것도 무리라면, 훔치면 된다.

이슈안 트롤이 내린 결론은 아주 명쾌했다.

'뭐, 그렇게 말하면 반박할 방법이 없을지도 모르겠네.'

그래도 그런 결론에 도달하는 사람은 그렇게 많지 않을 것 같다. 역시 도적은 독특한 인종이다.

한밤중의 이스메트 호수에, 가느다란 초승달이 비쳤다. 잔잔한 수면에는 조각배도 한 척 없다.

호숫가에 세워져 있는 별궁 부지에서 비교적 큰 새가 한 마리, 달을 가로지르는 것처럼 날아가는 것이 보였다.

"이런 시간에도 날아다니네……."

야행성 맹금류려나. 아니면, 새가 밤눈이 어둡다는 건 지구에서만?

리히토가 뒤를 돌아봤더니, 마침 우르스라가 그 별궁 외벽을 향해서 거미줄을 뻗고 있었다.

여전히 재주도 좋은 소녀다. 마술을 쓰는 것도 아닌데 마법처럼 보인다.

"잘 하네, 항상 생각하는 거지만."

리히토가 말을 걸자, 우르스라는 뒤도 돌아보지 않고 고개를 끄덕였다.

"조금만 있으면 다 됩니다. 기다려주세요."

"서두르지 않아도 되니까."

"예, 리히토."

진지하게 손가락을 움직여서 실을 조작하는 옆얼굴에도 보라색 귀걸이가 달려 있었다.

선물이라고 줬는데, 우르스라는 너무 미안해하면서 쉽사리 착용하질 않았다. 이슈안과 토토가 똑같은 디자인의 귀걸이를 달고 다니게 되자, 그제야 뒤늦게 우르스라의 얼굴 주변을 장식하게 됐다.

이슈안이 생각한대로, 이 귀걸이의 디자인이 제일 잘 어울리는 건 우르스라인지도 모르겠다.

그리고 이슈안과 다른 사람들은 옆에서 마지막 확인을 하느라 여념이 없다.

"──알겠죠 이슈안 님, 준비는 다 되셨나요."

"그래, 언제든 좋아."

여기저기 관절을 풀어주면서, 이슈안이 토토에게 대답했다. 낮과 달리 강한 햇살도 없어지는 밤이면, 이슈안의 생기와 활력이 더욱 강해지는 것 같은 기분이 든다.

리히토도 하는 김에 마지막으로 한 마디 말하기로 했다.

"신중하게 해, 이슈안."

"당연하지."

"전투는 최대한 피하고. 위험하다 싶으면 바로 도망쳐."

"알았다니까. 난 네가 아니라고."

"……부탁할게."

"나한테 맡겨, 리히토. 쿄코를 데리고 올 테니까."

막상 입이 열렸더니 한 마디로 끝나지 않았다.

아직도 할 말이 있는 것 같은 리히토를 보며, 이슈안이 씁쓸하게 웃었다. 대책 없는 녀석이라는 것처럼.

"남을 돕는 널 돕는 건 나잖아.'

"──다 됐습니다. 이슈안 씨."

우르스라가 말했다. 실이 완성된 것 같다.

"그래, 알았어. 바로 갈게."

이슈안은 우르스라에게 대답하고, 마지막으로 리히토의 어깨를 두드렸다.

"그럼, 리히토. 잠깐 갔다 올게."

"조심하고."

이슈안은 고개를 끄덕이고, 금색 머리카락을 휘날리며, 유연한 몸이 풀밭을 달려갔다. 우르스라가 지면에서 외벽 위쪽까지 뻗어놓은 가늘고 가는 거미줄 위를, 아주 간단히 달려 올라갔다.

중간에 우르스라가 두 손을 들어 올렸다. 손끝과 이어진 줄이 파도처럼 출렁였고, 이슈안은 더 크게 도약했다.

마치 트램폴린처럼.

"천상으로 가는 계단이군요."

허셈이 보다 시적인 표현으로 중얼거렸다. 그 순간, 이슈안의 몸이 벽 안쪽으로 사라졌다.

호반의 별궁은, 밤의 밑바닥에서 기분 나쁜 침묵을 유지하고 있다.

***

이슈안 트롤은 별궁 서쪽 건물 지붕 위에 착지했다.

'좋았어.'

우르스라의 거미줄은 의외로 편리했다. 가늘면서도 내구력이 있고, 소리도 나지 않는다. 앵커 건처럼 벽에 흠집을 내지도 않고.

"……음, 정말 좋은데. 다음에 만드는 방법을 배워볼까…… 하지만 이것저것 챙기면서 키워야 하니까 말이야."

어쨌거나 잠입 성공. 목적은『보물』의 탈환이다.

오랜만에 도적다운 일을 하게 될 것 같다.

별궁 정원에는 경비병이 서 있고, 개도 풀어났다. 지붕에 내려선 이슈안은 아직 들키지 않았다. 그들이 정원으로 침입자를 경계하는 동안, 지붕을 타고 지붕 안으로 숨어 들어갔다.

'분명히―― 혼자서 닫혀 있다고 했었지.'

스킬《엿듣기》를 발동하며, 벽 너머에 있는 생명의 기척을 찾았다.

서쪽 건물은 아르멧소가 말한 대로 기본적으로는 미술품 등을 넣어두는 보물고 역할을 하는 것 같다. 어느 방이건 그림과 갑옷, 골동품 등이 진열돼 있고, 침소로 쓰는 사람은 거의 없는 것 같다. 밖에 있는 경비병 외에는 사람 기척은 거의 느껴지지 않았다.

하나는——

"……더럽게 우아하네, 젠장."

문틈으로 안을 보고, 살짝 힘이 빠지려고 했다. 호화로운 침대 위에서, 털이 고운 사자가 몸을 웅크리고서 자고 있었다. 이것도 보물의 일종이려나.

또 한 곳은, 문 바깥쪽에 엄중하게 자물쇠가 채워져 있었다.

'이건 또.'

더 가까워진 건지도 모르겠다.

이슈안은 자물쇠 따는 도구를 꺼내면서 기합을 넣었다.

지금까지 미궁의 문과 보물 상자를 열어온 실력이다. 흔치 않은 타입의 복잡한 자물쇠지만, 오히려 불타오르는 기분으로 열기 시작했다.

——찰칵.

거의 9초 만에, 자물쇠가 열렸다.

안은 거의 어두웠다. 유일한 광원인 창문으로 들어오는 달빛도, 창문 자체가 얼굴 정도 크기밖에 안 된다. 흐트러진 침대 시트가 달빛에 비쳐서 두드러졌다.

그렇다면, 그 안에 있어야 할 사람의 기척은——.

"윽!"

갑자기 옆에서, 곤봉 같은 둔기가 날아왔다.

"오지 마, 오지 말라고 했잖아!"

이슈안은 황급히 그것을 피했다.

"이봐, 잠깐, 그만."

"오면 혀 깨물고 죽는다고 했잖아!"

그러는 네가 죽이려고 들면 어쩌자는 거야.

하지만 상대는 그저 무턱대로 무기를 휘두를 뿐이지, 기술도 전법도 없다. 상대의 발밑이 텅 빈 것을 보고 다리를 후렸더니 간단히 넘어져버렸다.

"……아. 안 돼. 오, 오지 마."

"진정해. 너 『쿄코』맞지."

"오지 마."

바닥에서 포복으로 도망치려는 소녀를, 이슈안이 작은 소리로 불렀다.

소녀의 몸이 벼락이라도 맞은 것처럼 멈췄다.

"…………누구야……?"

"난 이슈안이야. 이슈안 트롤. 리히토 아이카와의 동료고, 널 구하러 왔어."

그러니까 이제 그렇게 겁먹지 않아도 돼.

"리히토…… 아이카와…… 아아키와……."

"그래. 용사 리히토."

몇 번인가 그 이름을 되풀이한 미치바 쿄코는, 눈앞에서 한쪽 무릎을 꿇은 이슈안에게 울면서 달려들었다.

마치 어린애처럼 매달렸다.

"미안. 목소리는 좀 낮춰줘."

"……흑. 무, 무서웠어. 무서웠다고."

"알아. 정말 무서웠겠지."

부드러운 얇은 옷을 입은 몸에서 두려움과 떨림이 직접 전해져 왔기에, 너무나 불쌍하게 여겨졌다.

"······응. 그래도 이제 괜찮아. 밖에서 리히토도 기다리고 있어. 여기서 나가자."

"나가? 나가다니······ 어떻게?"

"일단 같이 가자. 절대로 떨어지지 말고."

이슈안은 코코의 손을 잡고, 들어온 문을 통해서 복도로 나갔다.

방은 서쪽 건물 꼭대기 층에 있다. 막다른 곳에 있는 창문에서 위쪽과 아래쪽을 살폈다. 감시하는 사람이 없는 걸 확인하고, 재빨리 지붕 위로 기어 올라갔다.

복도에 남겨둔 코코를 위해, 앵커 건의 와이어를 창가로 내려줬다.

코코의 손이 와이어 끝에 달린 추로 뻗었다. 잡으려고 하── 는게 아니라 콕콕 찔렀다.

'그냥 콱 잡으라고. 괜찮으니까.'

초조해질 정도의 시간이 지났을 때, 코코는 겨우 두 손으로 추 뿌리 부분을 잡았다. 이슈안은 재빨리 와이어를 감아 올렸다. 끝에 달린 코코는 새파랗게 질려서 부들부들 떠는 게, 마치 물고기 같았다.

──정말로 아무것도 모르는 애라고, 새삼 실감했다.

"바, 바람이, 세네."

"그래. 여기서 날아갈 거야."

"뭐?"

이슈안은 코코의 손을 붙잡고 지붕 위를 달려갔다. 충분히 도움닫기를 했다.

목표는 정원을 사이에 둔 외벽의 탑이다.

"꼭 잡아, 쿄코!"

"힉."

쿄코의 두 손이 반사적으로 이슈안의 목을 끌어안았다. 이슈안은 왼손의 앵커를 탑 지붕을 향해 사출. 감으면서 도약했다.

예상대로, 탑 벽에 일시 착지―― 해야 했다.

――퍼엉!

눈앞에서 불꽃이 터진 것 같았다.

딱딱한 뭔가에 부딪친 것처럼, 몸이 크게 튕겨져 나갔다.

'뭐야 이거?!'

감으려던 와이어를 최대한 뻗고, 공중에서 어떻게든 몸을 비틀고, 쿄코와 땅바닥 사이에 자신의 몸이 들어가게 했다. 하지만, 거기까지가 한계였다. 낙법도 제대로 못 해서, 충격이 그대로 전해졌다.

"커헉."

너무 아파서 몸부림칠 뻔 했지만, 신음소리를 내며 쿄코가 무사한지 확인했다.

쿄코는 완전히 정신을 잃었다. 그리고 목에서 강한 빛이 나고 있다. 목에 채워진 금속제 목줄의 보석 부분이 뭔가에 반응하는 것처럼 계속 깜박거리고 있었다.

'이, 건――'

이슈안의 매직 아이템, 『추억이 부적』에 가까운 것이다.

"걸렸구나, 이 좀도둑."

횃불을 든 경비병들이 이슈안 주위를 둘러쌌다.

그리고 나타난 것은 낮에도 만났던 카야지 가문의 황자. 바이얀 카야지가 앞으로 나섰다.

화려하고 풀어진 차림새인 복장은 그대로, 칼집도 없이 뽑아 든 장검을 오른손에 들고 있었다.

"매직 아이템인가……."

바이얀은 아름다운 얼굴로 씩 웃었다.

"그것은 바이얀의 우는 새라고 말했을 텐데. 새장에서 나가지 못하도록 날개를 자르는 것은 당연한 일이다."

이슈안은 쓰러진 채로 입술을 깨물었다. 새장이란 그 방이 아니라 이 별궁 전체. 벽을 넘으려고 한 시점에서 반응하는 장치가 되어 있었다.

"자, 아주 신기한 새가 두 마리로 늘었다. 그대는 어떤 소리로 울까? 바이얀을 즐겁게 해주겠지?"

땅바닥에 처박힐 때 뼈가 하나쯤 부러진 것 같다. 오른쪽 어깨가 아픈 걸 넘어서 뜨겁다.

완전히 움직이지 못하게 돼버렸다.

***

별궁 쪽에서 뭔가 불덩어리 같은 빛이 터졌다.

아주 짧은 순간의 일이었고, 주위는 다시 어둠과 동화됐다.

"뭐지 그건. 불꽃?"

리히토 일행은 호숫가 바위 뒤에 숨어서 이슈안이 돌아오기를 기다리고 있었다. 쿄코를 데리고 나오면, 그대로 배를 타고 시내 쪽으로 갈 예정이었다.

"마법의—— 빛처럼 보였어요."

토토도 본 것 같다. 마찬가지로 어둠 속에서 눈을 가늘게 뜨고 있다.

"큰일이 나지 않았으면 좋겠는데 말이죠."

"잠깐 보러 갔다 올까요."

"아뇨, 조금만 더 기다리세요 영웅님. 슬슬 나올지도 모르니까요."

하셈이 말렸다. 직접 시간을 잴 수 없기 때문에, 더 오래 걸리는 것처럼 느껴지는 걸까.

천천히 머리 위로 올라가는 달과 별궁의 거리를 비교하는 시간이 지나갔다.

"달이 하나 반—— 역시 좀 오래 걸리는 것 같네요."

"역시 무슨 일이 일어난 것 같아요."

"——누가 이쪽으로 와요!"

일어나려고 했을 때, 쿄코가 경고했다.

별궁 쪽에서 나타난 것은 이슈안과 쿄코가 아니라, 여러 명의 경비병이었다.

그들은 창을 든 채, 리히토 일행이 숨어 있는 곳 바로 앞에 서서 큰소리로 외쳤다.

"리히토 아이카와! 용사 리히토! 가까이에 있다는 건 알고 있다!"

"투항하라! 이슈안 트롤 공은 우리가 확보했다!"

세계 얻어맞은 것 같은 충격이 느껴졌다.

토토가 비명을 참기 위해서 두 손으로 입을 막았다.

'역시 그랬어……!'

그 마법의 빛은 그야말로 전투에서 발생하는 빛 그 자체였다.

"반복한다. 투항하라. 황자님은 대화에 의한 해결을 바라신다!"

리히토는 아플 정도로 이를 악물고, 동료들 쪽을 봤다.

어떻게 하는 쪽이 제일 옳은 걸까.

하지만 동료 중에 누구 하나, 이대로 도망치려고 하는 사람은 없었다. 그 태도가 등을 떠밀어준 것 같은 기분이 들었다.

리히토는 알았다는 것처럼 고개를 끄덕이고, 일어나서 숨어있는 바위 뒤에서 나왔다.

두 손을 들고 말했다.

"저는 여기 있습니다!"

"――두 번째 대면이군, 용사 리히토여."

바이얀 카야지는 지붕이 달린 소파에 몸을 기댄 자세로 리히토 일행을 맞이했다. 그는 곁에 있는 시녀에게 술을 따르게 하고, 건배라도 하려는 것처럼 잔을 내밀었다.

놀리는 것 같은 웃는 얼굴을 보고 리히토의 표정이 험악해졌다.

지금까지 위병이 창을 겨눈 채, 말도 한 마디 못하고 걸어왔다.

"하셈 데라. 네놈도 정말 꼴좋구나. 장군에게 지금 이 꼴을 보여주면 뭐라고 할까."

"너 답다고 하겠죠. 틀림없이. 꽝을 뽑는 건 항상 있는 일입니다, 도

런님."

"하하! 그렇군!"

바이얀은 크게 웃었다.

"……황자님. 이슈안과 미치바는 다치지 않았겠죠."

"기다려라. 너무 서두르지 말고."

숨어 들어온 이슈안의 상태는. 데리고 나가려 했던 쿄코는 어떻게 됐을까. 물어보고 싶은 것들은 산더미 같은데, 여유가 넘치는 바이얀의 언동은 그것을 용납하지 않았다.

"멋대로 남의 침소에 숨어 들어서 소중한 수집품을 훔치려 하다니, 참으로 난폭한 만행이다. 건국 삼도에 대한 불경까지 들어가면, 그대들 모두의 목을 쳐도 불만이 없을 일이다── 라고 말하고 싶지만."

바이얀은 술을 마시고 한숨을 쉬었다.

"일일이 잣대를 들이대는 건 좋아하지 않는다. 세상을 구제한 용사의 목을 치면, 또 귀찮게 트집을 잡는 놈들도 나올 테니. 『경거망동』이네 『천박』이네 『사려가 부족하다』네 『장자라는 자각을 가져라』, 이것저것 상관없는 일들까지── 참으로 시시하다. 그래서 이 바이얀은 생각했다. 용사 리히토. 우는 새를 해방시키고 싶다면, 이런 조건은 어떤가."

거기서 바이얀이 말한 것은 놀라운 내용이었다.

너무 황당해서, 당장은 말이 나오지 않았다.

"……저한테, 그걸 하라는 말입니까?"

"그러하다. 못 한다고 하지는 않겠지. 마신을 봉인한 실력이라면 간단한 일일 테니. 달성하면 쿄코의 신병은 그대에게 돌려주겠다."

"미치바는 돌려준다니…… 이슈안은?"

바이얀은 대답하지 않았다.

말도 안 된다고 거절하고 싶어졌지만, 바이얀이 바로 이어서 말했다.

"──네놈 설마, 자기 의견을 말할 수 있는 입장이라고 생각하는 것인가? 두 마리의 주인은 이 바이얀이다."

치켜들려던 주먹을 다시 내리는 수밖에 없었다.

한참을 생각한 끝에, 주먹을 꽉 쥐고, 리히토는 고개를 끄덕였다.

"──알겠습니다. 그 조건, 받아들이겠습니다……."

"결정됐다."

바이얀의 아름다운 웃음이 악마와도 같은 다른 생물처럼 보였다.

* * *

이슈안이 살며시 눈을 떴더니, 누군가가 자신의 얼굴을 보고 있었다.

예쁜 검은 머리카락을 짧게 자르고, 눈동자도 마찬가지로 깔끔한 검은색이다. 약간 노르스름한 피부색도, 이슈안은 본 적이 있었다.

"리히토……?"

"아, 일어났어? 괜찮아?"

목소리는 부드러운 소프라노였다. 희미한 시야가 겨우 또렷해졌다. 이쪽을 보고 있는 사람은 미치바 쿄코였다.

이슈안은 방 안에 있는 침대에 누워 있고, 쿄코가 베갯머리에 앉아 있다.

"여기는——윽."

"갑자기 움직이면 안 돼. 치료한 지 얼마 안 됐으니까."

일어났더니 상반신은 거의 알몸이고, 어깨에 붕대가 감겨 있다.

정원에 처박혔을 때 다쳤던 건 기억하고 있다. 고정된 탓에 오른쪽 어깨는 거의 움직일 수 없지만, 팔꿈치 관절과 손가락은 잘 움직인다. 소파(小破)는 했지만 대파(大破)는 아니라고 해야 할까.

하지만 가장 큰 위화감은, 상처보다 목에 채워진 금고리였다. 빼려고 해도 이음매가 보이지를 않는다.

"……이거."

"미안해, 신경 쓰이지."

눈앞에 있는 쿄코가 차고 있는 것과 같은 고리였다. 그녀는 미안하다는 듯이 살짝 눈을 감았다.

"그대로 상처를 치료하지도 않고 감옥 같은 곳에 가두려고 해서, 하다못해 나랑 같은 방에서 치료 받게 해달라고 부탁한 것까지는 좋았는데…… 그렇다면 이걸 꼭 채워야 한다고, 교환 조건으로…… 설득하지 못했어…… 미안해……."

그런 이유 때문이었나. 납득은 했다.

의식이 없는 동안 쿄코 나름대로 이슈안을 도와주려고 한 것이다. 고맙다는 말을 해야 할 것은 이쪽이다.

"아니야. 쿄코는 은인이야."

"으, 은인은 무슨. 난 아무것도 못 했는데."

"——두 사람 모두 일어났나."

이슈안은 재빨리 소리에 반응했고, 시트를 걷어 치웠다.

침대 위에서 한쪽 무릎을 꿇은 자세로 반격할 기회를 엿봤다. 방은 얼핏 보면 시녀들이 사용할 것 같은, 부드러운 가구들로 꾸며진 방이다. 무기는―― 머리카락에 꽂아놓은 핀이 하나. 허를 찔러서 상대의 안구를 노리는 정도라면 할 수 있다.

바이얀 카야지는 부상을 당했으면서도 전투태세에 들어간 이슈안을 보고는, 유쾌하다는 것처럼 입 꼬리를 끌어 올렸다.

하지만 정작 이슈안에게는 아무 말도 하지 않고, 쿄코 쪽을 보며 말했다.

"쿄코여. 그대의 처우가 결정됐다. 리히토 아이카와가 몸값을 마련하기 위해 열심히 뛰어다니고 있다."

"――아이카와 군이?"

"뭐, 바이얀을 위해 일을 하는 대신 그대를 해방시켜주기로 했다. 좋은 소식이 아닌가?"

말도 안 된다고, 쿄코가 깜짝 놀랐다.

"……저, 정말로 나갈 수 있는 거야? 여기서?"

쿄코의 눈빛에 놀란 기색이 물들었지만, 이슈안은 상대의 말을 있는 그대로 받아들일 만큼 솔직한 성격이 아니었다.

"……헤에, 꽤나 통이 크게 나오시네, 바이얀 카야지. 그 일이라는 게 대체 뭐지. 평생 공짜로 일하라는 건 아니겠지."

"글쎄. 어쨌거나 실로 간단한 일이다. 용사에게는 너무 쉬워서 하품이 나올지도 모른다. 하미타드에 가서 슈로족의 반란을 제압하라고 했다."

"_____."

"이 바이얀은 지금 귀찮은 일을 안고 있다. 정치도 전쟁도 좋아하지 않는데, 아버지인 수장은 자신의 체면만 신경 쓰느라, 하미타드를 평정하라고 아주 귀찮게 굴고 있다. 시험 삼아 얼굴을 비춰봤지만, 아무런 재미도 없는 벽지에다 볼 것도 하나 없는 곳이다. 두 번 다시 갈 생각은 없지만, 슬슬 결과를 보여서 그 입을 다물도록 해야겠지. 아르멧소의 잔소리도 지긋지긋하고."

전혀 마음이 담기지 않은 것 같은 목소리지만, 아무래도 진심으로 하는 말 같다. 바이얀은 따분하다는 듯이 고개를 돌리고는 계속해서 말했다.

"신하의 보고에 의하면 나호바족을 휘하에 들이는 데는 성공했고, 이제 남은 것은 슈로족을 함락하는 것뿐. 슈로족의 장은 비전투민을 영지 밖으로 도망치게 한 뒤에, 불손하게도 『성채도시』아미다라의 문을 닫고서 우리가 제안한 화평 조건을 받아들일 수 없으며, 부당한 개입에는 철저 항전도 불사하겠다는 건방진 소리를 하고 있다는 것 같다. 용사 리히토라면 그 건방진 콧대를 꺾어줄 수도 있겠지?"

"그 녀석이, 받아들였어? 그 조건을?"

"물론이다. 특별히 여기서 하미다트까지 날아갈 수 있는 전이 구슬도 쓰게 해주기로 했다. 작전 지휘관만이 사용할 수 있는 군사용이다. 귀중한 것이지."

깜짝 놀란 이슈안을 보고, 바이얀은 유난히 큰 소리를 내서 웃었다.

"뭘, 그렇게 새파랗게 질리지 마라, 오영웅 도적 공. 용사의 이명에 진흙이 조금 묻는 정도야, 사랑하는 이를 위해서는 당연한 일이 아니

겠는가? 일개 부족 따위를 멸할 뿐이다. 지금은 자기 몸을 걱정하는
쪽이 좋지 않겠는가."

하미타드 평정. 따르지 않는 부족을 힘으로 굴복시킨다.

'리히토.'

'너.'

정말로 할 생각인 거야——

소년이 가진 파마의 성검이 순식간에 피로 물들어가는 환상을 본
것 같은 기분이 들었다.

　＊＊＊

용사 리히토. 네놈, 하미타드로 가라.

그것이 바이얀이 내놓은, 쿄코의 해방 조건이었다.

그는 물건이라도 사오라고 하는 것처럼 쌀쌀맞게, 자기 대신 슈로
족의 반란을 제압하라고 명했다.

목구멍까지 치밀어 올라왔던 부정하는 말을 억지로 삼키는 수밖에
없었다.

"……슈로족을 굴복시키라니…… 그런 건 무리예요. 뭣 때문에 지
금까지 하미타드가 평정되지 않았다고 생각하는 걸까요…… 상대는
『따르지 않는 백성』이라고요…….."

경비병의 안내를 받아서 지하로 가는 계단을 내려갔다. 전이의 보
주는 그쪽에 설치돼 있다는 것 같다.

돌 표면이 그대로 드러나 있는 나선 계단을 내려가는 중에, 토토가

세상의 끝이라도 왔다는 것 같은 목소리로 중얼거렸다.

"하지만, 하지만, 안 하면 전부 무을……! 정말 너무해요, 바이얀 카야지. 신분을 박탈당하고 쫓겨나면 좋겠네."

"이봐 아가씨. 그런 소리 함부로 하지 말라고."

"하지만 자기 대신 하라니, 너무하잖아요."

"황자님도 좋은 기회라고 생각했겠지. 궁전에서 말도 안 되는 명령을 받았고, 그걸 떠넘길 상대가 제 발로 나타났고. 정말로 전혀 관심이 없으니까 그랬을 거야."

공무를 통째로 떠넘기는 명령을 하자마자 다시 자러 간 바이얀의 태도가 생각났는지, 하셈도 빈정대는 소리를 했다. 나름대로 화가 난 것 같다.

솔직히 리히토도 각오하고 있다. 인질을 구해내기 위해서라면 뭐든지 해주겠다.

하지만, 그래도 분명하게 언질을 받은 건 쿄코의 신병을 해방한다는 것뿐이었다. 거기에 이슈안은 들어 있지 않았다.

'역시 억지로라도 붙잡아야 했어──'

하다못해, 이게 두 사람 모두였다면──.

"──리히토. 망설일 필요는 없습니다."

바로 뒤에서 따라오던 우르스라가 조용히 속삭였다.

"한 사람만이라도 크나큰 한 걸음입니다. 쿄코 씨를 돌려받으면, 그대로 다 같이 이슈안 씨를 데리고 도망치도록 하죠."

"──."

"두 사람을 동시에 데리고 나가는 것보다는, 한 사람 쪽이 성공률이

높아집니다. 그러니 지금은 눈앞의 일에만 전념하도록 하세요."

엄청나게 대담한 말을 들은 것 같은 기분이 든다.

쭈뼛쭈뼛 고개만 돌려보니, 우르스라가 진심이라는 표정으로 이쪽을 보고 있었다.

"당신이 죽은 이들로 가득 찬 지하에서 저를 데리고 나온 것과 같은 방법입니다. 당신이라면 틀림없이 할 수 있습니다."

살짝 흘러나온 미소가 가슴을 울렸다.

"──응, 알았어. 그렇게 하자."

"괜찮을 겁니다."

그녀를 지상으로 데리고 나오길 잘 했다고, 그렇게 생각했다.

"용사 리히토!"

그때, 나선계단 위쪽에서 리히토를 부르는 목소리가 들려왔다.

"잠깐, 죄송합니다, 잠시 비켜, 죄송합니다── 아, 저기 있다! 리히토 님!"

토토와 하셈을 밀치고 좁은 계단을 달려 내려온 사람은, 바이얀의 감시역인 아르메소였다.

"늦지 않아 다행입니다. 이미 하미타드로 출발했으면 어쩌나 했는데."

그는 땀을 훔치면서 리히토 앞에 섰다.

"……근신은."

"꾸중은 나중에 듣도록 하겠습니다. 정말 죄송합니다."

다시 한 번 리히토의 얼굴을 보고, 눈썹이 축 늘어졌다.

"제가 부족한 탓에, 이슈안 님마저 인질로 잡혔다고."

"아르멧소 씨가 사과할 일은…… 아무튼 이슈안은 무사한 거죠."

"예, 다치기는 했습니다만, 지금은 쿄코 님과 같은 방에서 치료를 받고 계십니다."

다쳤다는 말에 심장이 아파왔다.

"아니, 설마 도련님이 그렇게까지 하미타드 원정을 싫어하셨을 줄은, 제 생각이 부족했습니다. 정말 한심하군요……."

진정하자. 지금은 눈앞에 있는 일에만 집중하자.

"하미타드의 반란 제압은, 황자님이 없는 채로 이야기가 진행된 거죠?"

"예. 감시역인 저와 칙사병의 상급 장교가 교섭해서 진행하고 있습니다. 슈로족 쪽의 태도가 강경해진 것도 사실입니다."

"그런가요……."

"분명히 당신이 도와주시면 큰 힘이 되겠습니다면…… 황자님도 무모한 일을……."

그렇다면 리히토의 파견도 전혀 의미 없는 일은 아니라는 뜻이 되겠지. 여기 있는 아르멧소의 부담을 줄여준다는 의미도 될 테니까.

"아르멧소 씨께 이슈안과 미치바를 부탁드려도 될까요."

"무―― 물론입니다. 최대한 지켜드리도록 하겠습니다."

"황자님은 물론이고 그 두 사람도 무모한 짓을 하지 않도록, 부디 잘 부탁드리겠습니다."

아무래도 이슈안이니까. 이쪽이 구출하러 올 때까지 무사히 있어줬으면 싶다.

"예. 부디 조심하십시오."

"다녀오겠습니다. 금방 올 테니까요."

리히토는 마지막 인사를 나누고 아르멧소와 헤어졌다.

전이의 보주와 마법진은 계단을 다 내려간 곳에 있는 지하창고 한쪽에 설치돼 있었다. 이엔마르드군 소속으로 보이는 마법사가 제대로 인사도 하지 않고, 리헤토 일행을 하미타드로 전이시키기 위한 준비를 시작했다.

'——따르지 않는 백성, 하미타드의 슈로족이라.'

주문을 영창하는 낮은 선율이 귀를 울린다. 발밑에 있는 마법진에서 소리도 없이 빛이 났다. 독특한 부유감과 멀미 같은 느낌이 덮쳐왔나 싶더니, 눈앞의 풍경이 달라져 있었다.

어두운 지하 창고에서 흙이 드러나 있는 지면, 희미하게 햇빛이 들어오는 천막 안으로.

"——전이 완료입니다."

조금 전에 봤던 마술사와 또 다른 마술사가, 하미타드로 이동했다고 말해줬다.

"자, 일을 시작해봅시다, 영웅님."

하셈이 리히토의 등을 두드렸다. 리히토는 치밀어 오르는 구역질을 억지로 참았다.

리히토 일행의 눈 앞에, 깃털이 달린 투구와 사슬 갑옷으로 무장한 병사와 비무장의 노인이 무릎을 꿇고서 기다리고 있었다.

"하미타드에 잘 오셨습니다. 용사 리히토 님이시죠."

병사가 말했다.

덩치가 큰 무인으로 보이는 사내고, 사지도 근육도 바위처럼 단단해 보였다. 이엔마르드식으로 인사를 하자, 투구에 달린 깃털 장식이 다른 생물처럼 움직였다.

"잘 부탁드립니다. 아이카와라고 합니다."

"바이얀 님으로부터 전성을 통해 지시를 받았습니다. 저는 칙사병 기사단장 오즈만이라고 합니다. 바이얀 님을 대신해, 현지에서 작전 지휘를 맡고 있습니다. 앞으로 잘 부탁드리겠습니다."

미간에 주름을 지은 채, 오즈만이 담담하게 말했다.

지휘관인 바이얀이 자기 일을 전부 떠넘겼어도, 이 사람을 이렇게 현장을 지휘해 온 건지도 모른다. 주위의 잡음이 들리지 않게 귀를 막고, 그저 묵묵히 터널을 파는 것처럼.

"리히토 님!"

한편, 노인은 몸을 일으키고 악수를 청했다. 민머리에 보라색 천을 감고, 무릎까지 내려오는 낙낙한 상의에는 꼼꼼하게 자수가 놓인 걸 보면, 나름대로 지위가 있는 사람으로 보인다. 주름진 손이 리히토의 오른손을 꽉 잡았다.

"저, 저는 나호바족의 장로 중에 하나인 바슈니, 라고 합니다. 부디 잘 부탁드리겠습니다."

"……안녕하세요."

"생각보다 젊으시군요. 이거 참, 대단하십니다. 기대하고 있습니다."

"자, 잘 부탁드리겠습니다."

"슈로족 놈들이 정말이지 너무 고집을 부려서 곤란한 참입니다. 저희의 땅을 어지럽히나 싶더니, 높으신 분들의 말씀에도 거역하다니.

요즘 세상에 따르지 않는 백성을 주장하는 것도 시대에 뒤처진 일인데 말입니다. 부디, 부디 용사님의 힘으로 혼쭐을 내주십시오.""용사 공."

오즈만이 말했다.

"현재 상황을 설명 드려도 되겠습니까."

"예, 부탁드리겠습니다."

리히토는 바슈니의 손을 놓고 오즈만 쪽을 봤다. 그는 고개를 깊이 숙였다.

"그럼, 실례하겠습니다. 여기는 용사 공이 오신 티마니에서 훨씬 남쪽에 있는 고지대, 하미타드라고 불리는 곳입니다. 이 땅에 사는 부족은 슈로와 나호바 두 부족. 수장은 오랜 세월에 걸친 두 부족의 싸움을 끝내고, 삼도의 위광 하에 이 땅을 평정하라는 명을 내리셨습니다."

그것은 사전에 알고 있던 대로의 내용이었기에, 리히토도 이해할 수 있었다.

"저희는 슈로와 나호바의 분쟁을 종결시키기 위해 완충지대에 칙사병을 뒀고, 미해결된 영토 문제를 정리하고 쌍방의 화평을 위한 문서를 작성했습니다. 하지만 나호바족 측은 화평에 동의하는 의욕을 보였지만 슈로족 측은 전혀 양보할 기미가 없고, 게다가 무장한 채로 아미다라의 성문을 닫아버렸습니다. 문을 열라고 설득한지 사흘이 지났습니다."

오즈만은 그렇게 말하고는 천막 입구를 열었다.

눈앞에 나타난 것은 메마른 풍이 펼쳐진 평원과, 절벽처럼 깊은 해자에 둘러싸인 거대한 도시였다.

도시라기보다는 그 자체가 거대한 생물이나 요새처럼 보였다.

너무나 단단한, 산속에 있는 댐처럼 두꺼운 외벽에 거대한 덩굴 같은 식물이 감겨 있는데, 그것이 시내 정상까지 뻗어서 돔 모양을 이루고 있다. 날카로운 가시가 달린 덩굴이 뒤엉킨 모양은 마치 덩굴로 만든 광주리 같았다.

 "……저건 뭐죠. 식물, 인가요……?"

 "예. 이 지방에 자라는 특수한 덩굴입니다만, 저렇게까지 수령이 많은 풍문수를 지닌 것은 저곳뿐입니다. 슈로족의 상징이기도 하지요."

 이 이상할 정도로 강하고 굳은 도시를 둘러싸고, 오즈만 일행은 진을 치고 있다.

 "아마도 지금 저 도시 안에 있는 것은 족장 니다 셰르니 이하, 무장한 슈로족 병사 약 육백 명. 이쪽은 마술 실행대, 보병과 기병, 일부 나호바족 기병대도 합류했습니다만, 풍문수와 외벽에 가로막혀서 쳐들어가지를 못하고 있습니다."

 카야지의 붉은 깃발이 평원의 바람을 맞아서 펄럭였다. 자신들의 위광을 내외에 알리려고 하는 것처럼.

 그리고 도시로 들어가는 문은 굳게 닫혀 있는 채. 기분 나쁜 침묵을 보이고 있다.

 절대적인 『악』이었던 아르고스를 쓰러트리는 것과 다르다. 이번 상대는── 전부 피가 흐르는 사람이다.

 "자. 저것이 아르타드의 동부 요지, 아미다라입니다. 일명 『철 바구니』. 당신이 파괴해야 할 것입니다."

 ***

지금까지는 생각해본 적도 없었는데, 새장 속의 새라는 것은 어떻게 하루를 보내는 걸까.

이슈안은 쇠창살이 끼워진 창가에 앉아서, 조각상처럼 움직이지 않는 지상에 있는 경비병들의 머리를 바라보고 있다. 창살 너머로 쓰레기를 던지고 싶은 충동과 싸우는데도 질렸다.

'……일단 이 목줄을 풀지 않으면, 나가봤자 의미가 없으니까…….'

짜증이 난다는 듯이, 목에 채워진 금속 고리를 잡았다. 이슈안의 비장의 카드인 『추억의 부적』이 발동하지 않았다는 것은, 꽤나 특수한 마술이 걸려 있다는 듯이려나.

'아이템의 상성이라는 건가?'

때려도 꿈쩍도 하지 않아서, 짜증만 났다

이것만 없으면 온갖 수단을 동원해서 탈출하고, 리히토한테 방해만 되는 상황에서 벗어날 수 있는데——

"젠장~ 이 도움도 안 되는 인간."

"으아, 죄, 죄송해요!"

조금 떨어진 곳에 있던 코코가 깜짝 놀라서 움찔했다. 이슈안은 미안하다고 사과했다.

그녀는 같은 방에서 작은 탁자 앞에 앉아, 뭔가를 열심히 적고 있는 중이었다. 가끔씩 겁먹은 작은 동물처럼 이쪽의 동향을 살피면서.

"그냥 혼잣말이야. 신경 쓰지 않아도 돼."

"……그, 그래."

"놀라게 해서 미안해."

혼자 고민하는 것도 바보 같아서, 이슈안은 쿄코 곁으로 다가가기로 했다.

"뭘 적고 있어?"

"··········아, 응. 아직 기억하고 있는 이야기를, 정리하고 있어."

"이야기?"

"일과, 니까. 안 하면 마음이 놓이질 않아서. 나, 기억력이 별로거든······."

방에 비치돼 있던 편지지에 깃털 펜으로 적고 있는 것은, 이슈안은 도저히 읽을 수 없는 글자였다. 아마도 리히토가 말했던 저쪽 세계의 글자──『일본어』라는 것이겠지.

'말은 잘 통하는데 말이야. 역시 세계가 다르긴 다르구나. 웃기네.'

저쪽 세계서 리히토와 같은 학교를 다니고, 친하게 지냈다고 한다. 리히토는 이 아이를 위해 국경선까지 넘어가며 먼 길을 왔다. 고향에 돌아가는 걸 미루면서까지.

이 한 눈에 봐도 약하고 평범해 보이는 소녀가 어떻게 별궁에서 자기 몸을 지켰는지, 그것은 『이야기』를 『말하는』 것 덕분이었다.

그 말을 듣고 이슈안도 놀랐는데, 지구에 전해지는 이야기를 들려줘서 바이얀을 따분하지 않게 해주는 대신에, 자기 몸에는 절대로 손대지 못하게 했다고 한다.

"그런데 약속이라고 해도, 바이얀이 질리면 끝이잖아? 힘드네."

"그러, 게."

쿄코는 힘없이 웃었다.

"하나라도 겹치면 화내거든. 나도 최대한 기억해내고, 어떻게 하면 더 재미있어질지, 바티야한테도 도와달라고 하면서……."

"응, 친구. 저기 와 있어."

그렇게 말하고는 3층의 창살이 채워진 창문 쪽을 봤다.

——역시 정신적으로 상당히 불안한 상태인지도 모른다. 너무 가슴이 아파서 뭐라고 해줄 말이 없었다.

"설마 책만 읽었던 게, 이런 데서 도움이 될 줄은 몰랐어."

쿄코는 기적이라는 것처럼 말했다.

"매일매일 말이야, 진짜 승부였어. 어제는 마음에 들었어도 오늘은 또 마음이 달라질지도 몰라. 내가 준비한 얘기를 재미없다고 할지도 몰라. 생각이 안 나서 막히면 어떻게 하지. 끝난 뒤에도 또 문이 열릴지 모른다는 생각에, 침대에 누워도 잠이 오질 않아. 그래서 말이야, 문을 열면 사각이 되는 데서 이불을 뒤집어쓰고, 창고에 있는 동상을 쥐고, 문이 열면 내가 먼저 공격하려고…… 아, 맞다. 처음에 왔을 때는 정말 미안해! 내가 너무 실례했어."

"아냐, 그건 됐어. 쿄코는 잘못하지 않았어. 아주 잘 한 거야."

갑자기 정신을 차린 것처럼 사과하자, 당황해서 고개를 저었다.

험한 꼴을 당했을 텐데, 잘도 자포자기하지도 않고 버텼다. 정말로 기적과 강한 의지 덕분이다.

"그, 그런가."

"그래. 대단해."

"응. 그래…… 고마워. 나, 계속, 누가 그렇게 말해주기를 기다렸는지도 몰라."

"정답이야."

코코는 아주 살짝이지만 기쁜 것처럼 눈이 가늘어졌다.

그 대신에 이슈안이 한숨을 쉬며 벽에 기댔다.

"이슈안 씨?"

"『씨』는 빼도 되거든. 그냥 편하게 불러. 뭐랄까, 내 쪽은 정말 엉망이야. 내 입으로 침입한다고 말했는데, 이래선 실격이라니까. 더 이상 꼬맹이라고 부를 수도 없겠어."

"꼬맹이? 그게 누군데?"

"리히토 말이야."

"으에에에에."

큰 소리를 내면서 몸을 앞으로 내밀었다. 눈에 생기가 돌아온 것 같았다.

"그치만 아이카와 군, 그렇게 작지도 않은데. 4월 신체검사 때 174 인가 5라고."

"아주 자세히도 안다."

"보건 위원을 매수해서 데이터를…… 아으, 아무것도 아니야."

"처음 만났을 때는 꼬맹이였거든. 코 찔찔이에 울보에, 칼도 제대로 못 다뤘어. 마수를 앞에 두고는 『이슈안~ 무써워~』하고, 진짜 죽고 싶은 건지."

"뭐, 뭐야 그거, 웃긴다……!"

"그 뒤로 단련하고 단련하고 또 단련해서, 아르고스를 봉인하는 데 까지 갔어. 그 녀석 엉덩이에 시퍼런 멍이 있다면, 그건 틀림없이 내 부츠 발바닥 모양일 거야."

"아하, 아하하하……!"

코코가 깔깔 웃자, 이슈안도 살짝 기뻐졌다.

"그리고 또 한 사람, 라나라는 여전사가 있었는데, 이쪽도 입이 험한데다 걸핏하면 쥐어박는 성격이라서, 위에서 아래에서 실컷 들볶였지."

코코는 기뻐하며, 의자 위에서 두 발을 버둥거렸다. 이슈안은 신이 나서 6년 전의 여행길에 있었던 실패담 같은 이야기를 재미있게 꾸며서 말해줬다.

"뭐야~ 이렇게 웃은 거 정말 오랜만이야."

"평소에는 멀쩡한 척 하고 있지만, 슬쩍 건드려보면 은근히 바보라니까."

"많은 일들이 있었구나…… 믿을 수가 없어. 어째선지 전혀 상상할 수가 없어. 내가 알고 있는 아이카와 군은 좀 더"

"좀 더? 어떤 녀석인데?"

코코가 알고 있는, 원래 세계에서 살던 때의 리히토는?

"어떠냐고 하면…… 눈에 띄는 걸 싫어하는, 평범한 것 같은 사람이야. 그런 것 같다는 게 특징인지도 몰라. 반에서 당번을 정할 때 가위바위보에 져서 도서위원이 됐고, 그래도 농땡이 피우지 않고 일 년 동안 성실하게 활동했고, 발작이라도 일어난 것처럼 남의 공책을 빌리기 시작하고. 성실하게 보이는 걸 신경 쓰는 것 같아. 일학년 때 학교 축제에서는 오뎅 가게를 했는데, 좋아하는 건더기는 달걀이랑 어묵이라고 했어. 하지만 역시 이것도, 다 팔릴 때까지 계속 있었던 것 같아. 원래 그런 성격인 것 같다고 생각했어. 미스터리한 너무 훌륭한 사람이라고 생각하면서 놀린 게 미안하다는 생각이 드네."

자신의 기억 속에 있는 리히토를 말하는 쿄코의 표정은 너무나 부드러웠다.

그녀가 말하고 있는 말의 의미는 절반 정도밖에 못 알아들었지만, 부드럽고 상냥한 사람으로서 쿄코 안에 존재하고 있겠지. 그것만은 잘 알 수 있다.

이슈안과 달라서 아르고스와 관련된 가혹한 과거도, 6년 동안의 단절도, 그녀 주위에는 존재하지 않았다. 리히토를 괴롭히지는 않는다.

그것이—— 너무나 부럽다고 여겨졌다.

"맞다 쿄코. 리히토가 이 말만은 꼭 전해달라고 한 게 있어."

"응? 뭔데?"

"그러니까, 아마 말하면 알 거라고 했거든. 『파나케이아에서 지구로 돌아가면 시간은 원래대로 돌아간다. 소환당한 그 순간까지 거슬러 올라가니까 괜찮아』라던데."

쿄코는 깜짝 놀라서 이슈안의 말을 듣고 있었는데, 마침내 그 말의 의미를 이해했는지 "다, 다행이다……!" 라고만 말하고 말문이 막혔다.

"안심했어?"

"으, 응……!"

몇 번이나 고개를 끄덕였다. 너무 안도해서 말도 할 수 없는 지경인 것 같다.

"……학교, 빠져서, 진학도 못 하는 게 아닌가 싶었는데."

"리히토가 오면, 돌아갈 수 있어."

"응."

그리고 그녀는 리히토와 함께 상냥한 원래의 세계로 귀환한다. 이슈안이 모르는 세계로 가버린다.

떠오른 미래가 이슈안의 가슴을 찌릿찌릿 아프게 했지만, 모른 척 넘어갔다.

'지금은 생각하지 말자.'

지금쯤 그 리히토는, 쾨코를 만나기 위해 죽을 각오로 싸우고 있을 테니까. 머나먼 하미타드에서, 피를 흘리는 것도 꺼리지 않고.

* * *

아미다라를 둘러싼 해자는 깊고, 하나뿐인 도개교는 올라가 있는 데다 문은 굳게 닫혀 있었다.

리히토는 병사들 사이를 걸어갔다.

"……이봐, 저기 봐. 저게 그 유명한 용사 리히토라던데."

"뭐야, 아직 어린애잖아."

"바이얀 황자가 자기 대신 보냈다던데. 뭐, 황자보다는 도움이 되겠지."

"흥, 그러게 말이야."

사흘이나 돌입도 못 하고 계속 대기하고 있던 병사들은 꽤나 스트레스가 쌓여 있는 것 같았다. 그들 사이를 걸어가다 보니 어쩔 수 없이 잡음이 귀에 들어왔지만, 최대한 신경 쓰지 않으려고 했다.

"오즈만 기단장님. 슈로족과 다시 한 번 대화를 할 수는 없겠습니까."

"거듭 말씀드립니다만, 슈로족 측이 거절하고 있습니다."

"그렇습니까……."

"부유 기술을 쓸 수 있는 마술사가 덩굴 틈새를 이용해서 내부로 접근하려고 시도했습니다만, 가까이 가기 전에 외벽에서 날아온 일제 사격을 맞고 떨어졌습니다.

시체는 해자에 빠져버렸고, 아직까지도 회수하지 못했다고 한다.

"완벽한 농성인 것 같네요……."

"놈들에게는 익숙한 일입니다. 풍문수에서 물도 양분도 얻을 수 있지요. 무슨 일이 있으면 아미다라라는 껍질 속에 틀어박혀서, 저희 같은 중앙의 인간들이나 암흑기의 마수들을 물리쳤습니다. 하지만, 몇 번이나 같은 수법을 쓰게 둘 수는 없습니다."

오즈만은 난공불락의 요새를 앞에 두고, 굳은 표정으로 지켜보고 있다.

"적의 두령은 어디에?"

"아마도 시내 중앙에 있는 성관입니다. 지도를 보시겠습니까."

아미다라 시가지를 그린 지도를, 그 자리에서 보여줬다. 시내는 중심부가 높은 언덕 모양이고, 정상에 풍문수 줄기와 족장의 성이 있다는 것 같다.

눈을 가늘게 뜨고 그 위치를 머릿속에 새겼다.

"병사는 어떻게 부리시겠습니까. 말씀만 하신다면 뭐든 하겠습니다."

"아뇨, 됐습니다."

"예?"

리히토는 간단히 거절했다.

"친다면 위에서부터 칩니다. 저 혼자서 기겠습니다."

오즈만인 리히토가 지금 무슨 소리를 했는지, 바로 이해하지 못했다. 한참 지난 뒤에야,

"호, 혼자서 말입니까!"

이상한 목소리로 큰 소리를 질렀다.

* * *

우르스라 아르칸의 사랑하는 남편이, 단독으로 『철 바구니』에 쳐들어간다는 정보는 순식간에 병사들 사이에 전해진 것 같았다. 소문을 떠들기 좋아하는 병사들이 수군수군 속삭이는 소리가 들린다.

"그건 무리지."

"대체 무슨 생각이야 그 꼬맹이는."

나중에 뱀을 부려서 물어버리고 싶어졌다.

사실 아이카와 리히토는 혼자서 대열의 최전선에 서 있고, 다른 사람들은 전부 물러나라고 했다.

다른 칙사병들과 같이 후방으로 물러난 하셈과 우르스라는, 집단 속에서 리히토의 뒷모습을 지켜보는 수밖에 없었다.

"이봐요, 정말 괜찮을까요 저 영웅님. 색시로서 걱정되지 않습니까, 우르스라 양."

"──아뇨."

우르스라는 짧게 부정했다.

"헤에, 의외네. 어떻게 되도 좋다는 겁니까?"

"아니다. 그가 각오를 했다면 아무 문제없습니다. 싸우겠다고 마음먹은 리히토는——"

"토토!"

그때 리히토가 대열 저쪽에서 소리쳤다.

"최대한 있는 힘껏 터트려줄 수 있을까! 지붕 덩굴에!"

"저, 정말 그래도 되는 거죠? 똑바로 날릴 수는 없거든요?"

"상관없어! 대충 해도 되니까!"

리히토보다 약간 뒤쪽으로 물러난 위치에, 마술사의 지팡이를 든 토토 하르네라가 서 있다.

그녀는 울음을 터트릴 것 같은 얼굴로 주문을 외우기 시작했다. 새것인 학생용 나무 지팡이가 너무나 못미더워 보였다.

『——춤추라 빛의 춤이여, 열과 함께 있으라!』

영창과 함께 지팡이 끝에서 발생한 빛이 빠르게 부풀어 올랐다. 너무 무거워서 견디지 못하겠다는 것처럼, 토토가 비틀거리면서 빛의 탄환을 쐈다.

빛은 높은 궤도를 그리며 날아갔고, 약간 왼쪽으로 빗겨나기는 했지만 덩굴 모양 돔의 일부에 착탄하고 파열했다.

"맞았다!"

병사들 사이에서 환호성 섞인 술렁임이 터져 나왔다.

열 때문에 녹아버린 부분에서 영기가 뭉게뭉게 피어오른다. 하지만

── 멀다.

"죄송해요, 역시 이상한 데 맞아버렸어요!"

"아냐, 충분해. 고마워 토토!"

리히토가 허리에 찬 검을 뽑았다. 그 자루에 주황색 보주를 끼웠고.

우르스라는 그 속에서 조용히 중얼거렸다.

"──싸우겠다고 결심했을 때의 리히토는── 폭풍입니다."

남편의 몸이 바람에 휩싸이고, 연기가 피어오르는 착탄 지점을 향해 빠르게 날아가는 모습이 보였다.

* * *

현재 오만불손하고 말을 안 듣는 성검은, 리히토의 뜻을 받아들여서 비행을 유지해주고 있다.

'얼마나 버틸지 기대되네!'

아미다라 상공까지 단숨에 날아간 뒤에, 토토가 풍문수에 뚫어준 구멍을 찾아내고 그 안으로 파고들었다.

연기 때문에 시야가 가려졌지만, 어떻게든 연기가 없는 곳까지 이동했더니 아래쪽에 집들이 빽빽하게 들어선 시내가 보였다. 방사선 모양으로 정비된 도로가 중앙에 있는 언덕 위로 이어졌고, 그 모든 길들이 모이는 곳이 풍문수의 거대한 줄기이자 뿌리 께에 세워진 족장의 성관인 것 같다.

"저기로 가면 되는 거지── 이런!"

뒤에서 화살이 날아왔다.

화살을 피한 리히토의 뺨의 피부를 가른 것은, 풍문수 덩굴에 숨어 있던 병사들이었다.

눈이 마주쳤다. 저쪽은 물구나무를 선 모양으로, 대형 기계 활을 들고 두 번째 화살을 장전하기 시작했다.

자세히 보니 다른 덩굴에도 슈로족들이 잔뜩 숨어 있었다. 화살을 일제히 발사했고, 리히토는 빠른 속도로 그 자리에서 이탈했다.

"왔다!"

"적이다!"

고도를 낮추자, 이번에는 지상에 있는 병사들이 리히토를 요격했다. 상점 지붕 위에 줄지어 있는 궁병들이 리히토를 노린다.

"쏴라!"

호령. 비처럼 쏟아지는 화살 사이를 누비며, 리히토가 향하는 곳은 중심부에 있는 족장의 성관이다. 그런데,

'이런── 더 못 버티나본데.'

경사가 급한 언덕에 들어섰지만, 아무리 빌어도 검이 고도를 높여주지 않았다. 슬슬 비행거리가 한계인 것 같다.

시내의 큰길에는 무기를 든 슈로족 전사들로 가득했다. 리히토와 성검은 그 한복판에 파고드는 모양으로 착지하고 말았다.

약간 떨어져서, 병사들이 리히토를 포위했다. 리히토는 성검을 땅에 짚고, 그 자리에서 일어났다.

"……뭐야, 이 자식 설마, 혼자 왔나."

"제정신이야?"

성관까지, 리히토의 눈짐작으로 200미터 정도려나. 그 사이에 있는

슈로족 전사는 150── 아니, 200은 넘는다.

이러는 사이에도 계속 원군이 오겠지.

"그래, 좋다!"

"덤벼라!"

리히토와 포효와도 같은 외침이 길에 울렸다. 눈앞에 있는 적들을 전부 베어버릴 각오로, 리히토의 전진이 시작됐다.

SIDE
RIHITO

【5】

하
미
타
드
동
란

"——와, 왔다!"

성관의 발코니에서 얼굴을 내밀고, 망원경으로 시내 상황을 살피고 있던 동생이 비명을 질렀다.

"누, 누님. 제발 도망치세요. 적이, 적이 마침내 여기까지!"

"이 멍청이가! 짐이 누구라고 생각하느냐! 슈로의 족장이다!"

"하지만."

"잔말 말고 이리 내라."

그렇게 말하면서, 리다 셰르니는 여섯 살짜리 동생을 밀치고 망원경을 빼앗았다.

대외적으로는 올 해로 열여섯, 실제로는 약간 나이를 속여서 열세 살인 여족장은, 전시 복장을 입었어도 어리고 가련하게 보였다.

오랫동안 성 안에 있었기 때문에 항간에서는 니다가 절세 미녀라고 홍보하고 있지만, 실제로 니다를 알고 있는 사람은 『보면 안심이 되는 얼굴』『태어날 때부터 새끼 곰처럼 생겼다』고 아무리 들어도 좋게 들을 수 없는 말들을 떠들어댔다.

"흥. 적이 뭐 어쨌다는 것이냐. 풍문이 지켜주고, 정예들이 지키고 있는 이 성에 도달하는 자가

있다면 그 얼굴을 보고 싶구나——"

니다는 망원경을 들여다보고, 할 말을 잃었다.

동생이 말한 『적』은 단 한 사람이었다. 장검 한 자루를 손에 들고, 덤벼드는 니다의 가신들을 차례로 베어버리고 있다.

그의 등 뒤에는 그 칼을 맞고 전투불능이 돼버린 병사들이 산을 이뤘고, 그 흔적은 시내 중간쯤에서부터 계속 이어지는 것 같았다. 모두, 하나같이, 니다의 소중한 백성이다.

마치 마수에게 유린당하는 것처럼 보였다. 아니, 아르고스가 있던 암흑기에도 이렇게까지 마수의 침입을 허락한 일은 없다.

그 적은 온 몸이 피투성이가 돼서, 아마도 아미다라 궁수들의 사격을 맞아서 어깨에 화살이 꽂혀 있는 채다. 그런데도 쓰러지지 않는다. 굴하지 않는다.

그저 전진을 가로막는 풀을 베어버리는 것처럼, 눈앞에 있는 병사들을 계속 쓰러트렸다. 그것이 니다에게는 너무나도 기분 나쁘고 무시무시하게 보였다.

정예 문지기를 일격에 쓰러트리고, 적이 성관 안으로 들어왔다.

'여기까지 온다……!'

처음으로 공포가 실감이 되어서 밀려왔다.

침을 꿀꺽 삼키고, 뒤를 돌아봤다. 거기에는 어린 니다의 동생——불안한 표정의 셰르니 가문의 적자, 차기 족장이 있다.

무슨 일이 있어도, 이 동생만은 지켜야 한다.

"숨어라. 뭐든 좋으니 몸을 숨겨라."

"어, 어디에 숨으라는 겁니까 누님……?"

"찾으면 있지 않겠느냐, 어딘가에!"

발코니에서 방 안으로 들어갔다. 이 성관의 꼭대기 층에 있는 감시하는 방은 아주 작고 좁아서, 기껏 찾아낸 것이 오래된 도구를 넣어두는 항아리였다.

"여기 들어가라."

"이, 이런 데 말입니까?"

"잔말 말고 들어가라. 빨리!"

울먹이는 동생의 몸을 억지로 항아리 안에 쑤셔 넣고 있는데, "실례합니다"라는 목소리가 들려왔다.

쭈뼛쭈뼛, 고개를 돌렸다.

거기에는 아래에 있었던 마수와도 같은 적이, 뽑은 칼을 들고서 서 있었다.

"──바이얀 카야지의 대리, 리히토 아이카와입니다."

피로 물든 모습과 달리, 그 목소리는 작고 더듬거렸다. 나이도 니다보다 약간 많은 정도의 젊은이로 보였다.

순간 얼이 빠졌지만, 바로 정신을 차렸다. 적은 적이다.

니다는 항아리 속에 있는 동생을 감싸기 위해서 두 팔을 벌렸다.

소년의 눈에 약간 동요한 기색이 드리웠다.

"족장은 어디에……?"

"당연히 짐이 아니겠는가! 베려면 짐을 베어라! 명예롭게 죽는다면 돌아가신 부모님도 기뻐하실 것이다!"

"안 됩니다 누님!"

"이놈, 나오지 마라, 숨어 있어!"

팔꿈치로 동생의 머리를 찍어 누르고 있었더니, 소년이 "큰일이네"
라고 중얼거렸다.

"죄송합니다. 가능하다면 무장을 풀고 회담 자리에 나와 주시겠습
니까. 니다 셰르니 족장. 대화를 하고 싶습니다."

니다는 소년을 보며 짜증이 났다.

가신들을 그렇게 쓰러트린 주제에, 이제 와서 양식이 있는 양 말을
하고 있는 것인가.

"……이것이 화평을 바라는 자의 태도인가. 전부 죽여 놓고! 영감
과 병사들을 돌려놔라!"

"죽이지는 않았습니다. 전부 급소를 피했습니다."

"뭐?"

죽지 않았다고?

그렇게 많은 숫자의 병사를? 움직이지만 못할 정도로?"

이 사내── 다른 의미로 괴물인가?

"죄송합니다. 바이얀 황자의 대리로서 오기는 했습니다만, 솔직히
말하자면 저는 어느 쪽 진영이건 편을 들 이유가 없습니다. 단지 당신
들이 점점 좋지 않은 입장을 선택하는 것 같아서, 이해할 수가 없습니
다. 어째서 무력으로 반항하는 길을 선택하신 겁니까? 나호바족에 대
해서도 그렇습니다. 제대로 교섭을 하고, 정정당당하게 권리를 주장하
면 될 텐데. 시합을 포기하는 것은 부전패와 마찬가지가 아닙니까."

"뭐가 교섭이냐! 처음부터 나호바가 우위인 조정에 동의할 수 있을

리가 없지 않은가!"

니다는 강한 목소리로 내뱉었다.

"그대, 모르겠다면 보여주도록 하겠다. 아우여, 그 지도를 가져와라."

"아, 예, 누님."

똑바로 서서 입술을 부들부들 떨고 있는 니다 앞에, 항아리에서 나온 동생이 공손하게 두루마리를 내밀었다. 니다는 그 지도를 바닥에 펼쳤다.

"이것이 하미타드다. 슈로의 토지가 빨강. 나호바가 파랑. 하얀 부분이 완충지대. 중앙 놈들은 이 부분을 없애고, 이렇게 새로 칠해버렸다."

"그렇게 불리해 보이지는 않습니다만…… 이 광산의 권리라든지, 유리한 부분도 있지 않습니까."

"그런 쓰레기 같은 철이나 나오는 민둥산! 애들 용돈 벌이도 안 된다."

정말 그 누구도 알지 못한다. 중앙의 관리도, 칙사병도.

"그 대신 놈들이 차지한 것이 이즈론 협곡과 평지인 니알드다. 계곡은 우리들의 조상이 잠든 성지고, 니알드를 개척한 것도 우리들이다! 그것도 모르는 중앙 놈들이 평등한 척 만든 조정안의 꿍무니에, 나호바의 영감들이 올라탄 것이 진실이다!"

"그렇습니다. 슈로의 이빨은 활이고, 나호바의 이빨은 혀. 하미타드에 전해지는 속담입니다."

니다보다 어린 동생이 말했다.

아마도 나호바족의 장로들이 만든 초안을 거의 그대로 채용했을 것이다. 어째서 그것을 이쪽이 받아들이리라 생각한 건지.

적병 소년은 살짝 놀란 표정으로 니다를 봤다.

"……정말로 족장이군요, 두 분 모두."

"지금 놀리는 것인가?"

"아뇨── 죄송합니다. 제가 잘못했습니다."

게다가 솔직하게 사과까지 해서 황당할 따름이다.

전부 교육 담당 영감에게 배운 것이라고는 해도, 이 땅의 사정을 모르면 부족을 이끌 수 없다고 말하려고 했던 것뿐이다.

"하지만, 듣고 보니 그렇군요…… 원정의 이유를 생각해봐도, 칙사병 사람들이 하미타드에 대해 잘 알고 있는 것 같지는 않고…… 지휘관도 없이 현장을 움직이는 만으로도 한계였어……."

"나호바 놈들, 정말 비겁한 놈들이다. 회담 자리에 앉은 시점에서, 우리가 몇 배는 불리해지도록 만들어 놨다. 아무리 교섭을 해봤자 다 소용 없는 일이다."

"한마디로, 화평 조건이 너무 나호바에 유리해서 납득할 수 없다는, 그런 뜻이군요."

"그걸 좋다고 하는 중앙도 믿을 수가 없다! 슈로는 단호하게 싸울 것이다!"

니다의 선언을 들은 건지 아닌 건지, 소년은 바닥에 펼쳐놓은 지도를 가만히 보고 있다.

보면 볼수록 무참한, 평등하다고 하기 힘든 경계선. 아무리 본다고 해도 달라질 리가 없는데. 이쪽이 칼을 들고 싸우지 않는 한은.

'그렇다. 그래서 우리는 싸우는 것이다.'

하지만 실제로 힐 수 있는 것은 철 바구니의 도시에 틀어박혀있는 것뿐이고, 더 이상은 할 수 있는 것이 없다. 아버지와 어머니가 맡기신, 소중한 부족을 지킬 수도 없을 것 같다. 역시 자신은 실격이다.

"……아니, 아니야. 이건 아르고스와 싸우는 게 아니야."

"뭐라고?"

"그렇겠지. 중요한 건 불만을 말할 수 없는 상황으로 이끄는 거야. 누구에게도 뒤탈이 남지 않는 길을 선택하는 것. 상대는 인간이니까."

"이봐, 뭐라고 떠드는 것이냐."

"할 수 있으려나. 화내지는 않으려나……."

소년은 지도를 보면서 한바탕 중얼거리나 싶더니, 갑자기 고개를 들었다.

솔직하고 올곧은 시선에, 니다는 깜짝 놀랐다.

"니다 족장님. 만약에 말입니다만, 나호바 족과 이쪽의 토지가 정확히 절반이라면, 납득하시겠습니까?"

"뭐, 뭐냐 갑자기."

"족장께서 바라는 게 나호바족보다 많이 차지하고 싶다든지, 그런 요구라면 무리겠지만, 오십대 오십의 호각이라면 어떻게든 할 수 있을지도 모르겠습니다."

그가 무슨 소리를 하고 있는지, 쉽사리 이해할 수가 없었다.

되찾을 수 있다는 것인가? 이 사면초가의 상황에서, 완전히 절반으로?

"……그런 일이, 가능하다는 것인가?"

"예. 하지만 그러기 위해서는 족장 자신을 직접 내기에 나서야 합니다. 어떻게 하시겠습니까?"

궁극의 선택이었다.

스스로도, 얼굴이 새파랗게 질렸으리라는 걸 알 수 있다. 소매에 매달려 있는 동생도 걱정하는 얼굴로 이쪽을 보고 있다.

피로 물든 소년은 끈기 있게, 니다의 답을 기다렸다.

그리고——.

"……짐은 슈로족의 장이다. 백성의 생명과 재산을 지킬 의무가 있다."

이 의외로 온화한 눈을 가진 남자에게 걸어보기로 했다. 일생일대의 도박이었다.

***

"——아, 리히토 님이예요!"

토토의 큰 목소리에, 도시를 포위하고 있던 사람들이 일제히 반응했다. 우르스라도 토토가 말한 방향을 확인했다.

"어, 어디야!"

"없는데!"

"위쪽이요! 성문 위에!"

그가 시내로 돌입하고 얼마나 지났을까. 토토는 펄쩍펄쩍 뛰면서 아미다라의 성문 위쪽을 가리키고 있다. 해자 너머에 있는 성문 쪽을 봤더니, 우르스라의 소중한 남편인 리히토와 전투 복장을 입은 젊은 소녀의 모습이, 덩굴 사이로 얼굴을 내밀고 있었다.

'——어자가 길이.'

체크해버리는 것은 아내로서 어쩔 수 없는 일.

"아~ 저거 혹시, 슈로족 족장 아닐까요."

"족장? 여성이 말인가요?"

"잠정적이지만 말이죠. 지금 저 안에 비전투원은 없을 테니까. 오즈만 기단장, 그런 것 같은데요! 유난히 젊지만!"

하셈은 그렇게 말하고, 후방에 있는 오즈만에게 확인했다.

오즈만이 고개를 끄덕였다.

"틀림없습니다. 니다 셰르니. 슈로의 여족장입니다."

"역시나."

상상보다 훨씬 젊은 족장의 등장에 주위 사람들이 술렁거렸다.

"어린애……"

"절세 미녀가 아니었네, 미녀가……."

"아니, 나중에 어떻게 될지는 모르지만……."

우르스라로서는 그런 것보다 옆에 있는 리히토가 중요했다. 대체 어떻게 싸운 건지, 온 몸에 메마른 피가 늘러붙어 있는데, 눈에는 힘이 가득 차 있는 것처럼 보인다.

또 자신의 회복력에 모든 것을 맡기는, 몸을 던지는 전법으로 싸운 걸까. 괜찮다고 해도, 처음 보면 깜짝 놀랄 수밖에 없다.

그는 이쪽에도 들리도록, 큰 소리로 말했다.

"——슈로의 족장이, 교섭에 응하겠다고 합니다! 나호바의 사자 분과 함께, 안으로 들어올 수 있겠습니까?!"

칙사병들 사이에 동요가 번졌다.

"나호바의 사자?"

"바슈니 공인가."

병사 한 사람이 후방 천막에 있는 나호바족 장로를 부르러 뛰어 갔다.

오즈만이 소리쳤다.

"그대들이, 이쪽으로 내려오겠다면 응하겠다!"

"알겠습니다! 그럼 내려가겠습니다. 이 분도 같이!"

리히토는 그 팔로 어린 여족장을 끌어안더니, 성검과 함께 성문을 박찼다.

해자로 떨어진다── 고 생각한 순간, 성검의 비행 능력을 발동했는지 다시 지상으로 올라왔다.

'위험해!'

역시 컨트롤이 불안정했다. 우르스라는 재빨리 거미줄을 날렸다.

힘차게 뿜어져 나간 실 덩어리. 리히토 일행은 공중에서 한 바퀴 돌고, 진영 한복판에 착지했다. 쿠션이, 아슬아슬하게 늦지 않은 것 같다.

"……정말 고마워 우르스라. 살았어."

건초 더미를 헤치고 나오는 것처럼, 우르스라가 얼굴을 드러냈다. 그렇게 씁쓸하게 웃는 얼굴이 역시나 리히토다웠다.

거미줄 위에는 이리저리 휘둘린 니다 셰르니가 창백한 얼굴로 앉아 있다. 다리가 완전히 풀려버린 것 같다.

어쨌거나 리히토는 적의 두령을 잡아서 도시 밖으로 데리고 나오는 데 성공했다. 그것도 혼자서. 엄청난 전과다.

"니다 셰르니 공이시죠."

기난장 오즈만이 확인했다. 니다는 턱을 당겨서 고개를 끄덕였다.

"……그렇다. 하미타드 슈로족의 전권은 짐에게 있다."

"이거 정말, 잘 해줬습니다. 역시나 용사 리히토 공이야!"

그리고 나호바족의 바슈니가 들뜬 목소리로 말하며 다가왔다. 우르스라와 하셈 사이를 헤치거, 검칭나게 기뻐하며 리히토에게 악수를 청했다.

"적의 장을 잡다니, 이제 슈로족은 굴복한 것이나 마찬가지. 풍전등화입니──"

"멍청이! 짐은 인질 따위가 아니다! 대등하게 대화를 하러 왔을 뿐이다! 착각하지 마라."

니다가 잡아먹을 기세로 외쳤다.

"……오오, 이거 참. 꽤나 말괄량이 아씨로구먼. 무섭구나, 무서워라."

"니다 족장님. 교섭에 대해서는 전부 제게 맡기겠다고 약속하셨을 텐데요. 부디 조용히 계셔 주세요."

리히토는 냉정하게 니다를 달랬다. 소녀는 분하다는 것처럼 고개를 숙이고 입을 다물었다.

그다지 리히토답지 않은 대응처럼 보였다.

'냉정하다기보다는, 냉담?'

그런 와중에 리히토는 오즈만과 바슈니 쪽을 보며 말했다.

"이번 화평 안 말입니다만, 슈로족 측에서는 중앙이 일방적으로 결정한 것을 그대로 받아들이기는 힘들다. 가능하다면 나호바족과 함께 새로운 안을 만들고 싶다고 합니다."

"뭣이, 이제 와서? 더 이상 뭘 어쩌라는 것인가."

"삼도가 강요하는 안이 아닌, 서로를 배려해서 토지를 나누는 것에 의의가 있다는 것 같습니다. 체면 때문인 것 같습니다만, 이것만은 양보할 수 없다고 합니다."

바슈니가 떨떠름한 표정을 지었다.

"하지만 이미 있는 것에 손을 대는 것도……."

"대신에 완충지대를 어떻게 나눌지는 나호바 쪽에 일임할 테니까."

"뭣이."

이번에는 놀랐다.

"──그것이 참말이십니까?"

"예. 양보해 주시는 것이니까, 그 정도는 당연하죠."

"이봐, 용사여! 말이 다르지 않은가! 평등하게 한다고 하지 않았나!"

리히토는 시끄럽다는 것처럼 니다를 흘끗 봤다.

"평등합니다. 조건은 양쪽 모두 후환이 남지 않도록, 공평하게 나누는 것. 그렇게 약속했습니다."

"물론이다! 우리는 약속을 지킬 것입니다!"

"이 놈들이 그런 말을 들을 리가 없다! 그만둬라!"

리히토는 한숨을 쉬었다. 시끄러운 니다의 말은 흘려 넘기고, 그리고는, 우르스라를 보며 말했다.

"미안해 우르스라. 잠깐 이 사람하고 같이 있어줄 수 있을까. 자기 입장을 모르는 것 같으니까."

"그건……."

입을 나물게 하고 구속하라는 뜻일까.

사랑하는 남편의 말이라면 그 말을 들을 수도 있다. 우르스라는 일단 니다 쪽으로 다가갔다. 하지만 우르스라는 얼핏 보면 차갑게 보이는 무표정한 얼굴을 봤을 뿐인데, 소녀는 깜짝 놀란 것처럼 몸을 움츠리고 말았다.

──이런 어린애한테 굳이 소중한 거미와 뱀을 쓸 필요도 없겠지.

한편, 리히토는 바슈니에게 새로 펼친 지도를 내밀었다. 아마도 하미타드 전역을 그린 지도겠지. 노인은 눈을 번뜩이고 있었다. 잘 구워진 고기 덩어리를 보는 것 같은 눈이었다.

그리고 정말로 고기를 자르려는 것처럼 지도 위를 갈라 나갔다.

"그럼, 이렇게. 이즈론 계곡은 저희 토지에 가까우니 이쪽. 평원도 저희의 방목에 필요하니 이쪽으로. 강도 물론 저희가. 슈로족 분들은 이 산과 호수 언저리면 어떠십니까. 마음대로 쓰십시오. 정말 넓습니다."

"계곡과 평원, 강을 차지하는 쪽을 △로 하고, 산과 호수를 차지하는 쪽을 ○로 하겠습니다."

"원래는 그쪽도 저희와 연이 있는 곳입니다만, 양보는 중요하니까요."

"──예. 알겠습니다. 좋은 구분이군요. 정말 평등하군요."

"예. 완벽합니다. 쌍방의 조상께 부끄럽지 않은 화평안이 될 것입니다."

리히토는 고개를 크게 끄덕였다. 바슈니도 활짝 웃었다.

"이, 이 배신자. 이 말만 앞서는 용사. 내가 잘못 봤다. 네놈을 믿고 이렇게 나왔거늘……!"

"아직 안 끝났습니다. 자, 니다 셰르니 족장. 이번엔 당신 차례입니다."

리히토는 지도를 들고 니다 쪽으로 다가왔고, 새로 기입한 지도를 펼쳤다.

"이 △와 ○ 중에, 어느 쪽을 차지하겠습니까."

"뭐── 지, 짐이 선택하는 것인가?"

"예. 순서대로 해야 하니까. 나호바족 다음은 슈로족 차례입니다."

"자, 자, 잠깐만 기다리시오!"

이번에는 바슈니가 비명을 질렀다. 리히토와 니다가 있는 쪽으로 날 듯이 뛰어왔다.

"이, 이야기가. 이야기가 다르지 않습니까…… 저희에게 일임한 것이 아닙니까."

"무슨 뜻인가요? 그러니까 나눠 주시지 않았습니까. 나호바족 쪽에서."

바슈니는 몇 번이나 고개를 끄덕였다.

"그런데, 어째서 그게 불만인지…… 아, 설마 구분한 토지를 누가 차지할지까지 그쪽에 권리가 있다고 생각한 건가요?"

"당연하지 않습니까!"

"아닙니다. 그건 착각입니다 바슈니 씨."

"착각…….."

"아, 설명이 부족했던 데에 대해서는 사과하겠습니다만…… 하지만 뭐, 그냥 이대로 괜찮을 것 같네요."

"잠깐!"

노인의 턱이 빠질 것처럼 입이 벌어졌다.

"아니, 본인이 말하셨잖아요. 쌍방의 조상께 부끄럽지 않은 것이라고. 감동했어요. 이런 자기 희생이라고 할까, 상대에 대한 배려로 가득 찬 안, 저는 처음 봤습니다."

당연하겠지. 리히토가 펼친 지도를 슬쩍 보기만 해도, 자신들 쪽에 일방적으로 유리하게 선을 그었으니까. 그리고 그것을 멋대로 뒤집어 버렸다.

오랫동안 지하에 있었던 우르스라도 알 수 있다. 이대로 가면 벽지의 더욱 구석으로 몰려서 굴이나 파야 하는 생활을 하게 된다. 도저히 동료들이 기다리는 마을로 돌아갈 수 없겠지.

바슈니의 이마에 커다란 땀방울이 맺히고, "너무합니다"라고 신음했다.

"너무합니다. 이렇게 되면 저희가 압도적으로 불리합니다."

"어째서 불리하죠? 공평하게 나눈다고 하셨으면서."

"이렇게 될 줄 알았다면, 고르는 쪽을 선택했을 겁니다!"

"그렇다면 고르는 쪽을 맡으셔도 됩니다만——"

리히토는 아쉽다는 듯이 말했다.

"단, 그 경우에는 먼저 슈로족이 나누는 쪽을 맡게 됩니다. 공동 작업이니까."

——바슈니는 완전히 넋이 나가버렸다.

"어떻게 하시겠습니까, 바슈니 씨. 어느 쪽을 선택하셔도 좋습니다만."

"······오, 오즈만 기단장!"

필사적으로 생명줄인 오즈마에게 도움을 청했지만,

"이렇다면 차라리, 처음의 안 쪽이——"

"——들어보니 아주 평등한 방식이군요. 저희는 지켜보도록 하겠습니다."

"뭣이!"

애원이 비명으로 바뀌었다.

우르스라 뒤쪽에서는 하셈이 크크크, 웃음을 참고 있었다.

"아······ 그렇군요, 아주 잘 하셨네요, 영웅님."

"······어떻게 된 건가요?"

왜 오즈만 일행은 지금까지 같이 있었던 바슈니의 편을 들어주지 않는 걸까. 그렇게 생각한 걸 눈치 챘는지, 하셈은 실실 웃으면서 설명을 시작했다.

"간단합니다. 칙사병 쪽은 원래 이 하미타드에 관심이 없거든요."

"없다······."

"그렇습니다. 애당초 존재하지를 않습니다. 생각해보세요, 그들이 고군분투하면서 하미타드에 있는 이유를."

그것은 현 수장이 하미타드 평정을 명했기 때문에. 단지 그것뿐이지만 지상(至上)의 명제. 지휘관인 바이얀이 현장을 버렸어도, 오즈만과 아르멧소등은 그 명령을 준수하기 위해 현장에 계속 남아 있었다.

"어떤 형태가 됐던 양쪽이 화평을 맺게 하고, 반항할 의사가 없다는 것만 확인하면 그만입니다. 상대는 어느 쪽이건 『따르지 않는 백성』이니까요. 해냈다는 성과를 가지고 돌아가서, 바보 같은 도련님인 바이얀 님의 목이 붙어 있게 해주는 기죠. 그리고 평정을 명한 수장 각하는 그 성과를 삼도에 자랑하고, 자기 자신의 지위를 굳건하게. 그러기 위한 원정이니까요."

"……너무하군요."

"꼭 그렇지도 않아요. 나호바족 분들은 처음에 그 무관심한 태도를 이용해서 자신들에게 유리한 화평을 맺으려고 했으니까. 하지만 뭐, 지금은 되레 그게 불똥이 돼서 돌아온 것 같지만."

우르스라는 나호바의 장로를 봤다.

유리하다고 생각했던 갑옷이 교묘한 말에 벗겨지고, 그것을 다시 입지도 못한 채 그저 가만히 서 있을 뿐인 바니슈의 모습을.

"…………다."

"다?"

"……다시 한 번, 땅을 나누게 해줄 수는 없겠습니까."

"예, 얼마든지. 몇 번이건 몇 시간이건, 그런 것들이 쌓여가면서 서로가 납득할 수 있는 화평으로 이어진다고 생각하니까요."

리히토는 상쾌하게 웃으면서 지도를 내밀었다. 아마도 장로에게는 악귀의 웃음으로 보였겠지만.

나호바 장로 바니슈는 얼굴이 시뻘개져서 선을 그을 장소를 판단하려고 했다.

"이거 참, 정말 못됐네요. 일부러 함정으로 유인해서 빠트리다니, 영웅님도 참 대단합니다."

"……칼을 들고 싸우는 것만이, 구원의 길은 아니군요……."

아마도 우르스라는 찾아내지 못했던 길이지만, 리히토는 찾아냈다는 뜻이겠지.

리히토가 이쪽을 봤다.

그가 본 것은 우르스라 곁에 있는 슈로족의 어린 족장── 니다 셰르니다. 그녀와 얼굴을 마주치고는 『작전 성공』이라는 것처럼 서로 엄지손가락을 세워보였다.

'리히토도 참.'

역시 그는 대단하다. 자신이 인정한 사람답다.

마지막으로 리히토는 평원에서 대열을 짜고 있는 병사들을 향해 외쳤다.

"자, 여러분. 돌아가실까요!"

──그렇게 해서. 『철 바구니』라 불리는 아미다라 주위를 둘러싸고 있는 부대는, 한 사람도 칼을 뽑아보지 않고 철수하게 됐다. 더 이상 공격할 의미도 이유도 없으니까.

"……우린 대체 뭘 하러 온 거야."

"쳐들어가는 방법밖에 없다고 생각했는데 말이야……."

머나먼 길을 걸어서 원정을 온 병사들은 투덜거렸고, 그리고는 혼자서 그것을 성취한 소년을 감탄한 눈으로 바라봤다.

리히토는 모르는 것 같지만, 그걸로 됐다. 우르스라는 잘 기억하고 있으니까.

기적을 성취한 것이 자신의 남편이라고 생각하니, 우르스라도 조금 자랑스런 기분이 들었다.

그리고 리히토 일행은 전이 마술을 이용해서 티마니로 돌아갔다.

　＊＊＊

"……그렇게 됐습니다. 슈로족 측에 부상자가 나오기는 했지만 사망자는 없음. 두 부족이 만든 토지 분할 안을 지키도록 제대로 감시하는 것이 앞으로의 역할이 될 것이라고 생각합니다."

리히토는 병사들보다 먼저, 전이의 보주를 이용해서 티마니의 별궁으로 돌아왔다. 그리고 바이얀에게 일의 경과를 보고했다.

보고를 듣는 바이얀은 항상 앉아 있던 소파에 누워서는, 벌레라도 씹은 표정만 짓고 있다.

어떠냐, 불만 있냐, 라고 말해주고 싶은 기분이었다.

"……무슨 불만이라도 있으신가요. 슈로족을 몰살시키지는 못했지만, 제일 중요한 하미타드 평정은 완수했습니다."

"엄청난 재치나 사기 수법을 들은 기분이 든다."

"농담하지 마세요. 형제가 케이크를 가장 공평하게 나누는 방법은, 자르는 사람과 고르는 사람을 구분하는 게 제일이라고 하지 않습니까. 속인 사람을 혼내주는 어머니가 있다면 그게 최고죠."

리히토의 주장에 바이얀은 "그렇군"이라며 빈정대는 것처럼 입술을 일그러뜨렸다.

"나는 태어나서 지금까지 형제끼리 과자를 두고 싸운 적이 없는데다 꾸중하실 어머니는 이미 오래전에 돌아가셨지만, 그대는 이 바이얀에게 어머니가 되라는 것인가. 하미타드의 잔소리꾼 어머니가."

"예. 형도 동생도 착한 아이니까, 보람이 있다고 생각합니다."

"웃기지 마라 이 사기꾼아. 쓸데없는 일이 늘어났을 뿐이지 않은가
——"

그는 씁쓸하게 내뱉었다.

참고로 이것은 입법, 사법, 행정의 삼권 분립과 이어지는 것이며, 리히토가 사는 세계에 있는 민주주의의 기본이기도 했다. 그런 사고방식 자체가 없는 파나케이아에서는 말해봤자 소용없는 일인지도 모르지만.

"한마디로, 앞으로도 잘 지켜보겠다는 말씀이군요."

"……그렇게 언질을 잡으려는 수법은 좋아하지 않는다."

"어려운 일은 아닙니다. 당신을 도와줄 사람은 얼마든지 있습니다. 괜찮습니다."

"도와줄 사람, 말인가……."

바이얀은 그다지 믿지 않는 것 같지만, 리히토는 의외로 걱정하고 있었다.

그렇다. 그 어떤 이유가 있었건 간에, 하미타드에서는 바이얀이라는 사람의 목이 날아가지 않도록 하기 위해, 많은 사람들이 움직이고 있었다. 그 사실에는 변함이 없다. 바이얀만 잘 처신한다면, 그것은 틀림없이 커다란 무기가 될 것이다. 아르멧소 같은 충신도 있다.

그는 결코 고독한 사람이 아니다.

"아무튼, 약속은 약속입니다. 미치바를 해방해주실 거죠."

"그래, 마음대로 해라. 지금 이리로 오게 하겠다."

바이얀은 턱을 괴고 앉은 채, 될 대로 되라는 것처럼 손가락을 딱, 퉁겼다.

리히토 일행 사이에 약간의 안도가 감돌았다. 일단 한 사람은 해결했다.

"자, 다음엔 뭘 할까요. 뭘 하면 될까요. 당신이 차기 이엔마르드 수장이 되고 대륙 전체를 장악할 때까지 같이 어울려 드리면 될까요."

깜짝 놀라서, 바이얀이 벌떡 일어났다.

"――네놈. 아무리 그래도, 그건."

"못 할 것 같습니까? 황자씩이나 되는 분이 소심하군요."

"……그런 소리를 한 인간은―― 아쉽게도 처음이군."

바이얀은 끝까지 도전적인 자세를 유지하고 있는 리히토를 보며, 아주 잠깐이지만 씁쓸한 미소를 지었다.

"용사 리히토. 이슈안 트롤을 돌려주기를 바라는가."

"그야, 물론."

지금 당장이라도 강행돌파해서 데리고 도망갈 각오는 돼 있다. 하지만 싸우지 않고 끝낼 수 있다면 그게 제일이다.

바이얀은 고개를 끄덕이고는, "그런가. 허나 아쉽게 됐군"이라고 말했다.

"……예?"

"조금 전에 무리해서 탈출하려고 해서 말이다, 한껏 날뛴 끝에, 벽에서 땅으로 떨어져서――"

떨떠름한 표정으로 말문이 막히는 바이얀을 보고, 리히토는 등줄기가 얼어붙는 기분이 들었다.

설마. 그럴 리가.

"……부딪친 곳이 좋지 않았다고밖에 말할 길이 없다. 또는 운이려나."

"거짓말."

"정말로 아쉽구나."

리히토는 발을 돌려서 뛰어갔다.

──거짓말이야, 이슈안!

그 직후, 바이얀 카야지가 한 방 먹였다는 것처럼 혀를 내민 것도 모르고.

***

해방의 시간은 갑자기 찾아왔다.

"──쿄코 미치바, 나와라!"

갑자기 닫혀 있는 문이 열리자, 미치바 쿄코는 심장이 터질 것처럼 놀랐다.

나타난 사람은 이 별궁의 경비병과 마술사다. 무서운 사람들이 나타나서 몸이 위축됐다.

이슈안이 그런 쿄코를 지켜주려는 것처럼 막아섰다.

그런데, 잠깐만. 지금 뭐라고 했지? 나와라?

"못 들었나. 바이얀 님이 네 해방을 결정하셨다."

"──정말이야? 그 녀석이?"

"그렇습니다, 정말입니다 이슈안 트롤 님. 용사 리히토 님 덕분입니다.”

그들 뒤에서, 바이얀의 감시역이라는 남자가 나타났다.

“아르멧소 아저씨!”

이슈안이 깜짝 놀라서 소리를 질렀다. 아르멧소는 고개를 크게 끄덕였다. 그 눈에는 눈물까지 고여 있었다.

“리히토가 성공한 건가, 하미타드 평정.”

“예. 그렇게 고집을 부리던 슈로족을 설득하고, 나호바족과의 화평을 성립했습니다. 믿을 수가 없습니다. 죽은 사람도 하나 없이 말입니다.”

“좋았어!”

이슈안이 승리 포즈를 취했다.

잘은 모르겠지만 리히토가 엄청나게 어려운 일에 도전해서 성공한 것 같다.

‘날, 위해서?’

아르멧소가 빨개진 눈으로 쿄코를 보며 웃었다.

“자, 쿄코 님. 이쪽으로 오십시오. 지금 그 목에 있는 것을 풀어드리겠습니다.”

“……예.”

무서운 얼굴의 마법사가 아르메소의 재촉을 받으며 쿄코의 목에 지팡이를 댔고, 뭔가 주문 같은 것을 외우기 시작했다. 그랬더니 계속 목에 채워져 있던 고리가 허무하게 앞뒤로 갈라지더니 툭 떨어졌다.

최근 2주 가량, 계속 쿄코의 마음을 괴롭혀 왔는데──.

“이슈안 님도, 이리로.”

"뭐, 나도? 몰래 하는 건 아니겠지."

"아닙니다, 이번만은 허가도 받았습니다. 쿄코 님을 해방할 때는 이슈안 님도 같이 보내드리도록, 바이얀님께서 그리 생각하시고 말씀하셨습니다. 단지…… 조금 솔직하지 못한 분이시다보니."

"조금? 엄청나게가 아니고?"

이슈안의 목에 있는 고리도, 마술사가 주문을 해제하자 갈라져서 떨어졌다. 드디어 자유의 몸이 된 이슈안은, 그 자리에서 천장에 부딪칠 기세로 펄쩍 뛰었다.

"좋았어, 부활!"

쿄코 쪽을 봤다. 이슈안은 얼굴을 잔뜩 찌푸리면서 웃었다.

"저기, 아저씨. 나 이제 가도 되는 거지?"

"예. 다들 기다리고 계십니다."

"고마워, 아르멧소 아저씨! 마술사 아저씨도!"

이슈안은 바람처럼 방에서 뛰쳐나갔다.

남은 건 쿄코뿐이다.

쿄코는 상황을 잘 받아들이지 못하고 있었다. 갑자기 자유롭게 됐으니 나가라고 했지만, 정말로 나가도 되는 걸까. 괜찮은 걸까. 그런 망설임 때문에 발을 멈추고 말았다.

"아쉬운 건가요."

계속 꾸물거리는 쿄코를 보고, 아르멧소가 말했다. 쿄코는 잠시 생각하고—— 고개를 저었다.

"아니, 그건 아니예요."

여기가 좋았는지 묻는다면, 그건 절대로 아니니까.

"그렇습니까. 바이얀 님은 이 방에 계시는 것을 즐거워하셨던 것 같습니다."

"그럴 지도 모르죠. 하지만, 익숙해지지 않았어요. 한 번도."

말하기 전에는 너무나 무서워서, 항상 도망치고 싶었다. 하지만 그러지 못했다. 최대한 목소리를 쥐어짰다. 그저 하루를 살아남기 위해서.

"많은 이야기를 하셨다더군요."

"잔뜩. 그래도 천 하룻밤에는 한참 모자랐네요."

"천 하룻밤?"

"아라비안 나이트── 그러고 보니 이 얘기는 안 했네. 기본 중에 기본인데."

자신을 죽이려고 하는 왕을 위해서, 천 하고도 하룻밤 동안 이야기를 계속한 셰에라자드.

자신은 그 사람처럼 끈기도 없었고, 사랑에 빠지지도 않았다. 계속 리히토 생각만 했다.

바이얀은 항상 짜증을 냈고, 어떤 위로도 바로 빨아들여버리는 마른 스펀지 같았다. 진정한 의미로 충족되는 일은 없을 거라고 생각하면서 이야기의 물을 부어주는 것은 정말 힘들었다.

"그 사람, 언젠가는 만족하는 날이 올까요."

"오고말고요. 이제 얼마 안 남았습니다. 할 일도 있으니까요."

"그렇겠죠…… 그러면 좋겠네요…….."

"큰일을 하시느라 고생이 많으셨습니다. 앞으로는 황자님도 달라지실 겁니다. 이 땅에서 도련님을 위로해주셔서 정말 감사합니다."

아르멧소가 이쪽 세계 스타일로 정중하게 인사를 하자, 쿄코는 뭐라고 대답해야 좋을지 망설여졌다.

또 뵙자고 하는 것도, 저야말로 고맙다고 하는 것도 이상할 것 같아서.

"——안녕히."

단지 그 말만을 하고, 닫혀 있던 방에서 나왔다.

하지만, 그렇게 익숙해진 융단 위에서 차가운 돌바닥 복도로 나왔더니 이상한 기분이 치밀어 올라왔다.

정말로 자유의 몸이 됐다. 리히토를 만날 수 있다. 그런 감개.

후련한 기쁨이었다. 기나긴 어두운 터널을 빠져나왔더니, 그 너머에 꿈에서까지 그리던 꽃밭이 기다리고 있다.

학교에서 파나케이아로 날아온 뒤로, 정말 많은 일들이 있었다.

울고 싶어질 정도로 슬픈 일. 힘든 일. 다시는 생각하고 싶지도 않은, 마음이 얼어붙게 만드는 일도 있었다. 하지만 그런 날들도 이젠 끝이다. 신이 아무리 쿄코의 마음을 꺾으려고 해도, 이 마음만은 결코 앗아가지 못했다. 그것이 자랑스럽게 여겨졌다.

복도를 걸어가는 사이에, 이제야 재회를 기뻐할 수 있다는 기분이 들었다.

아아, 대체 몇 달만일까. 아이카와 리히토 군. 얼굴을 보면 또 울어버릴 자신이 있다. 하지만, 이건 진심에서 나오는 기쁨의 눈물이다.

용서해줘 아이카와 군. 난 정말로 널 만나고 싶었어——.

"이슈안!"

쿄코는 정신이 번쩍 들었다. 이 목소리는———— .

복도 저쪽에서, 달려가는 이슈안 트롤과 파나케이아의 옷을 입은 아이카와 리히토가 마주치고 있었다.

"어, 리히토!"

숨을 헐떡이는 두 사람이, 멈춰 서서 마주봤다.

"……어째서 살아 있는 거야."

"뭐라고?!"

"아니, 그러니까, 바이얀이, 죽었다고———"

"웃기고 있네, 잘 봐! 분명히 살아 있어! 그런 배배 꼬인 놈한테 속지 말라고!"

이슈안은 리히토의 손을 잡고 자기 뺨으로 가져갔다. 자신의 열기와 감촉을 확인하게 해주려는 것처럼.

리히토가 떨리는 목소리로 중얼거렸다.

"……살아 있어."

"그치, 진짜지."

"살아 있어…… 다행이다……."

그리고 리히토는 그녀의 볼에 손을 댄 채로 눈을 감고, 힘이 빠지면서 그 몸을 끌어안았다.

'어.'

'어라?'

'왜?'

쿄코는 깜짝 놀랐고, 그 자리에서 굳어져버렸다.

"……걱정하게 해서 미안해, 리히토. 내, 잘못이야."

그리고 당장이라도 울음을 터트릴 것 같은 이슈안의 목소리. 드세고 다부진 이슈안이 이런 목소리로 말할 줄은 몰랐다.

"이제, 됐어."

그런 이슈안을 아끼는 것 같은 리히토의 목소리도. 이런 리히토는 모른다. 본 적이 없다.

거짓말이라고 생각하고 싶었다. 하지만—— 아무리 눈을 깜박여도, 눈앞에 있는 현실에는 변함이 없었다. 두 사람은 서로 끌어안고 있다.

"네가 무사하다면, 그걸로 됐어. 뭐든지 좋아. 이슈안을 좋아하니까."

——거짓말쟁이. 아이카와 군이랑은 동료라고 했으면서. 꼬맹이라고 했으면서.

왜 그 말을 듣는 게, 넌데?

난 대체 뭐야?

계속 믿어왔는데.

다른 어떤 것이 부서져도, 누가 배신해도, 아무리 궁지에 몰려도, 아이카와 군만은 믿으려고 했는데.

그것만 믿고,『그 말』도 못 들은 척 하려고 했는데——.

'으아아아아아아아아아아아아!'

자기 안에서, 뭔가가 부서지는 것이 느껴졌다.

아직까지 떨어지지 않은 두 사람에게 눈을 돌리고, 복도를 걸어가서 아름다운 정원으로 나갔다.

"——바티야. 강철 가위, 그 사용자들. 전부, 전부, 당신이 말한 대로

였어."

떨어시는 눈물을 닦으려 하지고 않고, 쿄코는 하늘을 향해 외쳤다.

"와줘! 말한 대로 돼줄 테니까! 당신들이 바라는, 진짜 용사가!"

쿄코의 부름에 응한 것처럼, 그 순간, 주위에 돌풍이 휘몰아쳤다.

맑은 하늘 위에서 새들이 차례로 날아왔다. 보통 크기의 새가 아니다. 사람도 탈 수 있을 만큼 거대한 새다. 하나같이 아주 진한 녹색 로브를 입은 남자들을 태우고 있었다.

선두에 있는 새에 타고 있는 여자가, 중간에 외벽 위에 내려섰다.

"틀림없이 응해줄 거라고 생각했어. 쿄코."

평소에 매가 말하던 목소리로 말했다.

여자의 이름은 바티야. 쿄코를 『용사』라고 부르는, 외눈의 마술사다.

***

이슈안을 좋아하니까―.

자기도 모르게 튀어나온 말은, 더 이상 취소할 수 없었다.

'이런. 무슨 소리야, 갑자기.'

완전히 죽었다고 생각했던 만큼, 무사한 모습을 보고 너무 마음을 놓아버렸다. 바이얀의 보복에 완전히 걸려들고 말았다. 그 못돼먹은 황자 같으니.

완전히 예상치 못했던 고백이라고는 해도, 입에 담아버리는 것은 순식간의 일. 그리고 품 안에 있는 소녀는 꼼짝도 하지 않고 말도 없다.

아무래도 불안해졌다. 왠지 자기 때문에 굳어져버린 것 같은 기분이 든다. 괜한 짓이었을까.

"……이슈안? 괜찮아?"

작은 소리로 부른 순간, 이슈안이 재빨리 리히토의 가슴을 떠밀었다.

"이슈안."

"──위에!"

동시에, 별궁 복도에 강한 바람이 휘몰아쳤다. 정원의 나무라는 나무가 모조리 부러질 것 같은 기세로 흔들렸다.

황급히 올려다본 하늘 위── 거대한 새 무리가 선회하면서 다가오고 있었다.

"뭐야 저건."

"사람이 타고 있어. 보통 새가 아니야!"

이슈안이 새한테서 시선을 떼지 않고, 마당을 달려갔다. 그리고 새 위에 탄 남자들의 손에서 불화살이 날아왔다.

"이봐!"

수풀이 우거진 아름다운 정원에, 순식간에 불이 붙었다.

경비병들의 고함소리가 울렸다.

"화살을 가지고 와! 위쪽이다!"

이슈안이 앵커 건을 상공을 향해 쐈다. 한 마리의 날개를 꿰뚫었고, 비명을 지르면서 별궁에서 떨어졌다.

"쳇."

아픈 오른쪽 어깨를 누르며, 이슈안이 혀를 찼다. 아직 원래대로 움직이지는 않는 것 같다.

그때, 별궁의 주인—— 바이얀 카야지가 불타는 정원으로 나왔다.

"이게 무슨 일이냐!"

"몰라! 내가 묻고 싶어. 갑자기 나타났단 말이야!"

상공에서 쏟아지는 불화살과, 거기에 대응하느라 정신이 없는 상황이었다. 바이얀은 입술을 깨물었다.

"이슈안 트롤이여! 그대, 쿄코는 어찌 했나. 같은 방에 있었을 텐데."

"그쪽도 몰라! 내가 먼저 방에서 나왔어!"

"신중함이 없는 여자구나!"

"무슨 소리야!"

바이얀은 혀를 차고, 리히토 쪽을 봤다.

"용사 리히토! 이곳은 경비병과 이슈안 트롤에게 맡겨라. 그대는 먼저 쿄코를 찾아서 안전한 곳으로 데려가라."

"——예, 알겠습니다!"

"다른 자들은 물을 가져와라! 연못 사용을 허가한다!"

바이얀이 다른 경비병들에게 큰 소리로 지시를 내렸다. 리히토는 망설이면서도 건물 안으로 뛰어 들어갔다.

별궁 안은 정신없이 도망치는 시녀들 때문에 정신이 없었다. 가까이에 있던 한 사람에게 말을 걸었다.

"실례합니다, 미치바가 어디 있는지 아시나요."

"지금 그게 문제가 아니야!"

날카로운 목소리로 말하고는 도망쳐버렸다. 당황해서 정신이 없는 것 같다. 다들 도망치기 바쁘다.

'——이 안에서 찾으라는 건가.'

상당한 시련이 될 것 같다.

어쩔 수 업싱 다시 뛰어갔더니, 연기 건너편에서 귀에 익은 목소리가 들려왔다.

"리히토!"

"리히토 님!"

우르스라와 토토다. 리히토는 급하게 멈춰섰다. 두 사람이 뛰어왔다.

"무사한가요, 리히토."

"난 괜찮아. 토토도 우르스라도 무사한가보네."

"예. 이슈안 씨는——"

"밖에 있어. 하셈 씨는?"

"그레——"

"없어요. 그 직업 훼방꾼. 중간에 반대방향으로 뛰어가 버렸고, 아무리 불러도 대답이 없더라니까요."

토토의 대답을 듣고, 일이 귀찮아졌다고 머리를 쥐어뜯고 싶어졌다.

하지만 하셈이 불길에 휘말렸을 리는 없다. 지금은 알아서 어떻게든 하기를 바라는 수밖에.

"두 사람 모두, 가능한 밖에서 이슈안을 도와줄 수 있겠어. 아직 다친 곳이 다 낫지 않은 것 같아."

"알겠습니다!"

"리히토, 당신은?"

우르스라의 물음에, 리히토는,

"미치바를 찾고 있어. 그럼, 부탁할게!"

그 말만 남기고, 별궁 안쪽으로 달려갔다.

이미 대부분의 사람들이 피난했는지 인적이 없는 복도를, 이름을 부르며 뛰어갔다.

"미치바! 미치바, 어디 있어?!"

연기 때문에 몇 번이나 기침이 나오려고 했지만, 이곳저곳 문들을 열었다. 찾는 사람은 어디에도 없다.

그리고 리히토는, 마지막에 보고 말았다.

'──저건.'

우연히 열어본 창문 너머. 눈에 익은 숏커트 머리의 소녀가 새를 타고 멀어져가는 모습을.

"──미치바!"

리히토는 바로 성검의 보주를 자루에 때려 넣었다.

주황색 빛이 흘러나오고, 칼이 묵직하게 진동했다. 불쾌한 공명 현상을 눌러버리고 날아가라고 빌었더니 검이 바로 새를 쫓기 시작했다.

별궁 외벽을 넘어, 다른 새들과 차례로 합류했다. 그것 자체가 하나의 생물인 것처럼, 치밀한 편대를 짜고 비상을 계속했다. 리히토가 예상한 것보다 훨씬 빠르다.

이 앞에 있는 것은 티마니의 시가지다.

성검의 컨트롤이 얼마나 버틸 수 있을지는 모르겠지만, 놓칠 수는 없다.

"기다려!"

달려라, 파마의 성검!

더울 가속해서 속도를 높였더니, 다시 코코가 탄 새가 리히토의 시야에 들어왔다. 아무래도 두 사람이 탄 것 같다. 처음 보는 여자도 같이 타고 있다. 틀림없이 습격의 주모자일 것이다.

"미치바! 도와주러 왔어!"

어떻게든 거리를 좁히고 불렀더니, 미치바가 이쪽을 알아차리고 새 위에서 몸을 돌렸다. 처음으로 제대로 눈이 마주쳤다. 크게 다치지는 않은 것 같다. 그걸 보고 안심했다.

"미치바."

그녀가 바람을 맞으며, 입을 열었다.

"오지 마."

귀를 의심했다.

지금, 대체 뭐라고——.

"이제 됐어 아이카와 군. 난 그냥 내버려둬."

"미치, 바——"

어째서.

그런 생각이 얼굴에 드러난 것 같다. 그녀는 울먹이는 얼굴로 미소를 지었다.

"──아이카와군은, 몰라."

몰라──.

다음 말이 나오지 않았다.

자기도 모르게 그 자리에서 정지해버린 리히토를 두고, 거대한 새들은 계속 날아갔다. 자신을 거절한 여자를 태운 채, 시가지와 사막 쪽으로 멀어져갔다.

문득 뒤를 돌아보니, 별궁에서는 빨간 불꽃과 연기가 계속 피어오르고 있었다.

SIDE
RIHITO

【6】
갈림길

바람이 세서, 너무나 세서, 눈을 크게 뜰 수가 없다. 억지로 떴더니 눈물이 나오려고 했다.

"……잘 했어요, 쿄코."

쿄코는 손등으로 눈물을 닦았다.

"눈이 따끔해서 그래. 운 게 아냐."

"예, 그렇게 해두도록 하죠."

바티야가 그런 쿄코의 머리를 살며시 쓰다듬어줬다. 슬픈 작별을 했다는 걸 알아준 것 같다.

처음 이 바티야와 만났을 때, 그녀는 매 모습을 하고 있었다. 매를 날려서, 새장 속의 새가 돼버린 쿄코의 방 창가까지 와서, 매의 모습을 한 채로 사람의 말을 했다.

바이야에게 감금되고, 내일은 어떻게 될지 모르는 몸이 된 쿄코에게, 바티야는 계속 말을 걸어줬다. 그녀의 말은 황당무계해서, 마음에 상처를 입은 지 얼마 안 된 쿄코는 계속 그 말을 믿지 않으려고 했지만, 이젠 그런 고집도 끝이다.

용사와 용사는 맺어질 수 없다. 운명이 서로를 거부하기 때문에. 그 말이 전부 맞았다는 뜻이다.

"뭐가 『만나면 틀림없이 실망한다』야. 당신 엄청나게 미인이잖아."

"이 얼굴을 보고 그런 말을 하는 사람은 정말

드물어요, 쿄코."

"그래?"

아름다운 얼굴 절반을 긴 머리카락으로 가리고 있었지만, 지금은 바람 때문에 전부 보이고 있다. 보통 사람과 조금 다르기는 하지만, 그녀는 그녀다. 바티야는 웃었다.

"하지만, 잘 결심했어요. 제 동료들도 크게 환영하고 있어요."

"그냥…… 솔직히 이거, 꿈이나 게임 같은 거잖아."

그렇다. 눈을 뜨면 전부 원래의 일상으로 돌아갈 거라고 했다.

그렇다면 이쪽 세계에서 일어나는 일은 전부 꿈같은 것이다. 만약 가슴이 아프다고 해도, 쿄코에게 정말로 상처를 입히는 것은 아니다. 괜찮아.

쿄코는 눈물을 흘리면서 웃었다.

"하하. 아이카와 군도, 바보 같아. 꿈 속의 여자애를 좋아하다니."

불쌍하고 또 불쌍해서, 그저 웃음만 나올 뿐이다.

"그럼 제가, 그런 용감한 당신에게, 선물을."

"뭔데?"

"틀림없이 마음에 들 거예요. 진짜 영웅, 용기 있는 자만이 쓸 수 있는 것이죠. 끼워봐요."

바티야가 쿄코의 손에 금색 반지를 살며시 얹어줬다. 패션 링처럼 섬세한 것이 아니라, 유적에서 출토한 것처럼 투박한 순금 반지였다.

빛나는 보석 대신에, 잘 연마한 흑단 같은 검은 돌이 박혀 있다.

'흑옥(黑)인가……?'

아름답다는 생각은 들지 않았지만, 신기하게 손에 잘 맞는 기분도 들었다. 새 날개를 모티프로 삼은 것 같은 디자인도 싫지 않았다.

"자, 슬슬 티마니 시가지군요. 감금에서 해방되면 꼭 하고 싶은 게 있다고 했었죠."

쿄코는 반지를 낀 손을 꼭 쥐었다.

"……수르야한테── 적봉좌한테 보복을."

그 순간, 반지의 검은 돌이 붉게 빛났다.

동시에 저 멀리에 보이는 시가지 일부에 불기둥이 솟아올랐다.

"────."

"이것도 말이죠,『힘』의 일부예요. 구멍투성이인 세상에 거룩한 자비를 퍼트리는 것이죠. 전부 모아서 소원을 빌면 파나케이아의 질서조차도 바꿀 수 있죠. 그것이 가능한 것은 진정한 영웅인 당신. 어때, 실감이 들어요?"

검은 연기가, 상공을 향해 똑바로 피어오르고 있다. 밑에서는 건물이 불타고 있겠지. 시뻘건 숯불 같은 빛이 보인다.

사람은 얼마나 있었을까? 수르야 뿐만이 아니라 토안이나 슬레이만, 파밀과 가리프도 같이?

하지만──.

"실감 같은 건, 상관없어. 이건 꿈이니까."

쿄코는 그렇게 말하고 눈을 감았다. 다 읽은 책을 덮는 것처럼.

"그래요. 그래야 용사일지도 모르겠군요."

바티야는 기쁜 것 같았다.

현실은 꿈, 밤의 꿈이야말로 진실이라고 말했던 사람이 누구였더라. 에도가와 란포?

나는 지금부터, 그녀와 꿈속 세계를 바꿔간다.

"바티야. 이제 어디로 가는 거야?"

"북쪽이에요. 만났으면 하는 사람이 있거든요. 당신을 애타게 기다리고 있죠."

"좋아. 어디든 가줄게."

살짝 열기를 지닌 반지를 만지며, 탄내가 가득 찬 시가지 상공을 통과했다.

눈앞에 펼쳐진 모래의 바다를 빠져나가면 이웃 나라 윌타미아라고 했다.

언젠가 나도 데려가 달라고 웃었던 친구의 목소리가 머릿속을 스친 것 같은 기분이 들었다.

***

습격이 끝난 이후의 별궁은 처참한 꼴이었다.

호화찬란했던 정원은 불에 타버렸고, 새하얀 궁전은 검댕 투성이가 돼버렸다. 불을 끄는 데 써버렸는지, 분수 연못에는 물이 거의 남아 있지 않았다.

그 검댕 투성이 건물 한쪽에, 이슈안과 우르스라 등이 모여 있었다.

문을 통해서 혼자 걸어 들어온 리히토를 보고, 이슈안이 달려갔다.

"──왔다! 너, 어디까지 갔다 온 거야!"

"이슈안……."

"하셈 자식이, 코코를 태운 새를 따라서 날아가는 걸 봤다고 하던

데······ 리히토? 이봐 리히토?"

리히토의 얼굴을 보고 뭔가를 느낀 것 같다. 이상하다는 것처럼 눈살을 찌푸렸다.

"설마, 못 따라간 거야?"

"······응? 미안해."

정확히는 따라잡았지만, 그게 전부였다. 그 한 마디를 말할 수가 없다. 그녀는 리히토를 거절하고, 적의 손을 잡고서 가버렸다.

——아이카와 군은, 몰라.

슬퍼 보이는 말만을 남기고.

어째서 그녀는, 그런 말을 했을까.

입을 꾹 다물고 있는 리히토를 보고, 토토와 우르스라도 걱정하는 얼굴로 달려왔다. 상당히 애간장을 졸였던 것 같다.

"리히토 님!"

"괜찮으셨습니까."

나머지 한 사람—— 하셈 데라만은 뒤늦게 천천히 다가왔다. 중간에 사라졌었는데, 어느새 다시 합류한 것 같다.

평소의 실실 웃는 표정이, 지금은 사라져 있다.

"놓치셨습니까."

포기한 것 같은 그 말을 들으니, 어떻게 얼버무릴 수가 없었다. 리히토는 각오하고 고개를 끄덕였다.

"······그래, 요. 제가 갔지만, 미치바가 오지 말라고 했어요."

"뭐요. 어, 어째서요? 리히토 님과 코코 님은 『지구』에서 학우였잖아요? 겨우 돌아갈 수 있게 됐는데."

나야말로 묻고 싶은 심정이다.

다들 놀라고 있는데, 정작 하셈 만은 뭔가 고민하는 것처럼 생각에 잠겨 있다. 마치 리히토가 그렇게 말한 이유를 짐작이라도 하고 있는 것처럼 보인다.

"하셈 씨? 무슨 일이 있었나요?"

"아니── 그게 말이죠……."

"──용사 리히토!"

그때 바이얀 카야지의 목소리가 울렸다. 빠른 걸음으로 이쪽으로 다가왔다. 한층 험악한 표정으로.

"돌아왔나. 한참 찾았다."

리히토는 바이얀 쪽을 봤다.

"잘 들어라 용사여. 지금 막, 파발로 소식이 들어왔다. 티마니 시가지가 불타고 있다는 것 같다."

"예?"

갑작스런 이야기에 얼이 빠진 리히토 일행이게, 그는 같은 말투로 말을 이어갔다.

"불이 시작된 곳은 티마니 대극장. 『적봉좌』의 공연이 한창이었다는 것 같다."

자신의 등에서 서서히 핏기가 빠져나가는 기분이 들었다.

『적봉좌』. 그것은 코코를 팔아버린 극단의 이름이다——.

"왜 갑자기 불이 났는지는 불명인 것 같다. 군과 이곳을 맡고 있는 하지 가문에서 조사하고 있지만, 지금은 불을 끄느라 바쁘다는 것 같다. 단지——"

"단지?"

"같은 시간에 거대한 새 무리가 북동쪽으로 날아가는 것이 목격됐다고 한다. 알겠냐, 새다 새."

"……북동."

"사막 쪽이군요. 아니면 월타미아 국경이려나요."

아니라고 말하고 싶었다. 생각하고 싶지 않았다. 코코네가 그런 짓을 했다니.

바이얀은 짜증이 난다는 것처럼 머리를 긁었다.

"정말이지…… 엄청난 놈이었다. 얌전한 척 하면서 언제부터 적과 내통하고 있었는지."

"그런 건, 아직, 몰라요."

최대한의 저항이었다.

왜냐하면 아무것도 모르니까. 그 적이 대체 누구인지. 왜 같이 간 건지. 그녀에게서 확실한 말은 하나도 듣지 못했으니까.

"……어쩌면, 적에게 세뇌 당했는지도 모릅니다. 귀찮은 놈들과 손을 잡은 것 같으니까요."

"귀찮아?"

"예. 조금 오래 된 아는 사람이, 이번 습격자 중에 있었던 것 같거든요. 어쩌면, 그 놈들은——"

"아무튼!"

바이얀이 거칠게 고개를 저었다.

"앞으로 이쪽에도 하지 가문의 인간이 사정을 들으러 올 것이다. 적당히 쫓아낼 생각이지만, 네놈들까지 신경써줄 수는 없다. 별궁에서 나가겠다면 말을 내주겠지만, 네놈들은 어떻게 하겠느냐."

"……그건, 죄송합니다. 잠깐, 생각해도 될까요."

"빨리 해라."

바이얀은 다시 발을 돌리고 별궁 안으로 들어갔다. 불을 끄다가 그런 건지, 옷자락이 살짝 그을려 있었다.

"……표를 줬던 분…… 말려들지 않았으면 좋겠네요……."

"그렇군요…… 걱정됩니다……."

토토와 우르스라가 화재와 적의 정체에 대해 이야기하는 소리가, 너무나 멀리서 들리는 것만 같았다.

"리히토."

그리고 바로 옆에, 이슈안이 있었다.

"이런 일이 일어날 줄은 몰랐어."

"응……."

"……여기 잡혀 있는 동안…… 쿄코랑 같은 방에 있었어. 상처도 치료해줬고, 잔뜩, 상냥하게 대해줬어. 은인이야."

어깨의 아픔을 참고 있는 건지 마음의 아픔을 참고 있는 건지, 알 수 없는 얼굴이다.

그 말을 듣고 있는 자신도, 어쩌면 지금 같은 얼굴일지도 모른다.

아픔과 혼란. 그것을 어떻게 판단해야 좋을지도 모르겠다.

그리고 이슈안은, 더 작은 목소리로 속삭였다.

"아까 그서 말인데."

리히토는 침을 꿀꺽 삼켰다.

"못 들은 걸로 해도 될까."

심장이 빠르게 뛴다.

아까 그거—— 이 소동이 일어나기 전—— 직전에 했던 고백 이야기라는 걸 알았다.

"그러니까 왜, 그럴 상황도 아닌 것 같고, 머리가 잘 돌아가질 않거든. 지금은 도저히 생각할 수가 없어."

"……응. 그래. 그래주면, 고맙겠어. 정말로."

발밑에서, 뭔가가 모래처럼 흘러가는 것이 느껴진다. 어떻게든 평정을 유지하는 게 고작이다.

"저, 저기, 리히토? 뭔가 오해하게 만들었는지도 모르겠는데 말이야. 난 딱히——"

리히토는 어떻게든 웃어서 이 이야기를 끝내는 수밖에 없었다. 빙긋 웃자, 이슈안은 거기에 반비례하는 것처럼 입을 다물어버렸다.

"——하셈 씨. 아까 아는 사람이었다는 이야기, 좀 더 자세히 들려주시겠어요——"

입을 다물어버린 이슈안과 함께, 다시 걸어가기 위한 길을 찾는다. 그러기 위한 상담을, 동료들과 시작해야 한다.

별 생각 없이 손을 집어넣은 주머니 안에는, 건네주지 못한 노란 귀걸이가 들어 있었다.

작가 후기

안녕하세요. 타케오카입니다. 또 뵙게 돼서 정말 기쁩니다.

『용사』리히토는 점점 더 착한 소년이 되고,『진짜』이슈안은 자기 마음을 자각하느라 고생하고,『색시』우르스라 양의 남편에 대한 꿈이 멈출 줄을 모르는 3권입니다. 생각했던 것보다 즐겁게 지내는 것 같아서 안심했습니다 우르스라 양.

그리고 이번 권 표지는——『동급생』미치바 쿄코 양입니다! 진짜 여고생!

기껏 이세계 여행물이니까, 파나케이아 쪽 의상뿐만이 아니라 현대의 교복을 입은 장면을 꼭 보여드리고 싶었습니다. 정말 감사합니다 루나 님.

자. 여기서 끝나면 큰일이니까 다음 부분도 쓰겠습니다. 열심히 쓰겠습니다.

앞으로도 여행이 계속되는데, 진로는 다시 북쪽으로. 리히토는 쿄코를 구할 수 있을까요. 그리고 쿄코가 몸을 맡긴 적의 정체와 목적은? 마지막 순간에 엉뚱한 방향으로 날아가 버린 사랑의 행방까지 포함해서, 4권에서 뵙겠습니다!

타케오카였습니다!

파나티아 이담 ❸ - 재회의 크로스로드

초판 1쇄 발행 2020년 4월 15일

저자 타케오카 하즈키

발행인 원종우
발행처 (주)이미지프레임

주소 (13814) 경기도 과천시 뒷골1로 6, 3층
영업부 02-3667-2653 **편집부** 02-3667-2654 **팩스** 02-3667-2655
메일 edit01@imageframe.kr **웹** vnovel.kr

ISBN 979-116085-823-5 04830

OTHER STORY OF PANATEA Vol.3 SAIKAI NO CROSSROAD
©Hazuki Takeoka 2014
All Rights Reserved.
First published in Japan in 2014 by KADOKAWA CORPORATION ENTERBRAIN
Korean translation rights arranged with KADOKAWA CORPORATION ENTERBRAIN